우리를 두렵게 하는 것들

박완서
산문집
3

우리를 두렵게 하는 것들

문학동네

차례

1부 작은 손을 위한 나의 소망

2부 작가의 슬픔

3부 우리를 두렵게 하는 것들

4부 잔디를 심으며

일러두기

* 이 책은 1978년 출간된 『여자와 남자가 있는 풍경』(한길사)를 재편집하였습니다.

* 『표준국어대사전』 및 『고려대 한국어대사전』을 기준으로 한글 맞춤법을 통일하였으나, 많은 부분에서 저자의 표현을 최대한 살렸습니다.

1부

작은 손을 위한 나의 소망

작은 손을 위한 나의 소망

가끔 딸애들 방을 청소해줘야 할 때가 있다.

다 큰 애들이니까 저희들이 치우기로 돼 있지만 가끔 고양이 낯짝 씻듯이 눈에 보이는 곳만 겨우겨우 쓸고 닦고 지내는 게 뻔하기 때문이다.

어쩌 방에 개미가 있다 싶어 살펴보면 장농 밑에 과자 부스러기나 사과 속 같은 게 남아 있기도 하고, 언제 적부터 짝짝이가 된 채 굴러다니는 양말의 짝을 찾아내는 수도 있다.

뒤죽박죽이 된 여름옷과 겨울옷을 가려서 넣어줘야 할 때도 있고, 빨아야 할 것을 빤 것 사이에서 찾아내는 수도 있다.

그러나 아이들이 어른(대학생)이 되고 나면 이런 일도 안 해주게 된다. 대학생이 됐다고 별안간 깔끔해지는 건 아니지만, 청결보다 더 존중해줘야 할 게 있는 것 같아서이다. 프라이버시, 자주성 이런 것 말이다.

또 아무리 부모 자식 사이라지만, 잠겨 있는 서랍, 발신인의 이름이 낯선 편지, 못 보던 장신구 등에 대한 어른의 호기심은 어느만큼은 천박할 수밖에 없고 보니, 될 수 있는 대로 그런 천박한 호기심이 동할 기회는 안 가지려 하는 것도 이유 중의 하나라면, 아마 그건 자식을 위한 배려이기보다는 나 자신의 자존심을 위한 배려가 되리라.

그러나 이런 원칙을 깨고 며칠 전에 딸의 방을 청소하는 일을 또 하고 말았다. 뭐가 그렇게 바쁜지 너무 심하게 어지러뜨리고 나갔길래 들어오면 나무랄 것을 벼르는 것만 갖고는 직성이 풀리지가 않아서였다.

치우다가 이상한 걸 하나 발견했다. 기다란 몽둥이였다. 아래위가 뭉툭한 몽둥인데 나무나 나무뿌리로 된 것도 같고, 동물의 뼈로 된 것 같기도 했다.

별로 쓸모가 있어 뵈는 건 아니었지만 깨끗한 종이에 꼼꼼히 싸놓은 걸로 봐서 쓸모와는 상관없이 소중한 건지도 모르겠다 싶었다.

젊은이들이란 하찮은 작은 조개껍질이나 마른 들꽃을 소중하게 간직하고 있다가 어느 사이에 가선 훌쩍 먼지처럼 털어버리는 걸 흔히 본다.

간직하고 있는 동안은 조개껍질이 조개껍질이 아니라 찬란했던 지난여름일 수도 있고, 마른 들꽃이 크고 아름다운 산일 수도 있다는 걸 어찌 모른다 할 수 있으랴. 샘을 낼지언정 어찌 모른다고야 할 수 있으랴.

나는 그 못생기고 쓸모없는 몽둥이도 그런 것의 일종으로 가볍게 받아들이고 밀어놓고는 이내 잊어버렸다.

그런데 오늘 아침, 딸애가 책을 한아름 끼고 갖고 나가는 걸 보니, 그 종이에 싼 몽둥이였다.

나는 무심코 그게 뭐냐고 물어봤다. 딸이 대답을 얼른 못하고 우물쭈물하는 게 꼭 거짓말을 꾸며대긴 대야겠는데, 마땅한 거짓말이 쉽사리 떠오르지 않을 때에 누구라도 지을 수 있는 난처한 표정이었다.

이렇게 되니까 무심히 보아넘겼던 것이 부쩍 의심스러워질 수밖에.

"그게 뭐냐니까?"

나는 다시 물었다.

"엄만 안 보시는 게 좋을 거예요."

딸이 어느 틈에 난처한 표정을 수습하고 늠름하게 대답

했다.

나는 속으로 야 요것 봐라 싶었다. 자식으로부터 듣는, 안 보는 게 좋을 거라느니 모르는 게 좋을 거라느니, 하는 말은 과히 기분 좋은 말은 아니다.

"벌써 봤다. 일부러 몰래 본 건 아니지만."

나는 변명을 곁들여가며 그것을 이미 보았음을 밝혔다. 딸의 안색이 변하는 걸 빤히 바라보면서.

"보셨으면 아시잖아요?"

"봐도 모르겠으니까 뭐냐고 묻지 않니?"

딸의 얼굴에 천진한 장난기가 어렸다. 나는 속으로 걘 왜 저렇게 어려 보일까 하고, 몽둥이에 대한 궁금증과는 전혀 딴 생각을 하고 있었다.

"휴머라는 거예요."

"휴머? 그게 뭔데? 나무 이름이냐? 동물 이름이냐?"

딸이 장난기를 거두고 정색하고 말한 바에 의하면 휴머는 인체의 대퇴부의 뼈 이름이란다. 그러니까 그 몽둥이 같은 건 엉치 이하 무릎까지의 사람의 뼈였던 것이다.

참 밝혀둘 것을 잊었다. 그 딸은 의과대학 예과를 마치고 이제 겨우 본과로 진입한 아이다.

"그, 그걸 왜 가져왔니? 집에까지."

나는 이렇게 경망스럽게 놀라고 나서 곧 후회를 했다. 왜 가져왔나, 그 이유는 둘째고 딸은 그것과 더불어 며칠을 같이 자기도 했는데, 명색이 어른이 무섭고 징그러워할 줄밖에 몰랐으니 말이다.

딸은 나에게 차근차근 설명을 했다. 그 뼈는 전체적으로 '휴머'라 부르지만, 다시 세분해서 외워야 할 수많은 명칭을 갖고 있노라고. 거기 뚫린 바늘구멍만한 작은 구멍도 그냥 있는 게 아니라 각기의 미묘한 구실이 있고, 부르기도 외기도 까다로운 명칭이 있어 그걸 책과 대조해가며 공부하기 위해 가져왔노라고 했다.

딸이 그걸 나에게 설명하는 동안 나는 딸이 어른이고 내가 아이가 된 것 같은 묘한 착각에 빠졌다.

딸애가 나가고 나서도 나는 온종일 심각한 근심에 빠졌다.

아무것도 손에 잡히지 않아 방안을 왔다 갔다 안절부절못하면서 그애가 앞으로 감당해야 될 어렵고 어려운 일에 대해 생각했다.

실상 이런 근심이란 이미 때늦은 감이 없지 않다. 좀더 미리 했었어야 옳았을 것이다.

딸이 하고 많은 대학 중에서 의과대학을 선택할 당시 이런 걱정을 했던들 나는 딸과 좀더 거기에 대해 의논할 시간을 가졌을 것이다.

그때도 의학 공부라는 게 여자에게 벅찬 공부라는 건 알았지만, 제가 하고 싶어하는 것, 제가 선택한 것에 대해서는 일단은 하도록 내버려두고 보기로 하는 우리의 여지껏의 방임주의를 그애한테서만은 변경할 필요까진 느끼지 않았었다.

다 자라 대학 갈 때, 저 가고 싶은 데 가도록 내버려두는 걸, 결코 부모로서 무책임한 일이라고 생각하지 않았다. 그러나 그게 다 지금 와서 후회스러운 걸 어쩔 수가 없었다.

의학을 하겠다는 것을, 문학을 하겠다든가, 미술이나 가정공부를 하겠다는 것과 다르지 않게 생각한 것은 큰 잘못이나 아니었을까.

나의 애들 중에서 그애는 특히 손발이 작다. 특히 손은 너무 작고도 가냘파서 꽃꽂이를 해도 행여 장미가시에 찔릴세라 애처로울 것 같다.

그러고도 그 작은 손은 아주 섬세하고 신경질적인 감각을 갖고 있어 가리는 게 많다.

언젠가 그 아이하고 같이 새우를 까던 생각이 난다.

튀김을 위해 산 것이었으나 값싸고 작은 것이어서 뱅어 비슷한 작은 잡생선이 섞여 있었다. 그애는 새우인 줄 알고 집은 게 밍클하는 딴 물고기일 때마다 비명을 지르면서 손끝을 바들바들 떨었다. 나는 그 경망스러움을 나무랐지만, 그 밍클하는 게 손에 닿는 게 도저히 견딜 수가 없다는 거였다.

그런 애가 사람의 뼈다귀를 겁도 없이 들고 다니고, 만지작거리며 머리맡에 둔 채 잠들 수가 있다니.

그건 그렇고 나 보기엔 아래위가 뭉툭한 뼈다귀 하나에 그렇게 수없는 명칭이 붙어 있다니. 대퇴골이란 뼈 중에서는 가장 단순한 것이련만. 도대체 사람의 몸이란 얼마나 많은 골절로 돼 있는 걸까.

나는 그게 사람의 뼈라는 걸 안 후엔 놀랐지만 그전엔 아무렇지도 않았다. 그건 단순하고 단단하고 정결했다. 시각이나 촉각에 특별히 저항해오는 아무것도 없었다. 하다못해 냄새조차 맡은 것 같지 않다.

그만큼 뼈란 사람의 몸 중에서 가장 깨끗한 부분이다.

그러나 사람의 아름다운 외양과 단단하고 정결한 골격 사이엔 얼마나 많은 보기 싫고, 징그럽고, 냄새나고, 뭉클하기도 하고, 밍클하기도 하고, 느글느글하기도 한 게 있을 것인가. 나는 아름다운 인두겁이 은폐하고 있는 갖가지의 징그럽고 추한 것을 상상하고 새삼스럽게 전율한다.

내 딸이 그걸 일일이 꺼내보고, 만져보고, 썰어보고 확대해

보고 해야 하다니, 거기엔 또 얼마나 많은 명칭이 있을 것인가. 그것들을 일일이 외워야 할 뿐 아니라 이해해야 되고, 그것들은 각각 홀로 있는 게 아니라 관계되어 있는 것이니, 분석만 해서 이해할 게 아니라 종합해서 이해해야 된다. 인체를 뒤집어 그 내부를 세분, 분석해서 확인하고 다시 조립해서 이해해야 된다. 라디오나 전기다리미가 아닌 사람의 몸을.

미꾸라지나 뱅어도 못 만지는, 닭이나 생선 밸 한번 못 따 본 내 딸이 이 무슨 끔찍한 업을 걸머지려는 걸까.

딸 기르는 사람이면 누구나 다 그렇겠지만 나 역시 딸을 고생 모르게, 좋은 소리만 듣게 아름다운 것만 보게 기르느라 애썼고, 앞으로도 시집이나 잘 가 고생스러운 것, 추한 것, 모진 것으로부터 보호받으며 곱게 살길 바라고 있다.

지렁이 한 마리를 밟고도 자지러지게 놀라는 여자가 되어도 나쁠 것도 없다고 생각했다.

나는 기회 있을 때마다 여자도 일을 가질 것을 주장해온 사람이다. 그러나 남자가 하는 일이면 뭐든지 다 여자도 해야 된다고 생각했던 것은 아니다.

남녀가 유별하되, 같이 사는 게 자연스러운 것처럼 같이 할 수 있는 일도 있고, 남자만 할 수 있는 일, 여자만 할 수 있는 일이 따로 있는 것이 자연스럽다고 생각했었다.

이런 나의 생각이란 그럴듯하면서도 실은 얼마나 엉터리였던지, 여자 의사는 좋지만 의사가 되기 위한 그 어려운 과정은 여자에게 암만해도 부당하다는 모순에 부딪혀 어쩔 줄을 모르고 있는 것이다.

그러나 그 길을 스스로 선택한 딸은 거기 따른 어려움을 미리 각오하고 준비하고 있었으리라 믿고 싶다.

그러나 무거운 책과 함께 그 휴먼지 뼈인지를 소중하게 싸들고 나간 작은 딸은 암만해도 애처롭고 두고두고 마음에 걸릴 것 같다. 그렇다고 그 길을 포기하기를 바랄 수도 없고 이왕 들어선 그 길을 늠름하게 갔으면 싶다.

남학생들과 더불어 여러 가지 고되고 어려운 일을 할 때, 행여 엄마하고 새우 깔 때처럼 엄살을 부려서 야유나 경멸을 받는 일이 있을까도 걱정된다.

그 일을 남자들과 똑같이 할 수 있으되 목석같은 마음으로서가 아니라 인간에 대한 사랑과 생명에 대한 경건성을 갖춘 참다운 용기로서 할 수 있었으면 싶다.

그건 참으로 어려운 일일 것이다. 그러나 내 딸이 꼭 그럴 수 있도록 바라는 마음이 간절하다보니 어디다 대고 기도라도 드리고 싶다.

아직 종교가 없지만 나보다 현명하고 겸허한 사람들이 믿어온 온갖 신에게 기도드리고 싶다.

내 딸의 작은 손이 고통받는 사람을 위한 약손이 되어지이다. 그리고 내 딸 같은 아직 미숙한 의학도에 의해 무참히 분해당한 이름 없는 주검들이여, 제발 원한 품지 말고 고이 잠들지이다, 라고 간절히 기도드리는 마음이다.

소록도의 새소리

낯선 고장에 갔을 때, 그 고장의 현관 격인 기차역이나 고속버스 터미널은 자연스럽게 그 고장의 첫인상이 된다.

그런 의미로 서울의 고속버스 터미널은 서울에 오는 손님들에게 어떤 인상을 줄까.

터미널이 동대문에 있을 때는 자주 이용했었지만 영동으로 옮기고 나선 교통이 불편해 될 수 있는 대로 기차를 이용하기로 하고 있다.

그곳을 이용하지 않으려는 데는 불편하다는 것 말고, 실상은 또하나의 까닭이 있다.

작년 초겨울 그곳에 처음 가봤을 때 어찌나 고생을 했던지 다시 그곳을 통해 여행해야 할 일이 생길까봐 겁이 날 지경이다.

철망 같은 것으로 외부와 차단된 통로는 꼭 포로수용소 같았고, 대합실 천장에 노출된 얼기설기한 골조는 아무리 무딘 신경에도 혐오감을 일으킬 만큼 추악하고 살벌했다.

그리고 처음 오는 사람을 어떡하면 가장 당황하게, 가장 오래 갈팡질팡하게 하나 연구해서 꾸며진 것처럼 불친절하고 황당한 구조는 생각할수록 화가 난다. 떨기는 또 얼마나 떨었는지.

나는 그 여행에서 돌아올 때, 상당한 불편을 무릅쓰고 기차를 이용했는데 그 이유는 그 터미널에 내리기가 싫다는 거였다.

그 여행에서 가장 좋은 인상을 받았던 곳은 광주의 시외버스 터미널이 아닌가 싶다. 전체적인 구조가 밝고 친절했다. 터미널에 들어서자마자 그곳을 통해 갈 수 있는 여러 고장의 이름을 일목요연하게 알아볼 수 있도록 매표소는 원형으로 돼 있었고, 같은 고장의 매표소와 승차구는 가장 가깝게 연결돼 있을 뿐 아니라 밖에서 떨고 기다리지 않도록 차는 대합실의 승차구에 가장 가깝게 대기하도록 돼 있었다.

그때 나는 나의 두 딸과 함께였고 광주에 직접적인 볼일은 없었다. 그 근방의 소읍에서 서울로 오기 위해선 그곳을 경유

하지 않으면 안 되기 때문에 들렀을 뿐이었다.

그러나 과히 시간에 쫓기고 있진 않았기 때문에 무등산 구경쯤은 해도 될 형편이었다. 그런데 아이들이 느닷없이 그 터미널을 통해 버스 타고 어디 가까운 데를 가보자고 졸랐다. 나는 쉽게 동의했다.

딸이나 나나 특별한 방랑벽이 있는 것도 아니고 즉흥적인 성격도 아니다. 다만 떠나고, 돌아오는 일을 조금도 까다롭지 않게 가볍고 즐거운 것으로 느끼게 해주는 그곳 터미널 분위기에 무심히 이끌린 결과였다고밖에 생각되지 않는다.

그래서 탄 게 녹동행 버스였다. 마침 시간이 맞는데다가 그곳이 바닷가라는 걸 얻어들었기 때문이다.

우린 그때 겨울의 남해에 대한 낭만적인 기대보다는 거기 가면 신선한 회를 먹을 수 있겠다든가, 건어물을 서울보다 싼 값으로 사갈 수 있을지도 모른다든가 하는 실리적인 기대를 더 많이 했었다.

광주서 녹동까지는 세 시간이 걸렸고 포장 안 된 도로에선 버스가 많이 털털댔다.

녹동항은 기대에 어긋나게 초라한 항구였다. 바다를 면한 간이음식점엔 돼지 대가리 삶은 게 보일 뿐, 서울에서 그렇게 흔해빠진 횟집 하나 없었다.

겨우 묻고 물어 김을 도매하는 집을 알아내어 서울의 소매값과 같은 값을 주고 김 두 톳을 샀을 뿐이었다.

항구엔 가끔 작은 철선이 모터 소리를 털털대며 사람들을 맞은편에 보이는 섬으로 실어날랐다. 그 섬은 인천 월미도에서 보이는 작약도만큼이나 육지와 친근한 거리에 있었다.

그 섬의 이름을 물었더니 소록도라고 했다. 나는 소록도란 섬이 남해상에 있긴 있되 그렇게 가까이 있는 줄은 몰랐었다.

나의 관념 속에서의 그 섬은 비극적인 만큼, 또 비현실적인 것이기도 했기 때문에, 웬만한 수영 실력만 있으면 배 없이도 건널 수 있는 거리에 바라뵈는 따사롭고 반길성 있어 뵈는 섬이 소록도라는 게 얼른 믿어지지가 않았다.

딸들은 그 철선을 타자고 했고, 나도 얼떨결에 그 배에 올랐다.

배의 승객 중 나환자와 관계있어 뵈는 사람은 아무도 없었고 그 배를 타는 데 아무런 제지도 받지 않았다.

조그만 소년이 승선 요금을 먼저 받는데 40원이었다. 또 한번 우리가 가고 있는 곳이 소록도라는 게 믿어지지 않았다.

배는 곧 섬에 닿았다. 섬에 오르자마자 자연석 그대로를 높이 세운 비碑가 보였다.

비문은 "나병은 낫는다"였다. 나는 비로소 이곳이 소록도구나 하는 현실감을 느꼈다.

그 느낌은 충격적일뿐더러, 이곳을 단지 구경 삼아 온 경박한 호기심에 대한 후회와 부끄러움을 동반한 것이기도 했다.

모든 치료되기 쉬운 병은 결코 낫는다고 부르짖을 필요가 없다. "나병은 낫는다." 돌에 깊이 파고들어 육지를 응시하고 있는 이 비문은, 나병이 완치되기까지 환자는 얼마나 오래 회의와 싸워야 하나, 얼마나 무서운 고독을 견디어야 되나, 그러면서도 잠시도 낫는다는 신념을 잃어서는 안 된다는 투병의 어려움을 반어적으로 강조하고 있는 것처럼 보였다.

섬에 오르자마자 수위실 같은 작은 건물이 있었고 거기에서 섬에 오른 사람들을 일일이 체크했다.

대개가 환자를 면회 온 사람 아니면, 직원 가족, 직원에게 용무가 있는 방문객이었다.

맨 꼬라비로 우리의 차례가 됐다.

"누구를 만나러 오셨습니까?"

직원이 물었다. 우리는 말문이 막혀 우물쭈물했다. 어찌 차마 구경을 왔다고 할 수 있으랴. 수치감으로 얼굴이 달아오르는 걸 느꼈다.

"무슨 일로 오셨냐니까요?"

직원이 재차 다그쳤다.

나는 특별한 목적 없이 여행중에 들렀음을 밝히고 만약 허락된다면 섬을 한 바퀴 돌아보고 싶다고 대답할 수밖에 없었다.

"관광을 오셨군요?"

그때 그 젊은이의 얼굴에 떠오른 착잡한 표정을 뭐라고 설명해야 좋을지 모르겠다. 젊은이는 한동안 그런 착잡한 표정으로 우리를 바라보더니 사무적으로 말했다.

"관광은 안 됩니다. 올가을부터 관광은 엄하게 금하고 있으니 도와드릴 수 없습니다."

우리가 맨 꼬라비였기 때문에 이런 우리 꼴을 아무도 못 본 건 참 다행이었다. 수위실 밖은 바람이 찼다. 우린 아무 말 없이 안으로 들어가 난로에 손을 녹였다.

"도와드리고 싶지만 규칙이 그러니까요. 규칙이 심하지 않았을 때는 벚꽃놀이니, 단풍놀이니 실상 육지 사람들이 너무들 했거든요. 나병이 접촉하지 않으면 쉽게 전염 안 된다는 일반의 올바른 인식은 고맙지만, 그렇다고 여기가 어디라고 여기서 쌍쌍이 술 먹고 춤추고, 그들을 큰 구경거리처럼 흘긋흘긋 쳐다보고 합니까? 뭐 세상에 구경할 게 없어서 남이 목숨 걸고 하는 투병 생활을 구경하지 못해 합니까?"

그는 남을 빗대놓고 실은 우리를 나무라고 있음이 분명

했다.

"구경시켜달라고 지금 이러고 있는 게 아닙니다. 배가 벌써 떠났으니 다음 배를 기다리고 있는 겁니다."

나는 이렇게 말하고 창밖으로 잔잔한 바다와 녹동항을 바라보고 있었다.

젊은 직원이 무슨 생각에선지 전화기를 돌리더니 여자 세 사람을 들여보낼 테니 친절히 안내해주면 고맙겠다는 부탁을 했다. 그리고 우리에게 병사 지대의 초소에 연락을 해놓았으니 병사 지대건 직원 숙소가 있는 지대건 마음껏 돌아보라고 했다.

나는 왠지 돌변한 그의 태도에 고맙다는 인사를 하지 않았다.

우리 세 사람은 그가 가르쳐주는 길을 천천히 걸어 섬 깊숙이 들어갔다.

남쪽의 작은 섬은 바람이 차면서도 양지쪽은 아지랑이가 피어오를 것처럼 따뜻했다.

직원들의 숙소는 고풍스러운 벽돌 건물로 견고하고 아름다워 보였고, 밭엔 무슨 채소인지 중부 지대의 사, 오월의 밭처럼 신선한 녹색을 하고 잘 가꾸어져 있었다.

십이월인데도 집집의 화단의 금잔화가 아직도 노기老妓처럼, 사그라지기 직전의 저녁노을 빛깔로 서 있는 것도 인상적이었다.

여기저기 적당한 거리를 두고 서 있는 교회는 크림을 잔뜩 뒤집어쓴 크리스마스 케이크처럼 희고 앙증맞고 동화적으로 보였다. 조용하고 평화롭다는 것밖에 달리 할말이 없는 마을들이 숲속에 나타났다 사라지고 또 저만치 나타나고 했다.

어느만큼 왔을까 별안간 강렬한 소독약 냄새를 맡았다. 그리고 거기 또하나의 초소가 있었고, 맨 처음 초소에서 우리를 위해 연락해놓은 초소가 바로 거기라는 걸 곧 알 수 있었다.

우린 그곳에다 우리의 짐을 맡기고 몇 가지의 주의사항을 들었다. 거기서부터가 병사 지대였다.

독한 소독약 때문인지 병원 문턱에 들어선 어린이처럼 반사적으로 긴장했고 두려움을 느꼈다.

나는 그곳에 온 걸 후회했다. 나환자는 소록도 외의 고장에서도 얼마든지 봐서 그 병의 외양에 대해 모른다고는 못한다.

그들을 좋아했다면 위선이 되겠지만, 마음으로부터 동정하고 있고, 현대 의학의 편에 서서 그들의 완치를 믿어왔고, 완치된 환자에겐 아무런 편견도 안 가질 테고 남에게도 그걸 계몽할 작정이다.

그랬으면 됐지 굳이 소록도 속의 그들을 보려 함은 무슨 심보일까. 남의 불행을 구색을 갖춰놓고 구경하려는 비정한 악취미거나 천박한 호기심이라고밖에 설명이 안 됐다.

병사 지대로 난 호젓한 해안길은 아름다웠다. 김을 따기 위한 발이 질서 있게 쳐진 바다는 고즈넉했고, 한쪽은 수목이 무성한 숲이었다.

저만치서 목발을 짚은 여자가 천천히 걸어왔다.

소록도에서 만난 최초의 환자였다. 멀리서도 단박 환자라는 걸 알아차릴 수 있을 외양을 하고 있었다.

호기심을 가지고 그 여자를 너무 주목해도 안 되고, 불쾌한 눈치를 보이며 피해도 안 될 것 같았다. 그러나 보통 행인과 엇갈리듯이 자연스럽게 엇갈려야 된다고 생각할수록 얼굴이 자연스럽지 못해지는 걸 느끼고 있었다.

여자가 좀더 가까워졌다. 그때 숲에서 맑고 드높은 새소리가 들렸다. 새소리는 규칙적이었고 좀더 커졌다.

나는 구원받은 것처럼 탄성을 질렀다.

"얘들아! 저 새소리 좀 들어보렴, 무슨 새일까?"

그러나 딸애들은 이상하게 난처한 얼굴을 하고 내 탄성을 못 들은 척했다.

마침내 그 여자는 우리와 엇갈리고 멀어져갔다. 새소리도 은은하게 멀어져갔다. 그제야 아이들이 나를 핀잔주었다.

"엄마도 참 주책이셔. 새소린 무슨 새소리예요? 저 환자 목발에서 나는 소리였단 말예요."

이런 때 무슨 변명을 시도했다간 더 주책 노릇 되고 만다.

마침내 해안선은 병원과 환자촌으로 가는 길과 공원으로 가는 길로 갈라졌다. 그곳 공원이 아름답다는 건 소문으로 들어 전부터 알고 있었다.

나는 아이들과 함께 공원으로 갔다. 공원은 잘 가꾸어져 있었고 구라탑救癩塔 위의 하늘은 슬프도록 푸르렀고 산다화 꽃이 만개해 있었다.

보리피리 피 릴리리……, 한하운의 시가 새겨진 돌을 어루만지며 나는 소록도로 관광을 온 나에게 심한 부끄러움을 느꼈다.

남의 가장 쓰라린 소리, 목발 소리를 새소리로 알아들은 나의 어처구니없는 실수를, 환자촌을 구경하지 않는 것으로 다소나마 보상받기를 나는 바라고 있었다.

타인의 고통에 대해 알려고 하고, 그것을 함께하고, 나누어 가지려는 사람의 선의처럼 소중한 것은 없다.

그러나 누가 감히 타인의 고통을 참으로 알았다고 할 수 있으랴. 타인의 고통에 대해 참으로 알았다고 생각하는 것처럼 두려운 오만은 없을 것 같다.

명색이 작가랍시고 열심히 귀담아들은 남의 목소리에 대한 그릇된 인식이 어찌 소록도의 새소리뿐이었을까. 생각할수록 사과를 금할 수 없다.

은행나무와 대머리

지난해는 짧았다. 특히 지난가을은.

원고 독촉은 나의 세월을 사정없이 주름잡았다. 몇 날 며칠이라는 숫자에 쫓기느라 봄, 여름, 가을, 겨울이라는 계절의 정감을 제대로 누릴 겨를이 없었다.

지난가을도 그렇게 보낼 뻔했다. 그러나 전혀 예기치 않은 시간, 예기치 않은 고장에서 생긴 사건이랄 것도 없는, 사소한 일들은 무슨 충격처럼 강렬하게 나에게 가을을 일깨웠었다.

어느 날, 노선이 바뀐 차를 잘못 타서 한 정거장 이상이나 걸어야 했던 일이 있었다. 나는 이런 실수를 잘도 저지르면서, 번번이 잘도 화를 낸다.

그날도 들입다 화를 내면서 빠르게 걷다가 길 건너 아름다운 은행나무를 보았다.

나는 그 길이 결코 생소한 길이 아닌데도 거기 그런 은행나무가 서 있는 걸 본 건 처음이었다. 그렇다고 그 은행나무가 근래 옮겨 심은 묘목일 리도 없었다.

그것은 당당하고 의젓한 거목巨木이었고 황홀하리만큼 아름답게 물들어 있었다.

화창한 날이었고 주위는 온통 밉고 조잡한 암회색의 건물이었다. 그러나 그 은행나무는 그 건물 중 어떤 건물에도 속해 있지 않았고 어떤 건물하고의 조화도 거부하고 있었다.

그 나무는 홀로 서 있었고, 홀로 완벽하게 아름다웠다. 요새는 참 밉게 물드는 은행나무도 많은데 이 은행나무만은 그 맵시 좋은 거목의 무수한 잎이 골고루 순수한 황금빛으로 물들어 레이스 옷처럼 미묘하게 살랑거리고 있었다. 막 물들기를 마쳤으되 낙엽은 시작되기 직전이었다.

아, 가을이구나! 하고 나는 탄식했다. 한 잘생긴 나무가 그 아름다움의 절정에 이르는 순간과 만나지기 위해 버스 노선은 바뀌었고, 나는 그 버스를 잘못 탔다고까지 생각했다.

은행나무의 배경으론 4·19 도서관이 보였다. 그러나 그 은행나무가 4·19 도서관에 속한 건지 아닌지는 알 수 없었다.

다만 그 배경 때문에 한 나무가 저 같은 아름다움을 획득하기까지 목격해야 했던 수많은 인간의 비극에 대해 생각하며 잠시 비감해지는 것만은 어쩔 수 없었다.

그러나 그런 생각은 행인의 통속적인 감상일 뿐 그 나무는 4·19 도서관과도, 인간 세상의 어떤 행불행, 희비극, 영고성쇠와도 관계 맺기를 원치 않는 것처럼 홀로 점잖았고 의젓했다.

충정로에서 어느 날 문득 만난 은행나무는 나의 지난가을의 압권이었다.

어느 해 가을이던가. 벼르고 별러서 찾아간 내장사의 단풍이 별것 아니었던 것과는 대조적으로.

지난가을의 피날레도 잊을 수 없다. 성우 고은정씨의 출판기념회가 있는 날 저녁이었다. 출판기념회란 대개 저녁 때 있기 때문에 나는 가정부가 없다는 걸 핑계 삼아 그런 데 가본 적이 거의 없다.

그러나 나는 그날 거기 가려고 낮부터 서둘렀다. 그분과는 이렇다 할 교분은 없으되 친밀감을 느끼고 있기 때문이기도 했고, 그분과 잠깐 같이 일했던 지난 어떤 시기에 대한 막연한 향수 같은 것 때문이기도 했다.

출판기념회장은 앰배서더 호텔이었다. 우리집에선 그쪽으

로 가는 교통편이 없다. 택시를 타면 되겠거니 하고 집을 나섰다. 저녁 여섯시경에 택시 잡기가 어떻다는 것에 대해 나는 너무 몰랐던 것이다.

그런 중에도 다행스러운 것은 반시간가량이나 택시를 기다리면서도 달음박질을 하거나 어느 누구와 시비가 붙어 속상하는 일이 없었다. 왜냐하면 지나가는 차마다 가득가득 차 있어서 합승 손님을 찾아 속도를 늦추는 택시조차 없었으니까.

나는 길에서 을씨년스럽게 떨면서 기묘한 불행감에 빠졌다. 이 나이에 자가용 한 대 못 굴린다는 게 다시없는 불행으로 여겨지기 시작했던 것이다. 돌연 엄습한 이런 철딱서니 없는 불행감은 모처럼의 외출을 중도에서 포기하고 싶도록 절실했다.

그렇다고 그냥 집으로 돌아갈 수도 없는 게, 나잇값이라는 것도 생각해야 했고, 엄마로서의 체통도 생각해야 했다.

결국 그 호텔이 있는 동네와 가장 가까운 곳을 통과하는 버스를 타고 가서 거기까지 걸어가든지 갈아타든지 하는 수밖에 없다고 생각했다.

그러나 그런 노선의 버스가 어떤 것인지도 알 수가 없었다. 나는 평소 서울에서의 행동반경이란 지극히 협소했고, 일단 거기를 벗어났다 하면 갓 서울에 온 시골뜨기나 별로 다를 바 없었다. 낮에도 버스를 잘못 타 엉뚱한 고생이나 시간 낭비를 한 일이 많았고, 그런 실패담을 아이들한테 이야기할 때마다 아이들은 사람들에게 절대로 길을 묻지 않는 나의 묘한 고집을 핀잔주곤 했었다.

나는 내 고집을 꺾고 버스 노선에 대해 사람들에게 묻기로 했다. 상냥해 뵈는 여대생이 몇 번 버스를 타고 어디서 내려서 어느만큼 걸으면 된다는 걸 자세히 가르쳐주었다.

나는 그대로 했다. 그러나 차창을 내다보는 나는 점점 불안해졌다.

우리 동네에서 그쪽으로 가는 버스 노선만 없다 뿐 그렇게 먼 거리는 아닌데 버스는 한없이 가고 있었고, 내다뵈는 거리는 점점 어둡고 쓸쓸한 거리로 변하고 있었다. 학교지 회사지 모를 큰 건물의 긴긴 담이 끝났다 하면, 생사탕집이나 나무를 동글동글하게 깎는 작은 목공소가 줄지어 있기도 했다.

그 흔한 다방이니 양과점, 양품점, 양장점의 밝고 유혹적인 불빛이 없는 침침하고 인적이 뜸한 밤거리는 내가 지금 거리를 가고 있는 게 아니라, 타임머신을 타고 과거의 시간으로 가고 있는 것 같은 착각을 일으키게 했다.

불안해진 나는 버스 차장한테 다시 물었다. 버스 차장은 요다음 정거장에서 내려야 한다고 쌀쌀하게 대답했다. 다음

정거장에서도 거리의 풍경은 별로 변해 있지 않았다.

무작정 내린 나는 어느 방향으로 걸어가야 하는지, 또는 무엇을 타고 가야 하는지 짐작도 할 수가 없었다.

그때 나는 남에게 길을 묻지 않는 고집을 깨고 길을 물었기 때문에 이렇게 엉뚱한 고장에 있는 것처럼 여기고 있었기 때문에 다신 길을 묻지 않을 작정이었다. 어쩌면 도심의 발전에서 소외된 타락하고 빈궁해 뵈는 거리의 풍경이 앰배서더 호텔이란 심히 발음하기 힘든 호텔 이름을 물을 용기를 잃게 했는지도 모른다.

도대체 나는 어디 와 있는 걸까, 그걸 알고 싶어서 가게의 간판을 유심히 살폈으나 '노구로'니, '가리방'이니 하는 이상한 이름이 붙은 목공소 아니면 불결한 음식점이 고작이었다.

반대 방향 버스를 타기 위해 길을 건너기도 싫어서 걸어서 되돌아가기 시작했다. 버스를 탈 때 타더라도 거기가 어디라는 것을 알 수 있는 분명한 지점에서 타고 싶었다.

나는 그때 이미 출판기념회에 가기를 포기하고 있었다. 시간이 한 시간이나 지나 있었고, 무엇보다 나는 춥고 비참했다. 따뜻하게 위로받고 싶었다.

환하고 사람들의 왕래가 활발한 네거리가 나오기까지 아마 버스로 세 정거장이나 되는 거리를 걸음직하다. 네거리는

을지로7가였다.

꽤 큰 지하다방이 보였다. 나는 그곳으로 들어가 허겁지겁 공중전화를 잡았다. 그리고 남편이 있는 곳의 다이얼을 돌렸다.

남편에게 오늘밤의 고생을 응석 부리고 비참한 기분을 위로받고 싶었다. 그리고 따뜻하고 정결하고 아늑한 곳에서 같이 식사를 하고 싶었다.

그러나 전화벨이 아무리 울려도 받지를 않았다. 그는 이미 퇴근한 뒤였다. 그렇게 간절히 만나고 싶었는데.

가을밤, 낯선 다방의 공중전화를 통해 듣는 간절히 만나고 싶은 사람의 빈방을 울리는 전화벨 소리는 정말 적막했다.

뒷사람의 재촉에 못 이겨 나는 수화기를 놓고 힘없이 돌아섰다.

그때 그 다방의 주방으로 통하는 반짓문을 통해 한 키 작은 남자가 몸을 더 작게 꼬부리고 기어나왔다. 그 남자가 몸을 펴자 나는 나도 몰래 그에게 알은척을 했다. 그는 한참에야 나를 알아봤다.

동란중 미군부대를 전전할 때 같은 데서 일한 일이 있던 남자였다. 미군부대란 그 시절에 구할 수 있는 거의 유일한 직장이어서 각양각색의 인간들이 모여 있다가 동란 후 세상이 안정되자 각양각색의 본업으로 돌아갔기 때문에 어쩌다

만나는 수가 있어도 변모가 심해 알아보기가 힘들었다. 또 서로 알은척을 하려들지도 않았다.

그런데 그는 30년 가까이나 되는 세월 동안 변한 데라곤 없었다. 다만 세월이 그를 사정없이 마멸시킨 것처럼, 그는 작아 있을 뿐이었다. 그 밖의 찌든 옷도, 소심한 눈도, 여윈 뺨도 옛날 그대로였다.

차나 한잔하실까요. 내가 먼저 그런 소릴 했다.

우린 커피를 한 잔씩 놓고 마주앉았다. 할말이 없었다.

스테레오에선 클리프 리처드가 기를 쓰고 〈유 아 어 데블 우먼〉을 부르고 있었다. 그 노래가 끝나자 DJ가 익살을 떨었다.

클리프 리처드가 우리나라에 왔을 때 그토록 열광하던 틴에이저들은 지금 어디서 무엇을 하고 있을까요? 아마 아기 엄마들이 되어서 기저귀를 빨고, 저녁이면 남편을 위해 된장찌개를 끓이겠죠. 세월이란 그렇고 그런 겁니다.

그때 나는 그 남자의 변모를 하나 발견했다. 남자는 베레모를 쓰고 있었다. 베레모엔 고바우 영감의 머리털처럼 꼭지가 하나 귀엽게 직립해 있었다. 나는 그 남자에 대해 미군부대 시절 잡역부였다는 것밖에 아는 게 없었는데, 어쩌면 남자는 현재 예술가일지도 모른다고 생각했다.

나는 지저분한 머리털이 늘어진 이마 위 베레모를 보면서 혹시 예술가시냐고 물었다.

"예술가요?"

남자는 누가 명치를 쿡쿡 찌르는 것 같은 소리를 내며 웃었다.

"이것 때문에 그런 오해를 하시는군요."

그러면서 남자가 베레모를 벗었다. 이마 언저리와 뒤통수엔 지저분하나마 머리털이 많은데 정수리는 동그랗게 벗겨져 있었다.

벗겨진 부분이 촉광 낮은 벽등을 받아 슬프게 반짝였다.

"이걸 감추느라고 이놈의 벙거지를 쓰죠."

그가 쓸쓸하게 말했다.

그의 변모를 또하나 발견했다. 30년 전보다 30년은 더 늙어 보였다.

"저는 목수죠. 대목수도 못 되고 잔재주나 부리는. 이 다방 실내장식을 좀 손봐줬는데 품삯을 오늘내일 미루기만 하고 안 주는군요. 그걸 받아야 김장을 할 텐데……"

그가 대머리를 한번 쓰다듬으며 말했다. 나는 그의 대머리에서 인생의 만추와 계절의 만추를 동시에 본 것처럼 느꼈다.

촉광 낮은 벽등을 희미하게 반사하던, 벌어놓은 돈도, 닦아놓은 지위도 없는 초로의 남자의 대머리처럼 처량한 가을이 또 있을까.

다음날은 비가 내렸다. 기온이 급강하하리란 관상대의 예보가 났다. 나는 급히 김장을 들였다. 이웃의 아무도 아직 김장을 하기 전이다. 날씨는 곧 다시 풀리리라. 앞으로 열흘 내지 스무 날쯤은 더 미뤄도 되는 김장을 서둘렀다.

빨리 가을을 보내고 싶어서였다. 김장 전엔 누구나 가을에 감질을 내고, 집착하게 된다. 추위를 두려워하는 나머지 치사하도록 가을에 매달리고, 가을에 아부하게 된다. 그게 싫어서, 그까짓 가을 미련 없이 보내고 싶어서, 김장을 좀 이르게 하였다.

김장만 해놓고 나면 이미 겨울이다. 나는 성급하게도 새해의 설계를 할지도 모른다.

새해의 가계부를 위해 여성지의 신년호를 사는 진부한 방법으로나마.

꿈

일전에 시내에 나갔다가 집에 들어올 때의 일이다. 택시를 탔는데 동대문 쪽으로 가지 않고 돈암동 쪽으로 도는 것이었다.

한번 잡은 방향을 바꾸기도 어렵거니와 거리상으로 큰 차이가 날 것 같지도 않길래 모로 가도 서울만 가라고 하고 가만히 있을 수밖에 없었다.

운전사 쪽에서 뒤늦게 방향을 잘못 잡은 걸 알고 미안해하더니 삼선교 쪽에서 질러간답시고 주택가로 접어들었다.

오늘 다르고 내일 다르게 변하는 신흥주택가나 도심지와 달리 안정된 한옥촌은 아늑하고도 구태의연했다.

그곳엔 내가 여학교 시절을 보낸 집이 있을 터였고, 택시는 뜻하지 않게 그 집 앞을 지나는 것이었다.

조그만 한옥인 그 집은 옛 모습 그대로인데, 그 집이 있는 좁은 골목은 한쪽의 집들이 헐려서 큰 한길이 되어 있었다. 골목 속에 다소곳이 있던 집이 아무런 단장도 안 하고 별안간 큰 한길로 나앉은 건 어딘지 무참한 느낌을 주었다.

마침 하학 시간이라 여고 학생들이 삼삼오오 그 앞을 지나고 있었다.

여학교 시절을 보낸 지금도 변하지 않은 옛집과 그 앞을 지나는 여학생들의 모습은 문득 나에게 시간관념의 혼란을 가져왔다. 울고 싶은 충동을 일으켰다.

실제로 눈물을 흘리지 않았지만 조용히 흐느끼고 싶은 잔잔한 서러움이 목구멍까지 치올랐다.

차는 곧 그 앞을 지났다. 나는 결국 울지 못했다. 쉰 살이 가까운 뻣뻣하게 굳은 여자가 그까짓 일로 차마 어찌 울기까지야 하랴. 그러나 그때의 그 느낌만은 늙은 여자답지 않은 센티였다.

그 집과의 만남은 쉰 살 여편네에게 열여섯 소녀의 감상을 일깨워줄 만큼 그 집에서 나는 참으로 많은 꿈을 꾸었다.

숱한 꿈은 자라면서 맞닥뜨린 현실에 혼비백산, 지금은 그 편린조차 지니고 있지 않다. 나는 그때 내가 어떤 꿈을 꾸었는지 생각해낼 수가 없다. 다만 그 꿈과는 동떨어진 모습이 되어 늙어가고 있음을 알 뿐이다. 하루하루를 사는 내 모습이 별안간 한길로 나앉은 나의 옛집의 모습만큼이나 초라하고 어설프다는 걸 알 뿐이다.

나는 매일 아침 하루의 계획을 세운다. 집에 있는 날은 집에서 할 일을 빠듯하게 짠다. 내가 할 일, 아이들에게 시킬 일, 파출부에게 시킬 일을 분류하고 내가 할 일을 또 가사와 원고 쓰는 일로 나누어 시간 배당을 엄격히 한다. 행여 예기치 않은 일이 일어나 이 시간 배당에 차질이 생길까봐 전전긍긍한다.

나가는 날은 나가서 볼 일을 또 그렇게 꼼꼼히 짠다. 외출하는 횟수를 줄이기 위해 볼일은 어느 하루로 몰아서 치르기 때문에 나가서 볼 일도 빠듯이 짜여 있다.

허둥지둥 종종걸음을 친다. 약속하지 않은 옛 친구를 우연히 만나 차라도 나누게 되어 시간을 빼앗기게 되면 어쩌나 겁이 나는 것처럼 앞만 보고 종종걸음을 친다.

계획한 시간을 예기치 않은 일에 빼앗길까봐 인색하게 굴다보니 거의 시계처럼 살려니 꿈이 용납되지 않는다. 낮에 꾸는 꿈이란 별건가. 예기치 않은 일에 대한 기대가 즉 꿈일 수 있겠는데 나는 그걸 기피하고 다만 시계처럼 하루를 보내기에 급급하다.

시계처럼 산다면 제법 정확하고 신용 있는 사람 티가 나지만 시계가 별건가. 시계도 결국은 기계의 일종이거늘. 사람이 사람답게 살아야지 사람이 기계처럼 살아서 어쩌겠다는 걸까.

낮에 이렇게 기계처럼 바쁘게 움직이다보니 밤엔 자연히 죽은 것처럼 숙면을 하게 되어 거의 꿈을 안 꾼다. 꿈을 안 꾸는 것인지 못 꾸는 건지, 꾼 꿈을 되살려 기억할 시간을 안 갖기 때문에 일껏 꾼 길몽 영몽靈夢을 아깝게도 망각의 구렁텅이에 처넣고 있는 건지는 모르지만.

숙면한다고는 하지만 꿈이 없는 잠은 뭔가 서운하다. 고기 없는 물이 서운한 것처럼. 고기 없는 물이 아무리 깨끗해도 살아 있는 물이 아닌 것처럼 꿈이 없는 잠은 산 사람의 잠일 수는 없을 것 같다.

조금 덜 바빠져야겠다. 너무 한가해 밤이나 낮이나 꿈만 꾸게는 말고, 가끔가끔 단꿈을 즐길 수 있을 만큼만 한가하고 싶다.

아침에 일어나면 우선 계획 밖의 예기치 않은 일이 일어나길 소망하면서 가슴을 두근대고 싶다. 밖에 나갈 땐 정성껏 화장을 하고 흰머리카락이 비죽대지 않나 살펴 머리를 빗고, 어떤 옷이 가장 잘 어울리나, 이 옷 저 옷 입었다 벗었다 하고 싶다. 예기치 않은 사람을 만날지도 모른다는 기대에 부풀어서.

이렇게 시간과 마음의 여유가 생기면 아마 밤에도 꿈을 꿀 수 있을 것 같다. 내가 어려서 꾼 것 같은 색채가 풍부한 꿈을.

나는 어려서 특히 꽃과 과실의 꿈을 많이 꾸었었다. 진분홍 꽃으로 뒤덮인 들과 산을 끝없이 헤맨다거나, 놀랍도록 색채가 선명한 과일이 주렁주렁 달린 나무 밑에서 치마폭을 벌리고 과일이 떨어지길 기다리는 꿈이라던가.

이런 꿈 얘기를 하면 어른들은 태몽이라고 하며 웃으셨다. 나는 부끄러워서 어른한테 꿈 얘기를 하는 걸 스스로 삼가게 됐다.

하긴 소녀 적의 태몽으로 지금 예쁜 딸들을 주렁주렁 두었는지 모르지만.

악몽을 꾼 기억은 거의 없다. 악몽이라봤댔자, 무서운 도둑이나 괴물에게 쫓기는 꿈인데 이런 꿈을 꿀 때는 좋은 꿈을 꿀 때와는 달리 지금 꿈을 꾸고 있다는 걸 의식하고 꾼다. 그래서 꿈이니까 날 수도 있겠거니 하고 마음만 먹으면 둥실 공중을 날아 괴물로부터 가볍게 놓여나게 된다. 그러니까 무섬증이 조금도 심각하지 않고 장난스럽다.

다시 꿈을 꾸고 싶다. 절박한 현실 감각에서 놓여나 꿈을 꿀 수 있었으면 좋겠다. 조금만 한가해지면 그럴 수 있을 것이다. 아직은 꿈을 단념할 만큼 뻣뻣하게 굳은 늙은이가 돼 있다고는 생각하지 않는다.

소녀 적에 살던 집 앞을 지나면서 울고 싶을 만큼 센티한 감정이 아직도 나에게 남아 있는 것만 봐도 나에겐 꿈을 꿀 희망이 있다.

자연으로 혼자 떠나라

또 여름이 돌아왔다.

젊은이들이 집과 도시를 박차고 뿔뿔이 흩어져 이글대는 자연 속으로, 알몸으로 뛰어들고 싶은 계절이다.

벌써 바캉스 계획을 짜놓은 젊은이들도 있을 테고, 지금부터 짤 젊은이들도 있으리라.

지도를 펴놓고 산으로 갈까, 바다로 갈까, 명산을 찾을까, 이름 모를 낙도를 찾을까를 망설이는 것도 즐거운 고민이 될 것이다.

그러나 무엇보다도 신경이 써지는 것은 누구누구하고 한 패가 되어서 떠나느냐일 것이다. 남녀가 단둘이 떠난다면 아마 부모님의 승락을 받기가 힘들 테고, 특별한 사이가 아니면 부모님이 아닌 입장에서도 과히 권하고 싶은 방법이 아니다.

자연히 무관한 친구끼리 한 팀을 짜게 되는데, 나를 중심으로 A·B·C·D·E라는 친구를 한 팀으로 모아들였다고 치자. 나는 그 다섯 친구와 다 친하지만 A하고 E는 미워하는 사이일 수도 있다.

단 며칠간이라도 이런 이질적인 친구끼리 공동생활을 하면서 인화를 유지하려면 그 중심인물인 나의 신경 소모가 이만저만이 아니다.

이런 신경의 소모는 도시생활에서 싫든 좋든 우리가 매일 감당해야 하는 정신의 고역이다. 도시와 자기가 속해 있던 공동생활의 굴레를 벗어나서까지 새로운 굴레를 만들 필요가 있을까, 한번 용기를 내서 혼자 떠나라고 권하고 싶다.

우리가 여행을 통해 놓여나기를 꿈꾸는 것은 도시적인 공간뿐 아니라, 도시적인 복잡 미묘한 인간관계이기도 하니까.

친하지 않은 친구끼리 여행을 떠나는 일은 거의 없고, 대개 마음에 맞는 친구를 선택하다보면 매일 만나는 그 얼굴이 된다. 그 끼리끼리의 속성을 못 벗어난다.

매일 도시의 답답함 속에서 끼리끼리 어울리던 친구들과 끼리끼리 주고받던 이야기를 주고받으며 여행을 다닐 생각을 해보라. 얼마나 따분한가.

물론 따분하지 않기 위해 기타를 가져오는 친구도 있을 테고, 카세트를 가져오는 친구도 있을 테고, 트랜지스터를 가져오는 친구도 있으리라. 그러나 결과적으로 도시적인 인관관계뿐 아니라, 도시적인 음향까지 같이 달고 다니는 결과가 된다.

도시적인 인간관계, 도시적인 소음에 갇혀 자연엔 눈이 멀 수밖에 없다.

자연에 눈이 열려 마음에 드는 곳, 머무르고 싶은 곳을 발견했다고 치자. 곧 머물고 싶은 곳에 머무르고 싶은 자유마저 없다는 걸 알게 될 것이다.

A가 마음에 드는 곳을 B는 마음에 안 들어 할 수도 있고, C의 일정은 얼마든지 신축성이 있는데 D의 사정은 촉박할 수도 있다.

훌쩍 떠나고 마음놓고 머무르고 정 홈식homesick을 견딜 수 없을 때 돌아올 수 있다는 여행의 자유, 정착하면서 동경하던 방랑의 낭만은 팀이라는 구속 때문에 산산이 유린당한다.

도시적인 구속으로부터 놓여나지 못하고는 도시적인 오염으로부터 놓여난다고 해서 도시로부터 한때나마 자유로워졌다고 할 수는 없으리라.

뿐만 아니라 여행의 궁극의 목적인 자연과 사귀고 친해질 기회를 여럿이서 함께는 좀처럼 가질 수가 없다.

여럿이 함께 자연을 바라보거나 거기서 무엇을 배울 수는 있을지 몰라도, 사귀고 친해지진 못한다.

자연은 홀로 있는 사람에게 비로소 친근하게 다가온다. 홀로 있는 사람에게만 가슴을 연다. 홀로 있는 사람에게만 그의 내밀한 속삭임을 들려준다. 이것은 자연 속에 홀로 있어본 사람만이 아는 자연의 성질이다.

자연 속에서 홀로가 되는 것, 될 수 있는 대로 작고 고독하고 겸허해지는 것, 이것은 자연과의 관계에 있어서 사람이 반드시 경험해두지 않으면 안 될 소중한 거라고 생각한다.

무리를 져서 떠들며 뛰어든 자연에서 자연은 그저 거기 있을 뿐, 결코 그의 가슴을 열지 않는다.

고속버스나 기차 타고 빠르게 통과하는 노변이 자연일 뿐이다. 가장 훌륭한 친구이자 가장 사귈 만한 친구가 있다면 바로 자연이라고 흔히들 말한다.

사람을 친구로 사귀기 위해서도 그렇지만 자연을 사귀기 위해서도 우선 거기 머무르지 않으면 안 되고, 고독하지 않으면 안 된다.

자연을 노변의 자연으로 스쳐가지 않고 사귀기 위해서라도 그 내밀한 목소리를 알아듣기 위해서라도 과감히 끼리끼리를 떨치고 홀로 자연으로 들라고 유혹하고 싶다.

또 A·B·C·D·E가 같이 여행을 함으로써 A·B·C·D·E의 우정이 더욱 두터워지기보다는 정 떨어지는 경우가 더 많다는 것도 생각해볼 문제다.

아무리 친해도 먹고 자는 것을 같이하지 않던 친구가 먹고 자는 것을 같이함으로써 새로운 면을 드러내기가 쉽다. A는 깔끔한 멋쟁이인 줄 알았더니 게으르고 설거지를 엉망으로 하고, B는 책임감이 강한 성실한 친구인 줄 알았더니 식사당번은 어떻게 하든 빼먹는 얌체더라 하는 식으로 말이다.

물론 이런 개인적인 약점을 스스로 보완하고 여럿이 감싸고 해서 원만한 협동생활을 해야 하나, 그러자니 피곤하다. 도시생활의 피곤이란 거의 이런 인간관계의 긴장에서 오는 피곤인데 그걸 그렇게 못 잊어 달고 다닐 게 뭐 있으랴.

끼리끼리를 떨치고 한번 철저하게 외로워져보라.

외롭기 때문에 새로운 고장 사람들과 자연스럽게 사귀게도 된다.

제주도 인심을 알지 못하고 어찌 제주도를 다녀왔다 할 수 있으며, 강원도 인심을 알지 못하고 어찌 강원도를 다녀왔다 할 수 있으랴.

그러나 끼리끼리 떼를 지어 다니면서 그곳 인심과 접하기는 힘들다. 끼리끼리라는 건 일종의 세력 과시이기 때문에 그런 끼리끼리를 맞는 그쪽 사람들 역시 일종의 적의를 갖고 맞이하게 된다. 즉 텃세를 하게 된다. 그러니 끼리끼리와 본토박이 사이에 어떤 인간관계가 이루어질 리가 없다.

대개 끼리끼리 여행 갔다 와서 하는 소리는 "시골 인심 한번 더럽더라"이지만, 홀로 갔다 온 사람의 소리는 다르다. 어디 가나 산 좋고 물 맑은 것처럼 후한 인심, 소박한 인간성이 있다는 데 감탄을 하고 돌아온다.

자연과의 만남뿐 아니라 사람과 사람과의 만남의 신비조차 결코 끼리끼리에게는 차례가 오지 않는다.

혼자 떠나라.

농촌봉사라는 이름으로 떠나는 여행조차 혼자 떠나라고 권하고 싶다. 비록 같은 목적으로 구성된 단체의 일원이더라도 홀로의 마음가짐으로 겸허하게 농촌으로 들어가야 한다.

끼리끼리 떼를 지어 가면 우선 우월감이 생기고 도시적인 걸 거침없이 풍기게 된다. 농촌봉사에서 가장 먼저 떨쳐버려야 할 것이 바로 이 우월감이다. 농민에게 무엇을 가르쳐야 한다는 우월감을 갖고 농촌으로 들어가려면 차라리 안 들어가는 게 낫다. 머슴살이 들어가는 마음을 가질 수 있어야 한다. 머슴 중에도 아주 일 못하는 머슴, 하나부터 열까지 배우고 익혀야 하는 풋내기 머슴의 송구스러운 마음으로.

도시에서 대학을 나왔거나 또 다니는 걸로 농촌에 가서 우월감을 갖고 뭘 가르칠 수 있다고 생각하면 큰 오산이다. 우리가 교과서에서 배운 지식이, 그들이 자연에서 땀 흘려 얻어낸 지혜보다 어째서 우월하냐 말이다.

쌀나무가 어째서 어떻게 생겼는지도 모르는 무식쟁이가, 외국 사람과는 의사소통도 안 되는 외국어 몇 마디를 농민보다 더 안다고 해서 농민보다 유식한 척할 수가 있느냐 말이다.

제발 그런 되어먹지 않은 생각으로 떼를 지어 농촌에 들어가지 않기를 바란다. 머슴은 떼를 지어서 머슴살이 다니지 않는다.

농촌이 도시보다 못 먹고 못산다고 해서 선불리 문명화된 도시의 생활양식을 가르치느니보다는 그들의 생활 모습이야말로 우리 사회에서 가장 정직하게 일해서 떳떳하게 얻어낸 생활의 모습이라는 걸 깨닫는 게 더 중요하다. 또 잘살고 못사는 걸 반드시 도시적인 척도로 재야 하느냐 그것도 문제다. 이런 것을 회의하고 사고하는 것도 훌로의 일이다.

올여름은 한번 용기를 내어 자연 속에서 농촌 속에서, 훌로가 되어보라고 권하고 싶다.

회엘레 잔치의 회상

어렸을 적의 즐거웠던 추억으로 시골의 잔칫날은 잊을 수 없다.

잔칫날은 내 집 잔치건 남의 집 잔치건 가릴 것 없이 신이 났었다. 20호가 채 안 되는 작은 마을이어서 그랬는지 그 시절의 인심이 그러했는지, 한 집의 경사가 곧 온 마을의 경사가 되었다.

잔치란 경사에 음식을 푸짐히 장만해 손님을 청해 대접하고 즐기는 것이겠는데, 내 기억 속에선 꽃상여와 만장輓章의 행렬과 슬픈 곡성이 마을을 떠나던 장례 행렬까지도 즐거운 잔치가 되어 남아 있다.

평화롭지만 단조롭던 나날에, 떠들썩 사람이 모이고 떡방

아를 찧고 하는 일은 그 내용이야 어찌됐건 덩달아 엉덩방아라도 찧고 싶게 신나는 일이었던가보다. 또 그만큼 내 기억이란 게 믿을 수 없이 희미해졌달 수도 있고, 터무니없이 미화됐달 수도 있겠다.

시골 마을에 살았던 지도 어언 40년이 되니 그럴 수밖에. 그런 믿음성 없는 내 기억 속에서도 좀처럼 잊히지 않는 잔치의 풍경이 있다.

그 잔치는 우리 마을에서 있었던 게 아니고 고개 너머 이웃 마을에서 있었던 일인데 인근 마을까지 미리 소문이 자자할 만큼 큰 잔치였다.

그것은 그 잔칫집이 형세가 넉넉한 부농인 까닭도 있었지만, 잔치의 이름이 특이했다. 만 명의 하나 특별한 천복天福을 받은 사람이나 누릴 수 있는 '회엘레 잔치'라고 했다.

어른들이 하는 말을 흉내내어 아이들까지 몇 밤 자면 누구누구네 집 '회엘레 잔치'라고 손가락을 꼽았었다.

"회엘레 잔치, 회엘레 잔치……"

남의 일에 어른들은 지나치게 싱글벙글 좋아했고, 아이들은 그 이름이 신기하지만, 덩달아 신이 났다. 발음하기는 매우 어렵다고 생각하면서도,

"회엘레 잔치, 회엘레 잔치……"

휘파람 부는 소리를 내면서 가슴을 설레었었다.

훗날 안 일이지만 그것은 회혼례回婚禮 잔치였다.

회혼이란 결혼한 지 회갑 되는 날을 말함이니, 낳아서 회갑만 살아도 장수라고 치던 시절에 여간 장수하지 않고는 누릴 수 없는 날이었을 게다.

게다가 회혼례 잔치까지 하려면 부부가 해로해 있을 것은 물론, 그 부부가 퍼뜨린 직계 자손과 그 배우자 중 단 한 명도 앞서 죽는 일을 안 당해야 된다는 게 불문율로 돼 있다는 거였다.

반타작만 해도 잘 거두었다고 치던 그 시절에 자식은 물론 손자 손녀의 참적慘迹을 한 번도 보지 않는 일이란 무자식이 아닐진대 불가능에 속하는 일이었다.

평균연령이 놀랄 만큼 높아지고 유아의 사망률이 제로에 가깝다는 요즈음에 와서도 회혼을 맞기란 쉽지 않은 일인가 보다. 과문한 탓인지는 몰라도 어릴 적 시골 마을에서 구경한 회혼례 잔치가 여태까지 내가 보고 들은 유일한 회혼례 잔치니 말이다.

그때 그 회혼례 잔치는 정말 대단했었다. 인근 몇몇 마을의 어른 아이가 배불리 먹고 즐길 수 있을 만큼 어마어마하게 차린 음식이나, 멀리 서울에서 많은 돈 주고 청해왔다는 소리꾼들의 춤과 노래도 잊히지 않지만, 회혼을 맞은 노부모에게 잔을 드리기 위해 모인 직계 자손의 엄청난 수효는 어린 마음에도 깊은 인상을 남겼다. 아들 손자는 물론 증손까지 직계만으로 간이학교 운동장만한 그 집 앞마당이 꽉 들어찼었다.

그들은 남자 따로, 여자 따로 같은 천과 같은 빛깔의 한복으로 단장하고 있어서 딴 친척이나 이웃과 구별할 수 있을 뿐 아니라 일종의 전시효과적인 세력권을 형성하고 있었다.

과일이랑 떡, 약과, 색사탕 등을 어린아이 키보다도 높게 괸 잔칫상 앞에서 잔을 받는 노부부는 어린 눈에 행복해 보였다기보다는 곧 사그라질 듯이 작아 보였다.

"할머니, 저 사람이 저렇게 많이 아이를 낳았어!"

나는 같이 구경 온 할머니의 치마꼬리를 잡아다니면서 물었다.

"그럼, 자식이 또 자식 낳으면 손자 되고, 손자가 또 자식 낳으면 증손자 되어 자꾸자꾸 퍼지면 잠깐 저렇게 되지."

"잠깐?"

"그럼 혼인하고 회갑이라야 잠깐이지. 그렇지만 그만큼 해로하기란 하늘이 낸 복 아니면 쉽지 않단다."

할머니 설명은 어딘지 모순됐지만 나는 나대로 그 엄청난 자손의 수효 때문에 잔치의 주인공인 노부부의 고령을 행복스럽게보다는 충격적인 것으로 받아들였던 것 같다.

저렇게 많은 자손이 퍼지는 것을 볼 때까지 사람이 살 수 있다니, 저 할머니 할아버지의 연세는 도대체 몇 살쯤 될까.

그때의 어린 마음속에 일어난 이런 놀라움에 현대적인 해석을 붙이자면 인구 폭발에 대한 충격이라고 해도 좋을 것이다.

아무튼 그 노부부는 일종의 징그러움을 동반한 채 내가 본 가장 오래 산 부부로 내 기억 속에 아직도 생생하다. 〈장수만세〉에 나오는 백세 장수한 할머니나 할아버지도 내 기억 속의 노부부보다는 젊다.

나는 개인의 고령 그 자체보다, 결혼하고 다시 회갑을 살았다는 결혼생활의 고령에 대해 끔찍해하고 있는 건지도 모른다.

외국에 비해 결혼기념이란 걸 별로 아기자기하게 지키면서 살지 않는 우리들의 풍속에서 회혼례 잔치라는 대대적인 축제의 전통이 있었다는 것도 흥미롭다.

우리도 결혼 초기엔 서양 풍속을 따르느라 그랬는지, 젊어서 그랬는지 제법 결혼기념일을 기억하면서 살았다. 서로 기억할 때도 있었고, 어느 한쪽만 기억해서 섭섭해하고 토라지고 일깨워주고 한 적도 있다. 둘이서만 외식을 하는 것으로 만족한 적도 있다.

매년 그때쯤이면 서울의 벚꽃이 만개하고, 그날은 거의 비오거나 흐린 날 없이 화창하다는 것은 우리에겐 축복이 되었다.

그러다가 차츰 그날을 안 지키게 됐다. 둘 다 잊어버린 적도 있고, 한쪽이 잊어버려도 잊어버리지 않은 쪽에서 섭섭해하거나 토라지지도 않게 되고 말았다. 심지어는 일러주기조차 쑥스러워 그냥 넘기기도 했다.

그만큼 서로가 서로를 위해 관대해졌달 수 있겠으나 그만큼 생활에 타성이 붙은 셈이기도 했다. 풍파 없는 결혼생활이란 그만큼 아기자기하지 못한 결혼생활을 의미하기도 했다.

아이들이 자라니 약간 사정이 달라졌다. 언젠가는 남편이 심히 쑥스러운 얼굴을 하고 도자기로 된 물건을 하나 선물로 사왔다.

그걸 사게 된 곡절인즉 딸애가 아빠한테 간곡히 귀띔을 했다는 것이다. 금년 엄마 아빠 결혼기념일은 도자기혼식이니 아빠는 엄마에게 도자기로 된 물건을 선물하는 게 좋을 거라고.

올해는 뭐 은혼식이라나. 우리 부부보다는 아이들이 먼저 설치고 있다. 아이들이 부추겨서 올핸 아마 은제품 선물이라도 받게 되려나 기대하고 있었더니 뜻밖에 제주행 항공표를 받았다. 그것도 남편의 독창적인 생각이라기보다는 아이들이 뒤에서 사주한 결과이니 싫으면서도 모른 척하고 그냥 즐거워하고 있다. 그러나 마음으로부터 즐겁기만 한 것은 아니다.

결혼한 지 벌써 25년이 되었구나 하는 생각은 되씹을수록 대견하기도 하지만 허망하기도 하다.

나의 기억 속에서 전설적인 것이 되다시피 한 시골 마을의 회혼례 잔치에서 노부부만큼은 못 살았지만, 그분들의 반은 거의 산 셈이다.

그런데도 하나도 오래 산 것 같지가 않다. 엊그저께 만난 것 같다.

엊그저께 만난 것처럼 깨가 쏟아진단 소리가 아니라 지나간 세월이 그만큼 덧없다. 그리고 아직도 엊그저께 만난 것처럼 가끔 그가 낯설 때가 있다.

부부를 흔히 일심동체라는 안이한 말로 표현하지만 일심동체처럼 느끼는 시간보다는 새빨간 타인처럼 느끼는 시간이 더 많다.

모든 삶의 자취가 다 그렇듯이 결혼생활도 돌이켜보면 보잘것없고 허망하다.

혼인한 해에서 다시 회갑이 돌아오기까지 해로하고 많은 자녀와 손자 손녀, 증손자녀까지, 너른 마당 하나 가득 직계 자손으로만 거느리고 큰 잔칫상을 받고 앉은 노부부가 땅속으로 사그라들 것처럼 초라하고 쓸쓸해 보였던 까닭을 이제야 알 것 같다.

그분들에게도 스스로의 장수가 결코 흡족한 것만은 아니었으리라. 자손들이 대견하기도 했겠지만 그들이 거둔 가장 확실한 것은 그들 자신의 늙음뿐이었으리라.

지금보다 훨씬 젊고 철없을 시절 한때, 사십이 넘게까진 살지 말았으면 하고 바란 적이 있다. 한때는 한 남자와 한 여자가 결혼으로 묶이면 죽는 날까지 마음 변하지 않고 살아야 한다는 것을 몹시 답답하고 못마땅하게 여긴 적도 있다.

그러나 별 풍파 없이 지금까지 그 답답하고 못난 짓을 하고 나서 생각해보면 한 남자와 한 여자가 만나 서로서로 아끼고 보살피며 곱게 늙어간다는 건 도덕적인 의미를 떠나서도 충분히 아름다운 일로 여겨진다.

풍파 없이 살았다지만 어찌 남모르는 내적인 풍파까지 없었을까. 그 풍파에 난파하지 않았으므로 해서 지난 세월을 '풍파 없이'로 담담히 회고할 수 있겠거니 싶어 더욱 그 '풍파 없이'가 대견하기도 하다.

남의 눈에 띄는 우리의 작은 풍파는 그(남편)가 요즈음 당뇨병 증세가 있다는 것하고 내가 어느 날 작가가 됐다는 걸 꼽을 수 있을 것이다.

그는 저녁 시간에 온 식구가 모여 앉아 차를 들며 담소를 즐기는 걸 큰 낙으로 삼아왔다. 그는 차를 남보다 달게 타는 걸 좋아했고, 나는 그런 그를 촌스럽다고 놀리긴 했어도 말리진 않았었는데 당뇨라는 진단을 받고부터는 차 시간이 괴로운 시간이 되었다.

나는 독을 타는 것처럼 괴롭고 모진 마음으로 그의 잔에 인공감미료를 살짝 탄다.

친구들한테 당뇨병 이야기를 하면 그 병은 고급병이라고 한다. 아마 그게 어떤 위로가 된다고 생각하는 모양이다.

그러나 나는 결코 위로받지 못한다. 한 번도 고급의 옷이나, 고급의 집이나, 고급의 시계, 고급의 취미를 탐낸 바 없이 다만 털털한 그가 하필 병만은 고급병을 앓을 건 뭐란 말인가. 모든 고급이 그로부터 썩 물러갔으면 참 좋겠다.

또 내가 글을 쓰기 시작한 것을 풍파에 포함시킨 것은 나는 못 느껴도 그에겐 그것이 극복해야 할 풍파거니 싶어서이다.

몇 장의 원고지를 채우기 위해 대화와 사랑의 시간을 갖고 싶어하는 그를 냉담하게 먼저 재우고 몇 줄 끄적거리다가 문득 잠든 그의 얼굴을 바라보면서 온몸이 빈껍데기만 남은 것 같은 엄청난 상실감에 사로잡히는 수가 있다.

내가 원해서 가진 일이건만 그 일에서 얻은 것과 잃은 것을 비교해볼 때 잃은 것의 무게가 훨씬 더 나간다고 여겨질 때 참으로 비참해진다. 내가 그렇거늘 그는 더할 게 아닌가.

다만 며칠이나마 이런저런 풍파를 잊고 호젓하게 은혼의 밀월을 즐겨야겠다. 우리의 여행 가방은 될수록 단출하게, 물론 원고지 같은 건 끼워주지 않을 테다. 그러나 인공감미료를 잊으면 안 되지.

그러고 보니 그가 나에게 빚지고 있는 게 내가 그에게 빚지고 있는 것보다 무거운 것도 같아 약간은 마음이 놓인다.

한겨울의 출분出奔

살림이라는 걸 누구보다도 사랑하고 애지중지 가꾸어온 여편네에게도 가끔은 생활의 권태가 오게 마련이다. 어쩌면 너무 애지중지했기 때문에 싫증이 나면 그만큼 걷잡을 수 없는지도 모른다.

마치 지나치게 탐탁했던 음식에 식상을 하기 시작하면 걷잡을 수 없는 것처럼.

전에는 꽤 여행을 좋아하는 편이었는데, 근래는 왠지 점점 집 떠나는 일에 신명이 나지 않고 뜨악하고 시들해진다. 어디를 가도 내 집구석처럼 편하지 못하다.

여행이라기보다는 거의 고통스러운 의무처럼 돼 있는 바캉스라는 것도 근래 몇 년은 가지 않았다. 갈까 말까를 망설이지조차 않았다. 이런 나를 가리켜 아이들은 엄마도 늙었다고 한다.

그런 내가 작년에도 그랬고 올해도 그랬고 꽤 긴 여행을 다녀왔다. 꽃피는 봄도, 단풍 드는 가을도, 다 집 떠나는 여름도 아닌 엄동설한에. 엄동설한 중에서도 얌전한 여편네라면 마땅히 갔던 나들이에서도 돌아와 설 준비를 해야 할 세모에.

미지의 땅에 대한 유혹이라기보다는 갑자기 발작적으로 음습한 살림이라는 것에 대한 싫증을 감당하지 못해 덮어놓고 떠날 수밖에 없었던 것이다.

이런 싫증은 처음부터 생활 자체를 대상으로 하지는 않는다. 내가 움직일 수 없는 내 생활권 밖의 것으로부터 오기 시작한다.

내 집에서 너무 가까운 곳에 설치된 마이크 소리에 신경줄이 끊어질 것처럼 피곤한가 하면, 신세계 앞에서 시청 앞까지 빤한 거리를 가기 위해 사람의 다리를 최대한으로 모욕하고 혹사하고 약 오르도록 꾸며진 도시적인 불합리에 새삼스럽게 분통이 터지기도 한다.

어디를 가나 많은 사람, 사람, 또 사람의 멀미를 느끼기도 한다. 사람에 대한 이런 멀미는 차멀미보다 고약해서 외출할 일을 미리 겁내기까지 한다.

이런 싫증은 차츰 내 생활권으로 압축해온다.

이렇게 되면 이유도 없이 우울해지면서 일이 손에 잡히질 않는다. 모든 일이 싫어지고 짜증이 난다.

무슨 놈의 일이, 집에 일귀신이라는 게 있어 사람들이 모두 잠든 사이에 부지런히 일을 마련해 쌓아놓고 날이 새면 도망이라도 가는 것처럼 자고 깨면 태산같이 쌓여 있다. 밤에 아무리 늦도록 그날의 일을 말끔히 끝내고 자도, 내일 아침이 되면 내일 할 일이 어김없이 기다리고 있다.

오늘의 태양이 져도 내일은 다시 내일의 태양이 떠오르는 것만큼이나 틀림이 없다.

이렇게 일에 싫증이 나기 시작하면 우선 연탄불을 자주 꺼뜨리는 일이 일어난다.

다음엔 방에 들여놓은 화분에 며칠씩 물을 안 준다. 얼어 죽든지 말든지 마음대로 해라, 사람 시중들기도 귀찮아 죽겠는데 말 못하는 네까짓 거 말려 죽인들 대수냐 싶게 심통스러워진다. 도대체 화초 따위를 상대로 심통을 부려서 어쩌겠다는 건지 알 수가 없다.

다음은 장보기가 싫어진다. 맨날 보는 장, 그게 그건 것 같다. 상품은 빈약하고 장사꾼은 속 다르고 겉 다르다. 단골인 줄 알고 믿고 있으면 어느 틈에 우습게 보고 사람을 속여먹는다.

쇠고기는 요새도 물을 먹여 잡는지 비싸기만 하지 맛은 없어서 짜증이 나고, 뻣뻣하게 얼은 생선을 사자니 만지기가 싫고, 야채는 씻고 다듬기가 번거롭고, 가공식품은 모조리 불량식품 같은 의심 먼저 들고, 시장을 돌고 돌아도 사고 싶은 게 없다.

에라 모르겠다. 김치는 뒀다 뭐하나 이럴 때 먹자, 하고 애꿎은 김치나 족친다. 김치로 찌개도 하고 국도 끓이고 부침질도 한다.

그다음에 최악의 사태가 온다.

그나마의 무성의한 반찬 걱정도 하기가 싫은 것이다. 반찬 걱정만 며칠 안 하고 지낼 수 있으면 살이라도 토실토실 찔 것 같다.

좀더 솔직히 말하면 남이 해다 준 밥이 먹고 싶은 것이다.

남편들이 자기의 아내를 비하할 때 쓰는 말로 '밥데기'란 말이 있다. 참 듣기 싫은 말이지만 남편들은 아내를 '우리집 밥데기'라며 얕잡는다. 밥 짓는 게 여자의 유일한 천직임을 남자들은 의심하지 않는다.

이런 밥데기가 느닷없이 자기의 천직에 대해 회의를 품기 시작하면서 분수없이 남이 해다 준 밥이 먹고 싶은 것이다.

이런 소망은 집에 밥하는 사람이 있고 없고에 상관이 없다. 아무리 집에 밥해주는 사람이 있어도 주부가 오늘 저녁 반찬은 뭘로 할까 하는 걱정으로부터 놓여날 수 있는 건 아니니까.

살림에 싫증이 나다못해 가족을 위해 반찬 걱정하는 것조차 싫어지면 그때는 미련 없이 떠나는 게 수다.

남이 해다 주는 밥을 먹어보는 게, 10년 20년 열심히 살림을 살고 난 여편네의 최대의 소망이라는 걸 숨기거나 부끄러워할 필요는 없다.

그까짓 소망도 못 풀 게 뭔가. 남이 해다 주는 밥이 별건가. 여관 밥이면 됐지 하고 떠나는 게 수다.

이렇게 한번 마음먹으면 여관 밥의 유혹은 감미롭기조차 하다. 여관 밥을 먹기 위해 1년 동안 충실히 종사해온 식사당번을 미련 없이 남에게 떠맡긴다.

이런 걷잡을 수 없는 생활의 권태가 작년에도 세모에 오더니 올해도 어김없이 세모에 왔다.

1년이란 지구의 공전주기도 되지만 나에겐 정신의 신진대사의 주기도 되는 모양이다.

남들은 1년 동안 신세 진 분, 사랑하는 이한테 선물을 사고 연하장을 쓰느라, 가족의 즐거운 설맞이를 위해 새 옷과 맛난 음식을 장만하느라, 손님을 초대하기 위해 방을 꾸미고 몸단장을 하느라, 보통 때보다 몇 배나 바쁘고, 보통 때보다 몇 배나 더 살림 재미가 날 시기에 나는 살림의 번거로움을 떠나기 위해 지도를 뒤적였다.

최초의 목적지는 부여였다. 하고많은 명승고적이나 관광지 중에서 부여를 골라잡은 데 특별한 이유는 없었지만 억지로 이유를 붙이려면 같은 고도이면서도 경주처럼 화려하게 단장하고 사람들을 불러들일 줄 모르는 게 마음에 들었다고나 할까. 부여란 어감은 또 얼마나 겸손하고 부드러운가.

나도 왕년엔 영화로운 왕성이었노라고 내세울 만한 유적 하나 번듯한 것 없이, 다만 패망의 치욕을 일깨워주는 한恨이 서린 유적 하나로 고도의 명목을 유지하고 있는 이 고장의 겨울은 얼마나 적막할 것인가.

백마강이 바라보이는 곳에서 며칠이고 쉬자. 남이 해주는 밥을 먹으며.

아마 내 상에 오르는 물고기의 조상의 조상, 그 먼 조상은 아리따운 궁녀의 살점을 포식했을지도 모른다.

그렇게 되면 나는 여관 밥을 통해 먼먼 옛날의 어느 미진한 젊음의 한과 만나질 수도 있는 게 아닌가.

이렇게 나는 내가 정한 목적지에 대해 미리 감동을 했다.

내가 선택한 목적지는 내가 원하고 상상한 대로 적막했다.

뭔가 못 견디게 적막했다.

나는 거기서 오래 머물지 못하고 대전으로 나와 그 주위를 둘러보고 대구로 갔다. 해인사를 목적으로 하고서였다.

해인사 근처는 관광지로 잘 개발이 되어 머무르기에 조금도 불편함이 없었다. 내가 그렇게 소망하던 여관 밥도 훌륭했다. 그러나 이 편하고 훌륭하다는 게 나를 불편하게 했다. 거기도 내 목적지는 아니었다.

나는 이왕 길 떠난 김에 새로 개통된 구마고속도로나 달려보고 싶단 유치한 생각이 나기 시작했다. 생전 고속도로란 구경도 못해본 것처럼 그게 타보고 싶어진 것이다.

그러니 다음 목적지는 자동적으로 마산이 될 수밖에 없었다. 마산에서 진해로, 진해에서 정석대로의 남해안 관광을 하고 부산으로 갔다.

부산은 지리적으로 서울에서 가장 먼 고장인데도 서울의 관문에 들어선 것 같은 묘한 심리적인 착각을 일으키는 고장이다.

시시각각으로 있는 서울까지의 각종 교통편 때문에도 그렇고, 도시적인 번화한 면모 때문에도 그렇고, 과다하게 밀집한 인구 때문에도 그런 것 같았다.

나는 내가 부산에 와 있었다는 데 대해 맥빠지는 기분에 빠진 채 여지껏의 행적을 돌이켜보았다.

어느 고장에서도 하룻밤 이상을 묵지 못했다. 어느 곳에서도 목적지에 당도했다는 편안감을 맛본 적은 없다.

어느 곳의 여관 밥도 남이 해준 밥이란 유일한 매력만 빼면 대체로 맛없는 것이었다. 그 맛없음이나마 각 고장마다의 특색조차 없이 어쩌면 그렇게 똑같은지.

남이 해준 밥에 대한 돌발적인 매력에서 준비한 여행은 남이 해준 밥에 대한 싫증으로부터 서서히 귀가를 준비하고 있었다.

그러고 보니 도시적인 것을 떠난답시고 출발해서 마음먹고 한적한 곳을 택한 나의 여행은 차츰 도시적인 것에의 접근을 시도하다가 나도 모르게 서울의 관문에 도달해 있었다.

나는 몸 편하기 위해 여지껏 안 사던 가족들에 대한 선물을 몇 가지 샀다. 부산은 그런 일을 위해선 매우 편하게 되어 있는 고장인 까닭도 있었지만 차츰 가족들 생각이 나기 시작하는 때문이기도 했다.

그러면서도 뭔가 여행의 목적을 달성 못한 것 같은 미진한 기분으로 서울행 고속버스에 올랐다. 집에 가고 싶어서라기보다는 더 가려도 바다가 막혀 못 가니까 돌아갈 수밖에 없지 않겠느냐는 식의 체념 같은 귀갓길에 올랐다.

겨울날은 쉬 어둡다. 일찌거니 출발한다고 했는데도 서울 못 미쳐서 완전히 어둡고 말았다.

며칠 만에 돌아온 서울의 야경은 아름다웠다.

나는 저 멀리 서울의 무수한 불빛을 바라보며 가슴을 두근댔다. 그리고 생각했다. 저곳이야말로 나의 목적지였다고. 내가 진저리를 치며 떠난 곳이야말로 나의 최종의 목적지였던 것이다.

나는 더할 나위 없는 편안감을 느꼈다.

신세계 앞에서 시청 앞까지의 엎어지면 코 닿을 수 있는 거리에도 최대한의 고지와 최대한의 함정을 마련해놓고 나의 허약한 다리를 최대한으로 모욕하고 학대하던 도시, 차車에 아부하기 위해 인간을 최대한으로 천대하던 이 비인간적인 도시에 나는 따뜻한 친화감을 느꼈다.

그 속, 그 복잡한 갈피 속엔 내가 포기한 나의 살림이 나를 기다리고 있으리라.

나는 그것을 다시 내 것으로 해서 소중하게 어루만지고 새로운 숨결을 불어넣으리란 생각으로 뭉클한 감동조차 맛보고 있었다. 한겨울에 돌아올 집이 있다는 건 좋은 일이다.

나는 한겨울에 돌아오기 위해 한겨울에 떠났던 것이다.

삶의 가을과 계절의 가을의 만남

처음 만난 젊은 분한테 명함을 받고서였다. 명함의 주소가 마포 어디로 돼 있는 걸 보고 나는 불쑥 말했다.

"마포강에서 지금도 새우젓 배가 들어오나요?"

"네엣?"

그 젊은이가 참 별난 여자 다 보았다는 얼굴을 했다. 나도 그렇게 생각했다. 그런 엉뚱한 생각이 어째서 떠올랐는지 모를 일이었다. 그때가 마침 새우젓철이어서 인천에 가서 새우젓을 사는 게 싸다느니, 해군 장교 부인회 바자에서 사는 게 더 싸다느니 하는 소리를 들으며, 나는 아마 둘 다 못하고 앉아서 사는 게 고작이리라고 생각하고 있는 중이긴 했다.

나는 그 젊은이에게 변명처럼 말했다.

"예전엔 인천에서 새우젓 배가 마포강으로 들어왔답니다. 그래서 마포엔 새우젓 도갓집도 많았고 새우젓장수들도 많이 살았죠. 요샌 인천까지 새우젓을 사러 가는 게 알뜰 주부지만 그땐 마포강으로 새우젓을 사러 가면 굉장한 극성 부인이었답니다. 요새가 새우젓철이거든요. 문득 그때 생각이 나서요."

그러고 나니 또 내가 굉장히 오래 산 늙은이같이 돼버려서 그만 열없이 웃고 말았다.

어렸을 적, 할아버지께서 소싯적에 겪으신 개화나 합방 때 얘기를 하시는 것을 들으면서 나는 할아버지가 마치 우리 마당에 있는 아름드리 고목나무처럼 오래오래 사신 것처럼 느껴져 외포畏怖에 가까운 감동을 맛보곤 했었다.

그 시절의 우리는 옛날얘기를 사랑했었다. 그러나 요새 아이들은 공상과학영화나 미래 소설에 더 흥미가 있다.

그래 그런지 우리 어렸을 때는 옛날얘기를 잘하는 노인에게 아이들이 따랐고, 품위와 권위도 있어 보였지만, 요새는 툭하면 예전 일을 들추는 노인이 구질구질해 보여 따돌림을 당하기가 일쑤다.

그래서 너나없이 젊어지려고 하고 젊은이들이 무엇에 관심이 있나를 열심히 눈치보고, 젊은이들의 화제에 덮어놓고 아부하고, 젊은이들의 의견에 허겁지겁 동의한다.

어쩌면 현대는 노인 인구의 증가와는 상관없이 진정한 의미의 노인은 없는 시대인지도 모른다.

더구나 나처럼 늙도 젊도 않은 연령층은 언제 늙은이로 취급될지도 모르는 두려움에서 죽자꾸나 젊은이들의 꽁무니라도 따라붙는 걸 수로 안다.

나도 굳이 처음 만난 젊은이와 마포에 대해 얘기하고 싶었다면, 새우젓 배에 대해서보다는 새로 들어선다는 출판단지에 대한 얘기가 훨씬 센스도 있고, 상대방에게 친밀감도 줄 수 있었을 것이다. 새우젓 배 얘기는 너무 엉뚱했다. 나는 노추老醜를 드러낸 것처럼 무안했다.

그날 그 젊은이와 만났던 장소가 한국일보사 근처라 헤어져서 차를 기다리는데 중앙청과 현대화랑, 출판문화회관이 있는 넓은 길이 참으로 쓸쓸해 보였다. 그 길엔 가을이 오고 있었다.

길에 낙엽이 뒹구는 것도 아니고, 돌담 안의 나무도 가로수도 아직 청청하건만 그것들의 살랑임에는 사람의 마음의 현을 건드려 아, 가을이구나 하는 구슬픈 탄식을 자아내게 하는 특이한 무엇이 있었다.

젊었을 땐 봄에 더 민감하더니, 나이 들면서 가을에 더 민감해지는 것 같다.

나는 일주일 만의 외출답게 많은 볼일을 시간마다 갖고 있었음에도 불구하고 차를 몇 대씩 놓치면서 그 근처에 망연히 서 있었다. 그리고 또 나잇값을 하느라고 예전 중학다리 근처의 풍경을 현대화랑 근처의 근대화된 아름다운 거리에 오버랩시키고 있었다.

중학천이 복개되고, 따라서 중학다리가 없어진 지는 따지고 보면 그렇게 예전 일도 아니다. 마포의 새우젓 배보다는 훨씬 근래의 일이다. 그런데도 예전이라고 해서 조금도 어색하지 않은 것은 우리 모두에게서 마치 먼, 먼 옛날 일처럼 잊혔기 때문일 것이다.

급속한 근대화로 우리가 사는 도시가 눈부시게 변모하는 것에 뒤질세라 거기 사는 도시인도 묵은 것을 잊는 데나 새로운 것을 받아들이는 데나 다 같이 너무도 재빠른 것 같다.

사라져가는 것에 대한 감상이나 새로운 것에 대한 낯가림으로, 새로운 것에 대한 적응에 뒤지는 일이 없다.

아마 그런 쓸데없는 감정의 소모를 하는 사람이 조금이라도 남아 있다면 우리처럼 늙도 젊도 않은 연령층이 될 테고, 그중에서도 사라져가는 것들의 그 구질구질한 갈피 속에 인정스러운 그러나 다분히 전근대적인 추억을 간직한 딱한 사람들이 될 것이다.

나도 중학다리엔 어린 날의 다사로운 추억이 있다. 내가 중학다리를 중학다리라고 옳게 발음하게 된 것은 어른이 된 후였고, 여고 시절까지도 '주악다리'라고 말했었다. 주악다리 근처에 좁고 긴 골목 속 낡은 기와집엔 홀시어머니와 과부 며느리가 양자로 맞아들인 중학생 아들하고 살고 있는 친척집이 있었는데 우리 어머니하고 과부 며느리하곤 친척을 떠나서 친구로도 친해서, 어려서 어머니를 따라 그 집에 자주 드나들었다.

그 댁엔 낡은 세간들이 언제나 반들반들했고, 바둑마루도 반들반들했다. 남편이 없는 고부姑婦의 머리는 늘 잔털 하나 없이 반들반들했고, 안 쓰는 방마다 굳게 닫힌 덧문은 몇백 년 된 것처럼 윤기 없이 새까만 빛깔이었고, 고부가 다 늘 손에 마른걸레를 들고 있었던 것으로 기억된다. 그러나 내가 무엇보다도 잊을 수 없는 건 그 댁에서 가끔 얻어먹은 '주악'이라는 떡 맛이다. 그 떡을 얻어먹을 수 있는 날이 노할머니의 생신날이었는지 그 댁의 수없이 많은 제삿날이었는지 잘 생각나지 않는다. 아무튼 '주악'은 그 댁만의 별미였던 것 같다.

생기긴 송편같이 생겼는데 찹쌀로 빚어서 기름에 튀겨내서 꿀을 묻힌 것이어서 달콤하고 고소하고 쫄깃쫄깃했다. 한

번 먹어보면 잊히지 않는 진한 맛을 가진 이 작고 예쁜 떡을 나는 매우 좋아해서 실컷 먹고 집까지 얻어 가지고 왔다.

내가 그 댁을 오래도록 '주악다리 할먼네'라고 부른 것은 그 달콤하고 고소한 떡 맛 때문이기도 했다.

큰부자는 아니었지만 시골에 있는 땅에서 추수해다 먹으면서 생일이나 제사 때마다 일가친척 모아놓고 후히 대접하고, 음식 솜씨 칭찬 듣는 걸 유일한 낙으로 삼던 고부에게도 세상 풍파는 닥쳐왔다. 해방이 되어 추수해다 먹던 땅이 이북 땅이 되면서 가세가 기울기 시작해, 집을 줄여 조금씩 문밖으로 나가기 시작하다 6·25 후엔 소식을 모르게 됐다.

중학다리가 있었던 거리에서 문득 그 친척댁 생각이 나 처연해졌음은 주악 맛을 못 잊어서만은 아니었다.

가을이 오고 있기 때문이기도 했고, 나도 이제 곱고 깨끗하고 조촐하게 늙어가던 그 무렵의 '주악다리 아주머니'의 외로움을 이해할 만큼 인생의 가을에 서 있기 때문이기도 했다.

나는 이제는 보이지 않는 중학천의 흐름을 따라 천천히 걸어내려왔다. 길은 탄탄대로였고 차의 왕래는 빈번했고, 그 옛날의 천변 풍경을 회상할 만한 것은 아무것도 남아 있지 않았다. 개천가의 낡은 고옥들과 그 속에 담긴 서울 토박이들의 생활은 자취도 없이 사라진 뒤였다.

나는 그날 밤, 식구들이 모인 자리에서 중학다리와 '주악다리 할먼네'의 얘기를 꺼냈다.

그 얘기는 전에도 몇 번 한 일이 있어 아이들은 별로 흥미있게 듣는 것 같지 않았다. 아이들이 아, 가을이구나 하는 탄식과 함께 내 마음을 처연하게 하던 사라져간 것에 대한 아쉬움을 이해할 리 만무였으니까.

그러나 서울 토박이요, 복청다리 근처에서 어린 시절을 보냈다는 남편하곤 단박 죽이 잘 맞았다. 복청다리는 중학천이 청진동을 지나 종로 거리와 만나는 데 생긴 다리라고 했다.

우리 부부는 신이 나서 복청다리와 중학다리 사이를 오르락내리락했다. 그(남편)는 복청다리와 중학다리 사이에 있던 크고 작은 빨래터 풍경에 대해 얘기했다. 개천 한가운데로 맑은 물이 흐르고 큼직한 빨래들이 나란히 놓여 있고, 큰 무쇠가마솥이 걸려 있어 돈 받고 양잿물에 빨래 삶아주던 풍경은 나도 어렴풋이 기억이 났다. 그러나 깨끗이 빨아야 할 큰 빨래는 중학천을 한참 더 거슬러 올라가야 하는 삼청동 빨래터까지 갖고 갔었던 것 같다. 아이들이 그런 얘기를 신기해하긴 했지만 그런 시대에 대한 우리의 향수를 매우 딱하게 여기는 것 같았다.

우리 역시 그런 시절이 다시 오길 바라는 건 아니었고, 지금이 그때보다 살기 좋아졌다는 걸 부정할 생각은 더군다나 없었다.

그 시절은 이미 지나가버렸기 때문에 아름답다는 걸 알고 있을 뿐이었다.

그는 또 복청다리 밑에서 장마가 끝나고 나면 얼마나 많은 미꾸라지를 건져냈던가를 자랑하기 시작했다. 함석으로 된 석유통으로 하나 가득 미꾸라지를 건져냈다고 했지만 어째 허풍이 지나친 것 같아 나는 그냥 웃으면서 들었다.

내가 숙명여고에 입학했을 무렵만 해도 복청다리 밑은 거지나 넝마주이들의 소굴이었고, 그 근처의 상가엔 상두 도가가 많아 무섭고, 불결한 인상밖에 남은 게 없는데 그는 그런 유쾌한 추억을 갖고 있었던 것이다.

옛날얘기에 밤 깊은 줄 모르다가 그가 먼저 잠이 들었다. 나는 그의 코 고는 소리를 들으며 부부란 동시대인이라는 데 각별한 뜻이 있을지도 모른다고 생각했다. 내가 엄마 손을 잡고 '주악다리 할먼네'로 나들이 갈 때 그는 그 개천 속에서 미꾸라지 잡기에 여념이 없었다. 새침한 계집애와 개구쟁이 소년은 마주보았을까? 말았을까?

동시대인이란 인연이 부모자식 간의 인연보다 훨씬 신비

롭게 생각됐다.

그의 코 고는 소리가 갑자기 멎는다. 그가 먼저 잠들고 내가 깨어 있을 때면 그런 일을 자주 당하는데도 나는 번번이 가슴이 덜컥 내려앉는다. 그의 숨이 아주 끊어졌을지도 모른다는 방정맞은 생각 때문이다.

그를 흔든다. 그가 돌아누우면서 막혔던 코 고는 소리가 크, 크, 크르릉 자못 험준한 고개를 넘고 나서 다시 순탄해진다. 그러다가 다시 멎는다.

그를 또 흔들려다 말고 문득 내가 즐겨 읽던 천경자씨의 『그림이 있는 자서전』 중의 한 그림이 떠올랐다. 옆에서 잠자던 남편의 코 고는 소리가 끊어져 나처럼 겁이 난 아내가 남편 가슴에 귀를 대고 심장소리를 듣고 있는 그림이었다. 그 그림이 왜 그렇게 우습고도 슬프던지 나는 킬킬대면서도 어느 틈에 눈 위론 눈물을 조금씩 흘렸었다.

나는 그를 흔들어 깨우는 대신 내가 본 그림 흉내를 내 그의 가슴에 귀를 대었다. 심장 뛰는 소리를 확인하고도 그대로 귀를 대고 있으려니 어디선지 귀뚜라미 소리가 들렸다.

인생의 가을과 계절의 가을이 만나는 시간에 듣는 귀뚜라미 소리처럼 처량한 게 또 있을까.

남자 여자 만나서 사랑하고, 아이 낳고 살고, 늙어간다는 게 한없이 아름답게도 슬프게도 느껴졌다.

나에게서 젊음이 아주 가고, 아이들이 하나둘 떠나기 시작해 모조리 떠나고 나서도 아무쪼록 그와 함께 가을을 맞을 수 있기를, 나에게도 그에게도 혼자 맞는 봄은 있어도, 혼자 맞는 여름은 있어도, 혼자 맞는 가을만은 없기를 간절히 기도드리고 싶은 시간이었다.

2부

작가의 슬픔

작가의 슬픔

강연을 해달라는 부탁을 받는 일이 가끔 있다. 대개는 1, 2백 명 정도의 청중이 모인 조그만 모임에서지만, 학교 때 반장 한번 못해본 주제라 여러 사람 앞에서 연설조의 말을 해야 한다는 건 생각만 해도 떨리기부터 해, 그저 사양하는 것만 수로 알고 지내왔다.

그러다가도 피치 못할 사정으로 그런 자리에 몇 번인가 서보니, 그럭저럭 떨지는 않게 됐지만 또다른 까닭으로 그런 자리를 두려워하게 됐다.

여러 사람 앞에서 말을 하고 나서 혼자 돌아올 때면 왜 그렇게 허전하고 쓸쓸한지, 거의 울어버릴 것 같아진다. 하나의 소설이나 잡문을 탈고하고 나서도 허전하고 쓸쓸하긴 마찬가지지만 그래도 약간의 희열과 충족감이 있기 마련인데 입으로 말마디를 하고 나면 슬픔밖에 남는 게 없다.

조금치의 감미로움이나 도취감도 섞이지 않은 슬픔이란 참으로 견디기 어려운 법이다. 이런 고약한 슬픔이 싫어서 갖은 핑계, 엄살, 거짓말까지 해가며 말하는 자리라면 죽어라고 피했건만 올해도 두 번이나 그런 자리에 서고 말았다.

그중에서 춘천까지 가서 여대생들 앞에서 말마디나 하고 돌아오는 버스 속에서 맛본 그 이상한 슬픔은 지금까지도 잊히지 않는다.

심한 가뭄이 계속되는 여름날이었다. 웬만한 수로는 다 말라붙어 있었고, 소양강의 강폭까지 눈에 띄게 좁아져 있었다.

그래도 경춘가도 연변의 명승지나 관광지 근처엔 관광버스와 원색의 비치파라솔과 술 취한 놀이꾼들이 흥청거리고 있었고 타들어가는 들판에선 강물을 끌어올리기 위해 악전고투하는 농부들의 모습이 위대한 비극의 주인공처럼 고독해 보였다.

가뭄을 철저하게 외면한 사람이나 가뭄과 정면으로 대결한 사람이나 다 같이 내가 흉내도 낼 수 없이 잘난 사람처럼 여겨지면서, 내 모습이 한없이 초라하게 느껴졌다.

왜 그 여대생들은 나같은 사람의 말(講演)을 구걸하기 위해 가뭄에 타는 경춘가도를 몇 번이나 오르락내리락했을까. 그들의 갈망은 무엇이었을까.

나는 내 말이, 비나 눈을 갈망하는 땅에, 가짜 눈이 되어 뿌려진 스티로폼의 파편처럼 생전 녹지도 스며들지도 않은 채 그 거짓스러운 정체를 추하게 드러내고 오래오래 흐트러져 있을 것 같은 두려움과 슬픔을 느꼈다.

나는 핸드백을 열고 나를 배웅해준 여대생이 억지로 핸드백에 넣어주고 간 것을 꺼냈다. 노란 민들레의 조화造花로 장식한 사각 봉투 속엔 상당액의 돈이 들어 있었다.

그건 너무 많은 돈이었다. 나는 당황해서 차창에 이마를 대니 창밖의 풍경이 부옇게 흐려 보일 만큼 슬픔이 복받쳤다. 감정이 굳어져 웬만한 일엔 감동을 모른 지 오래됐건만 느닷없이 어쩌자는 헤픈 눈물인지 모를 일이었다.

나에게 있어서 글을 쓰는 가장 큰 어려움은 거짓말은 안 시키는 일이다. 정직하고자 채찍질하다시피 스스로를 다스리건만 다 쓰고 나서 겪는 허전함과 슬픔은 허황한 거짓말을 시키고 났을 때의 회한과 닮아 있으니 한심한 노릇이다.

그리고 그런 슬픔이 글을 쓰고 났을 때보다는 말을 하고 났을 때 더 걷잡을 수 없는 것은 말의 일회성 때문에 거짓말을 깎고 저밀 시간을 가질 수 없기 때문이 아닌가 한다.

작가이기에 겪어야 하는 고통 중에서 글 쓰는 어려움이야 당연한 것이겠지만 말하고 나서의 슬픔은 어쩐지 부당하게 느껴져 될 수 있으면 안 겪고 싶다.

글을 쓰면서 그것을 읽고 공감해줄 사람이 있다고 생각하는 건 여간 행복한 일이 아니다. 그러나 독자라는 사람을 직접 대할 기회가 생기면 난처해지기가 쉽다.

요새는 작가도 인기인 취급을 당하는 것까지는 참겠는데, 당신은 도대체 참여파요, 순수파요 하는 식의 질문에는 슬픔마저 느끼게 된다.

왜 이렇게 작가를 꼭 어떤 틀 속에 집어넣고 바라보려는지 알 수 없다. 이런 질문에 정면으로 반박할 수도 없고 나는 그저 애매모호한 얼굴로 그 자리를 면하려든다.

어떤 작가를 참여나 순수로 뚜렷하게 구분해서 생각하는 게, 그 작가의 작품을 이해하는 데 어떤 도움이 되는지 나는 알지 못하고, 나를 남이 순수라고 부르는지 참여라고 부르는지도 알고 있지 못하다.

나는 또 남들이 순수라고 부르는 작가의 작품도 좋아하고 참여라고 부르는 작가의 작품도 좋아한다. 좋아하는 작품이 있는 것만큼 싫어하는 작품도 있지만 감동을 안 주는 작품을 싫어할 뿐이지 참여냐 순수냐를 따져서 싫어하고 좋아하진 않는다.

또 참여냐 순수냐를 따져서 골라 읽지도 않는다. 대개는 따분하거나 심심해서 책을 읽게 되는데 따분하거나 심심하다는 게 정신의 침체를 의미한다면, 책을 찾는 일은 침체한 정신을 고양시켜보려는 욕구의 표현이라고도 볼 수 있다.

그렇게 해서 읽기 시작한 책 속에서 그저 심심풀이 정도의 이야기와 만날 수도 있고 사람의 삶, 죽음, 신, 운명과 목숨걸고 대결한 장엄한 이야기 속에 깊이 빨려들 때도 있다. 또 우리의 우스꽝스러운 삶의 표면을 거울처럼 말끄러미 비춰주는 작품이 있는가 하면 더 무서운 거울이 되어 눈에 보이는 현상 속에 가려진 속사정까지 비쳐 보여주는 작품도 있다.

현실의 고통을 들쑤셔 더욱 고통을 가하려는 작품이 있는가 하면 환상적인 세계로 독자를 유인해 독자로 하여금 현실의 고통을 잊게 해주는 작품도 있다.

현실을 세필화처럼 낱낱이 그려 보여주는 작품도 있고 추상화처럼 전혀 딴 모습으로 재구성해서 보여주는 작품도 있다.

내가 한 사람의 독자로 남의 소설을 읽고 받는 감동은 이렇게 다양하다. 즉 나는 소설에 대해서 이런 다양한 욕구를 가지고 있다고도 볼 수 있다.

한 사람의 독자가 지닌 욕구도 이렇게 다양하거늘 수많은 독자층이 지닌 욕구는 보다 다양할 것이다.

남들은 어떤 방법으로 사랑을 하나 그게 궁금해서 한 권의 책을 샀대도 어찌 탓하랴.

독자의 문학적 욕구가 이렇게 자유롭고 다양한 것처럼 작가도 작가 자기의 방법대로 쓰면 됐지 굳이 꼭 어떤 편에 서야만 된다고 생각할 필요는 없을 것 같다. 나아가서는 자기의 방법도 자기가 무너뜨리면서 새로운 방법을 찾아 변신해가도 좋을 것 같다.

나는 참여도 좋아하고, 순수도 좋아하고, 심지어는 참여하고 순수하고 싸우는 것을 구경하는 것도 좋아한다. 그러나 나더러 참여냐 순수냐 그 어느 편에 속하느냐고 물으면 아무것도 알 수가 없어지면서 다만 슬픔을 느낄 뿐이다.

나는 작가가 갓 되고 나서, 앞으로 작가는 될지언정 결코 여류 작가는 안 될 터라고 말한 적이 있다. 요즈음 묵은 스크랩을 뒤적이다가 그런 구절을 보고 부끄러운 생각이 났다. 그때는 무슨 배짱으로 그런 호언장담을 했는지 모를 일이다. 내가 작가로서 느끼는 어려움과 슬픔 중 가장 큰 것은 역시 여류이기 때문에 당하는 어려움과 슬픔이라는 걸 굳이 감출 필요는 없을 것 같다.

우리는 대가족이기 때문에 좋은 일과 좋지 않은 자잘한 일이 잇달아 일어난다. 밖에서 기분이 상해서 들어오는 식구도 있고 감기나 몸살을 얻어들이는 식구도 있다. 대문간서부터 싱글벙글 웃고 들어오는 식구도 있고, 고개를 푹 꺾고 어두운 제 방으로 들어가버리는 식구도 있다.

이 모든 식구가 결국은 엄마의 도움을 바란다. 좋은 일은 같이 좋아해주길 바라고, 상한 마음은 위로받기를 바라고, 아픈 몸은 간호받고 응석 부리길 바란다. 그들이 바라는 도움이란 엄마가 그들이 당하는 고락을 같이 당해주는 것이고 그것은 그들에게 매우 중요한 뜻을 지닌다.

그러나 작품을 써야 할 때 나는 이런 엄마 노릇을 못한다. 식구들의 고락을 건성으로 대한다. 자식이 당하는 어떤 괴로움이나 아픔도 남의 일 보듯 한다. 같이 있어주길 아무리 간절히 바라는 식구가 있어도 딱 잡아떼고 내가 꾸민 허구의 세계로 몰입해야 한다.

물론 나는 식구들이 그걸 눈치채지 못하도록 감쪽같이 하려 하지만 식구들이 그걸 눈치채지 못할 리가 없다. 건성과 진심을 눈치채지 못하면 그건 식구끼리가 아니다.

그럴 때, 나는 어려서 들은 옛날얘기 생각이 나서 처연해진다.

옛날에 어린 딸을 가진 과부 엄마가 있었는데 외간 남자와 눈이 맞게 됐다. 아무것도 모르는 어린 딸이건만 엄마가 예전과 다르다는 걸 막연히 눈치채고 불안해한다. 그래서 밤에도 잠을 자지 않고 엄마를 지키려든다. 그러나 덮쳐오는 수마睡魔를 거역할 도리가 없다. 마침내 어린 딸은 한 꾀를 낸다. 자기가 잠든 사이에 엄마가 도망가지 못하도록 손가락에 엄마의 옷고름을 칭칭 감고 안심하고 잠이 든다.

그러나 깨어보니 손가락에 엄마의 옷고름은 감긴 채건만 엄마는 없다. 외간 남자에 눈이 어두운 엄마가 가위로 옷고름을 싹둑 자르고 도망을 간 것이다.

그 얘기를 들었을 때 어린 소견에도 엄마의 모진 마음에 소름이 끼쳤었는데, 허구의 인간들과 희비애락을 같이하기 위해 내 식구의 희비애락을 남의 일처럼 외면해버리는 나는 얼마나 모진 엄만가.

작가도 일종의 직업이라고 생각할 때 여자가 가정에서 살림하면서 가질 수 있는 직업으로 가장 이상적인 직업이라고 생각할 수도 있다. 늘 식구들과 같이 있으면서, 살림하면서, 그 틈틈이 할 수 있으니까.

그러나 몸은 같이 있고, 또 살림하면서도 마음은 딴 데 가 있는 시간이 가장 많은 직업이라고 생각하면, 그런 직업의 아내나 엄마를 가진 식구들이야말로 불행할지도 모르겠다. 오히려 밖에서 하는 일을 갖고, 그 일은 기계적으로 건성 하면서 마음은 집에만 있어 틈틈이 집에 전화질이나 할 수 있는 직업을 가진 주부가 식구들에게 안정감을 줄 것 같다.

그런 생각을 하면 작가라는 직업이 슬퍼진다. 또 식구들을 돌보는 것을 잠시 소홀했던 것은 금세 눈에 띄게 나타나지 않지만, 살림살이를 소홀히 한 것은 당장 눈에 띄게 나타난다.

하나의 글을 끝마치고 살림살이로 돌아와보면 엉망인 것 천지다. 찬장 밑엔 쥐가 스위트 홈을 꾸미고 새끼까지 낳아놓고 귀한 고춧가루엔 벌레가 나 있고, 양말짝은 온통 짝짝이다. 이런 것을 바로잡는 데 그렇게 오래 걸리는 건 아니다. 살림의 자세로 돌아가기만 하면 잠깐이다. 못 먹게 된 고춧가루나 잃어버린 양말짝도 대단한 게 못 된다. 실상 경제성의 면으로만 따지자면 그동안 쓴 글의 원고료가 그런 것을 보충하고도 남을지 모른다.

그런데도 버려진 살림을 대할 때 울어도 시원치 않을 것 같은 심한 가책을 느끼게 된다. 왜까? 진부한 생각이지만 살림살이가 여자의 천직이기 때문이 아닐까?

나는 평소 여자는 여자로 태어나는 게 아니라 여자로 길러질 뿐이라는 보부아르의 말을 믿는 편이지만, 이럴 때는 역시 여자는 여자로 태어날 뿐이라고 생각하게 된다.

그러지 않고서는 하나의 작품을 위해 그까짓 양말짝을 잃고 고춧가루쯤 못 먹게 됐다고 그다지 가책받고 상심하는 심리를 설명할 수가 없다.

자유인에 대하여

가끔, 극히 가끔이지만 애독자라는 분의 기습적인 방문을 받을 때가 있다.

이럴 때 그분을 어떻게 대해야 하는 건지 나는 알고 있지를 못하다.

내 본심을 말한다면 감쪽같이 숨어버리고 안 만나고 싶다. 그러나 그것은 만나는 것보다 더 용기를 요하는 일이고 내 집의 가옥 구조도 그런 일을 위해선 심히 불편하게 돼 있다.

나 역시 아직도 한 사람의 작가라고 자신 있게 말하기는 주저되지만 한 사람의 독자임은 떳떳하고 자신 있게 말할 수가 있다. 그러니만큼 내 나름으로 좋아하는 작품도 있고 좋아하는 작가도 있다. 그러나 내가 정말 좋아하는 작가 앞에 나를 드러내고 싶단 생각은 해보지 않았다.

부끄럽기도 했고, 환멸이 두렵기도 했기 때문이다.

내 식을 남에게 강요하는 것은 좀 뭣한 일이나, 나에게도 애독자가 있다는 것은 행복해할 일이지만 이런 식의 애독자라면 더욱 행복하겠다.

언젠가도 아무런 예고도 없이 애독자라는 분이 방문해온 일이 있다. 청년이었다. 때마침 몹시 바쁜 시간이었다. 원고를 쓰는 일로 바빴으면 그래도 좀 체면이 서겠지만 그게 아니었다.

병환중이신 시모님을 문병 오신 고령의 친척 어른들이 여러분, 문병을 끝마치고도 가시질 않고 점심을 대기중이셔서 부엌에서 정신없이 갈팡질팡하고 있을 때였다. 내 꼴이 말이 아니었다.

대문도 직접 내가 열었다. 청년은 내 이름을 대면서 만나러 왔다고 하기에 어디서 오셨느냐고 물었더니 애독자라고만 했다.

나는 단박 얼굴이 빨개지는 걸 느끼며 주저주저하고 있으려니, 만날 수 있느냐 없느냐 그것만 대라고 좀 지나칠 만큼 단도직입적으로 나왔다.

소심한 나는 청년을 안으로 안내할 수밖에 없었다. 그러나 할 일은 많고 할말은 없고 해서 어설픈 얼굴로 엉거주춤 마주 앉았으려니 청년이 나무라는 투로 말했다.

"박선생님 좀 뵙자니까요."

"제가 그 사람인데요."

청년이 당황하는 걸로 봐서 아마 나를 드난꾼으로 안 것 같았다. 이렇게 되자 청년보다는 내가 더 미안해져서 우선 차를 권하고 내가 지금 얼마나 바쁜가를 설명하고 한동안 기다리게 했다.

부엌일을 대강 끝마치고 다시 청년 앞에 마주앉자 청년은 침이 마르도록 나에 대한 찬사를 늘어놓았다.

아마 드난꾼으로 잘못 안 실수를 만회하려고 그러는 것 같았으나 듣는 쪽에선 드난꾼으로 잘못 알아줬을 때보다 더 몸 둘 바를 모를 일이었다.

청년의 찬사의 내용을 요약하면 작품 활동을 하면서도 여성의 본분인 한국적 부덕婦德을 지키며 사는 태도에 놀랐다는 거였다.

나는 유치하리만큼 남의 칭찬을 좋아하는 편인데도, 청년의 찬사에는 조금도 감동하지 않았다.

남의 생활에 대한 청년의 졸속한 판단이 싫었고, 그의 판단은 옳지 못한 판단이었기 때문이다.

나는 청년이 말하는 소위 한국적인 부덕이라는 것에 넌더리를 내면서 사는 사람에 속한다.

그러나 청년의 이런 터무니없는 오해를 통해 나는 오히려 청년 자신의 진심을 알아차릴 수는 있었다. 그것은 청년의 한국적인 부덕에 대한 미신적인 신앙심이었다. 청년뿐일까. 모든 한국의 남자는 늙든 젊든 한국적인 부덕의 예찬자 아닌 사람이 없다.

내가 덤덤히 듣고만 있는 사이에 청년은 찬사를 끝마치고 나에게도 말을 시키고 싶었던지 앞으로 쓸 작품 계획 같은 걸 물어보면서, 대작大作을 기대한다고 했다.

나는 감사하다고 말하고, 대작을 쓸 계획은 없고, 앞으로 꼭 하고 싶은 일이 한 가지 있긴 있는데 그건 여성해방운동이라고 대답했다.

실상 나는 여성해방운동을 앞으로 하고 싶다고 생각해본 적은 한 번도 없다. 여성해방운동이라는 것에 관심을 가져본 적도 별로 없다.

그런 주제에 즉흥적으로 그런 기발한 대답을 하고 만 것은 앞서 말한 소위 부덕에 대한 넌더리 콤플렉스, 이런 것의 발로가 아니었던가 싶다. 게다가 평소에 품고 있던 부덕예찬론자인 남자들에 대한 가벼운 야유조 같은 것도 포함돼 있음직하다.

청년이 당황하면서 얼굴에 명백한 실망을 나타냈다. 나는 청년의 실망을 달래주지 않고 그대로 돌려보냈다.

작가와 독자와의 만남에서 실망이란 차라리 당연한 귀결이니까. 작가건 독자건 간에 똑똑한 쪽이 먼저 실망하게 돼 있으니까.

그후 나는 가끔 "내가 앞으로 참으로 하고 싶은 건 여성해방운동이에요"라는 말을 천연덕스럽게 하게 됐다.

주로 내 집을 처음 찾아오는 기자가 나의 몸에 밴 주부 노릇에 감탄을 하는 눈치면 나는 이런 소리를 하고 실없이 씩 웃는 버릇이 생겼다. 그래도 아무도 처음의 청년처럼 놀라주지 않는다.

그 반응은 차라리 훗날 여성문제에 대한 원고 청탁으로 나타나 울며 겨자 먹기로 그런 원고를 쓴 일도 몇 번 있다. 일관성 없는 모순투성이의 글이었지만.

솔직히 말해서 나는 여성해방운동에 대한 신념은커녕, 여성이 해방이 되면 지금보다 행복해지려는지 불행해지려는지, 여성 자신이 스스로의 해방을 원하고 있는지 아닌지 그것조차 알고 있지 못하다. 그것은 나 자신에 대해서도 마찬가지다.

그러나 부덕이니 미풍양속이니 하는 것이 거의 신성시되다시피 하는 데 대해서는 몹시 못마땅하게 생각하고 있다.

심지어는 가족법 등 여권女權과 관계있는 입법에 비상한 관심을 가진 여권운동가들도 미풍양속은 절대로 건드릴 수 없는 걸로 고이 모셔놓으려든다.

그래서 가족법은 우리 고유의 미풍양속을 해치지 않는 한도 내에서 고쳐야 한다는 말이 가장 타당성 있게 받아들여지고 있다.

나는 사실 가족법에 대해 알지도 못하고 관심도 없는 편이다. 가족법이란 말 자체가 아무리 들어도 생소하다. 가족 간의 화목과 질서를 유지시켜주는 것은 법보다 관습이기 때문이다. 결국 법은 멀고 미풍양속은 가까운 것이 가정이란 울타리 속이다.

그럼 미풍양속이란 뭘까. 미풍양속은 가족법 같은 명문화된 법조항이 아닌 불문율이기 때문에 완전한 해답도 어렵지만 누구든지 몇 개쯤은 주워낼 수 있을 것이다.

누구든지 심심한 시간에 한번 미풍양속을 이것저것 주워모아보기 바란다. 곧 그것은 거의 여자가 지킬 도덕을 규정하고 있음을 알 것이다.

결국 미풍양속이란 다름아닌 부덕이었던 것이다.

지금 우리의 미풍양속의 역사는 먼 남녀칠세부동석시대까지 거슬러올라갈 수가 있고 그때만 해도 그게 남자들에게 구속을 가졌었겠지만, 시대의 변천에 따라 상투를 자르는 것처럼, 양복을 입는 것처럼, 극히 자연스럽게 구속력에서 벗어났던 것이다.

근대화된 정신과 생활양식엔 전근대적인 복장이 불편한 것과 마찬가지로 전근대적인 풍속도 불편할밖에 없는 게 당연하다.

단 하나 편리한 점은, 남자가 여자를 구속하고 지배하기엔 편했을 것이다. 왜냐하면 그것은 철두철미한 남존여비시대의 산물이니까.

그래서 남자들은 부르짖는다. 세상이 어떻게 변하든 우리의 미풍양속은 저버려서는 안 된다, 그걸 저버리면 말세다 하고.

여자들도 부창부수한다. 부창부수야말로 미풍양속의 중요한 항목이니까. 아무려면, 그렇구 말구요. 우린 동방예의지국인걸요, 하고 화음을 맞춘다.

그리고 열심히 허리가 휘어지도록 미풍양속을 떠받든다. 그 무겁고 무거운 보따리 속에 담긴 내용물이 뭔지를 감히 펴볼 생각도 못하고 떠받든다. 물론 남자들도 감히 떠받들고 있을 것을 믿으며. 그러나 천만에 여자들만 떠받들고 있는 것이다.

그 실례로 미풍양속 중 으뜸가는 효를 예로 들어보자. 효는 참으로 아름다운 도덕이라는 걸 누가 부인할 수 있으랴. 그러나 아름다운 효도 결코 여자의 부모를 대상으로 하지 않는다. 남자의 부모를 대상으로 하되, 남자는 그 도덕으로부터 자유롭다.

즉 효부를 아내로 둔 남자는 얼마든지 있을 수 있고 또 그걸로 효자 노릇은 족한 것이지 자기가 직접 효자 노릇 하는 남자는 없단 소리다.

시부모를 돌보지 않으면 미풍양속에 크게 어긋나지만 친정부모를 돌보지 않는다면 미풍양속에 털끝만큼도 어긋나지 않는다.

아마 남편과 시부모의 눈치가 보여 의탁할 곳 없는 친정부모를 양로원으로 보내고 허구한 날 남몰래 눈물을 짜는 가련한 딸이 있다면 비난은커녕 너무나도 아낌없이 동정의 눈물을 보태려들 것이다.

실제로 양로원이 호적상 아들을 둔 노인은 안 받지만 무자식이거나 딸만 둔 노인은 받는다는 규정을 두고 있기도 하다. 딸은 무자식, 즉 없는 것과 마찬가지이다.

효 다음가는 중요한 미풍양속의 하나인 친족 간의 화목이나 의리도 마찬가지다. 화목과 의리라는 어려운 일을 전적으로 담당해야 할 사람은 여자지만 그 대상은 결코 여자의 친족은 아닌 것이다. 여자가 자기 쪽 친족과 화목이 지나친 것은 오히려 미풍양속에 어긋나는 일이 된다.

이것이 소위 미풍양속의 정체다.

남자들은 이런 미풍양속으로 여자들을 구속하는 것만으로도 모자라 때로는 그것을 몽둥이처럼 휘두르기도 한다.

얼마 전에 세상을 떠들썩하게 한 검사 부인 몇억 원 사기 사건 때만 해도 그렇다.

남을 사기 치는 일은 나쁜 일이다. 그러니까 여자도 사기를 쳐서는 안 되지만 남자도 사기를 쳐서는 안 된다는 건 자명한 일이다.

통계적으로 봐서 남자의 사기 사건이 훨씬 더 많다.

그런데 그 여인이 사기 친 사건으로 사람들 특히 남자들은 유난히 분개를 했고 약속이나 한 듯이 암탉이 울면 집안이 망한다는 우리의 미풍양속을 들먹인다.

쯧쯧 여자 하나 잘못 길들인 탓으로 아까운 남자 하나만 안됐지, 하고 결국 남자들의 분개는 무고한 남자가 그까짓 여자 때문에 망신을 당하고 괴로워했다는 데 있었다.

그렇지만 부모가 주는 용돈의 몇십 배를 쓰고 다니면서 잘 먹고 잘 입고 부모한테까지 덕을 뵌 자식이 어떤 부정에 관련됐을 때, 부모는 그 부정에 책임이 없다고 말할 수 있을까.

이런 경우 그것을 묵인하고 같이 향유했다는 것은 도의적으론 관련보다 더 무거운 과실이 될 것 같은데.

남자들은 미풍양속을 이렇게 자기 편한 대로만 휘두른다. 그것을 휘두를 줄만 알았지 그것의 횡포에 휘둘려보진 못한 게 남자들이다.

그래서 나는 부덕이나 미풍양속을 덮어놓고 찬양하는 남자를 믿지 못한다. 그것은 부모님을 모시는 데 때로는 실제적인 어려움과 고통을 체험해보지 못하고 덮어놓고 효를 찬양하는 사람을 믿지 못하는 것과 같다.

세상엔 이런 효자가 정말 효자보다 훨씬 많다.

정말 효자는 결코 효를 찬양하지 못한다.

나는 겉보기에 한국적인 미풍양속을 가장 잘 지키면서 살아온 편이다. 그것은 이 글 처음에서 언급한 청년이 본 대로인지도 모른다. 그러나 그것을 스스로 지켰다기보다는 그것에 가장 심하게 짓눌리면서 가장 강한 반발을 키워왔는지도 모른다.

어떻게 보면 겉 다르고 속 다른 인격이란 비난을 받아 마땅하다.

그렇지만 너무도 오래 한국적인 부덕, 미풍양속과 씨름하고 회의하고 증오하고 정들이고 살아왔기에 감히 그 신성한 것을 비판할 자격이 있다고 생각한다.

여성의 해방도 좋고, 남녀의 평등도 좋고, 새로운 가족법도 좋지만, 이런 근대정신에 부합하는 새로운 미풍양속을 정립함이 없이 먼 남녀칠세부동석시대의 미풍양속을 신성불가침의 신주단지처럼 모셔놓은 채 그게 가능할까. 글쎄……

나는 상상이 안 된다. 마치 족가足枷를 찬 자유인을 상상할 수 없는 것처럼.

열다섯 살의 8월 15일

그때, 나는 개성에서 20리쯤 떨어진 개풍군 청교면 박적골이란 두메에서 여름방학을 보내고 있었다.

일제는 그들이 일으킨 전쟁에 패색이 짙어질 무렵 소개라는 명목으로 도시의 인구를 지방으로 분산시키는 정책을 썼고 거기 따라 우리 일가도 그해 봄 고향인 개성으로 이사를 해야만 했고. 나는 숙명여고에서 호수돈여고로 전학을 해야만 했고, 전학해서 처음 맞는 방학이었다.

8월 15일, 그날은 온종일 햇볕이 쨍쨍 내리쬐는 여름날이었고, 뒷동산과 집 둘레의 나무들은 독이 오른 것처럼 검푸르렀고, 매미 소리가 온종일 자지러졌다.

뒤뜰엔 봉숭아, 맨드라미, 백일홍, 채송화가 만발해 있었고, 할머니는 이제 봉숭아는 뽑아버려야겠다고 말씀하셨다.

"오래비 있는 계집애는 칠월 봉숭아는 못 들인다"는 게 할머니의 엄격한 사위였다. 아무도 할머니의 사위를 거역 못했다. 또 봉숭아는 칠월(음력)을 넘기면 줄기에서 벌레가 생기는데 그 벌레는 밤이면 계집애를 홀리는 총각으로 변신해서 처녀 방을 넘본다고 할머니는 말씀하셨다.

꽃밭에서 봉숭아가 뽑히면 딴 꽃들이 제아무리 난만해도 꽃밭엔 추색이 감돌았다.

실오라기 하나 걸치지 않은 알몸뚱이 두메 아이들의 빡빡 대가리에선, 땀띠가 몰켜 생긴 종기가 연시처럼 농익어가는 한여름, 감수성이 과민한 열다섯 살 계집애는 지레 가을을 짐작하고 괜히 쓸쓸해서 온종일 뽀드득뽀드득 꽈리를 불었다.

아직 새파란 꽈리는 소태처럼 썼지만 쓴 물은 요즈음 껌에서 단물 빠지듯이 곧 빠져버리고 온종일 뽀드득뽀드득 소리를 잘도 냈다.

할머니는 온종일 지겹게 꽈리만 불어대는 나에게 저러다 아랫입술이 닷 발은 늘어질 테니 시집가긴 다 틀렸다고 공갈을 치셨다. 그 밖엔 그날, 나에게도, 딴 마을 사람에게도 아무 일도 일어나지 않았다.

워낙 두메라 해방이 된 걸 아무도 몰랐던 것이다.

마을에서 유일한 양복쟁이이자, 유일한 월급쟁이(面書記)인 삼촌조차 아침에 자전거 타고 출근했다가 저녁에 자전거 타고 돌아와서 아, 덥다고 목물하고 저녁상 받는 단조로운 일상사를 되풀이했을 뿐이었다. 그러니까 외부와의 유일한 통로인 면사무소에서조차 해방을 당일로 알아차리진 못했었나 보다.

다음날, 일찍 자전거 타고 출근했던 삼촌이 점심때도 되기 전에 자전거 타고 돌아와서 떨리는 목소리로 일본이 항복했단 소리를 전했고, 마을 사람들은 긴가민가 어정쩡한 얼굴로 서로 눈치만 볼 뿐 기뻐할 줄도 슬퍼할 줄도 몰랐다. 일본이 항복했다는 게 조선 사람에게 장차 어떤 의미를 지니게 될지 아는 사람은 아무도 없었다.

그런 어정쩡한 상태가 그후에도 아마 2, 3일은 더 계속됐던 것으로 기억한다. 그러나 마을 사람들의 송도(개성시)와의 왕래에 의해서 일본이 항복했다는 불확실한 정보가 차츰 일본놈은 망하고 우린 독립했다는 확실한 정보로 변함에 따라 마을 사람들은 흥분하기 시작했다. 흥분하고 광희하기엔 20호 미만 마을의 인구 단위 가지곤 미흡했던지, 이웃 마을과 합세해서 농악을 울리고, 노래하고, 춤추며 다시 이웃 마을로 넘어가는 사이에 그 환희의 인파도 점점 불어나고 의기가 하늘을 찌를 듯이 충천해지면서, 순수한 환희의 인파가 친일파를 타도하라는 복수의 인파로 변했다.

우리 마을에선 면서기인 삼촌이 만장일치로 친일파로 몰렸다.

흥분한 청년들이 노도처럼 우리집으로 들이닥쳤다. 우리 마을 청년들은 순진하게도 우리집이 친일파 집이라는 것만 가르쳐주고 뒷전으로 물러나고 딴 마을 청년들을 앞장 세웠기 때문에 낯선 얼굴들이었다.

낯선 얼굴들은 씩씩하고 사명감에 불타 보였고, 꽤 광포한 상태였는데도 삼촌이나 우리 식구들에게 폭력을 쓰거나 듣기 싫은 욕 한마디 하지 않았다.

다만 집의 문짝은 있는 대로 와지끈와지끈 부수어댔다. 친일파를 타도하자, 친일파를 타도하자라는 구호를 신명나게 외쳐대며 허술한 문짝들을 와지끈와지끈 가루로 만들었다.

속수무책으로 구경만 하던, 친일파 당사자인 삼촌이나 우리 식구들도 덩달아서 차츰 신이 날 만큼, 그들은 무슨 축제의 의식처럼 유쾌하고 신바람 나게 문짝 부수는 일을 했다.

대문짝만 남겨놓고 모든 문짝을 다 부수고 난 청년들은 덩실덩실 춤을 추며 이웃 마을로 다시 친일파를 타도하러 넘어갔다.

우리 식구들은 묵묵히 난장판을 수습하기 시작했다.

그 당시 열다섯 살 계집애인 나에게 친일파란 얼마나 구원이 없는 치욕의 명칭이었던가. 나는 죽고 싶도록 비참한 기분으로 어른들이 하는 일을 거드는 척했다. 문득 부서진 문짝 사이에 나동그라진 작은 문패를 발견했다.

얇은 송판으로 된 초라한 문패는 그나마 오랜 풍상에 먹빛으로 찌들어 있었지만 오만한 달필인 성명 삼자 '박주양朴冑陽'은 또렷했다.

중풍으로 꼼짝 못하고 사랑에 앉아 불우한 노년을 보내시다가 연전에 돌아가신 할아버지의 문패였다. 나는 가슴이 찡하는 느낌으로 그 문패를 소중하게 집어올려, 본디 있던 자리에 모시듯이 다시 걸었다. 그 문패는 어린 내가 감당하기엔 너무도 벅찬 치욕으로부터 뜻하지 않게 나를 구원했다.

우리 마을은 우리만 빼놓고 홍씨문중만 사는 마을이었다. 따라서 그 문패는 유일한 박씨의 문패였고 동시에 유일하게 창씨하지 않은 문패였다. 홍씨들은 일찌거니 창씨를 해서 집집마다 홍천洪川 아무개란 문패를 달고 있었다.

그렇다고 나의 할아버지가 생전에 독립투사였거나, 하다못해 이불 속에서 한숨 짓는 우국지사라도 됐다는 소리는 아니다. 그냥 중풍 들린 고집불통의 노인이었다. 창씨개명에 대한 그분의 의견은 간단명료했다. "나 죽거든 갈렴, 내 눈에 흙 들어가기 전엔 차마 성은 못 간다"가 전부였다.

그런 고집 때문에 자손들은 그분을 많이 원망했었다. 나도 창씨하지 않은 내 이름이 창피해 얼마나 속으로 그분을 미워했는지 모른다. 그러다가 그분은 돌아가셨지만, 돌아가시자마자 옳다구나, 성 먼저 가는 것도 자손 된 도리가 아닌 것 같아 우물쭈물하고 있는 새에 해방이 된 것이었고, 해방이 되자마자 우리에게 들이닥친 수난 속에서 우리는 뜻하지 않게 그분의 생전의 고집으로 정신적인 구원의 실마리를 삼아보려고 하고 있었다.

그러나 우리 일가에게서 해방 직후의 혼란을 겸한 이런 수난의 시기가 지나자, 창씨하지 않은 데 대한 얄팍한 긍지도 곧 사라졌다. 창씨하지 않은 게 결코 우리 자신의 투철한 민족의식에서 나온 반항의 몸짓이 아니었던 바에야 무슨 염치로 긍지씩이나 가질 수가 있겠는가.

그런데 요즈음 나는 무슨 말끝에 아이들에게 외가가 끝내 창씨개명을 하지 않고 버티었단 얘기를 한 적이 있다. 아이들은 깜짝 놀라면서 단박 외가를 무슨 독립투사의 가문처럼 아는 것이었다. 그리고 내가 창씨개명을 하지 않고 어떻게 학교를 다닐 수 있었으며 딴 가족들이 어떻게 직장을 가질 수 있었나를 궁금해했고, 창씨개명을 하지 않음으로써 받은 핍박과 설움에 대해 자세히 알고 싶어하는 것이었다.

아니, 이미 그들이 역사적인 사실로 배워서 알고 있는 그 당시의 핍박과 설움을 실지로 경험한 사람의 입을 통해 재확인하려들었다고 하는 쪽이 옳았을 것이다.

그러나 나는 아이들에게 아무 말도 해줄 수가 없었다. 창씨개명 하지 않은 것으로 학교 당국으로부터나 선생님으로부터 직접적으로 핍박을 받은 일도 설움을 당한 일도 없었기 때문이다.

그런데도 나는 창씨개명이 하고 싶은 나머지 못하게 하는 할아버지를 미워했던 것은 핍박과 설움을 받을지도 모른다고 지레 겁을 먹었기 때문이기도 했고, 자기 이름만 남들과 다르다는 데서 오는 소외감 때문이기도 했다. 나뿐 아니라 우리 가족의 구성원은 말단 공무원으로부터 개인회사의 중견사원, 상인, 농사꾼 등 다양했지만 창씨하지 않은 것으로 트집을 잡혀 생명의 위협을 받은 일은 없었던 것으로 안다.

앞서 말한 친일파로 몰린 삼촌은 관의 입김에 가장 민감해야 하는 지방의 말단 공무원이었는데도 그런 일을 당하진 않았고, 또 그런 일을 당하고도 어쩔 만한 배짱도 없는 분이었다. 요컨대 우리 일가는 그 당시의 가장 평범한 서민이었고,

가장 평범한 서민들이 다만 창씨하지 않았다는 이유로 큰 피해를 입는 일은 없었다. 나는 외가를 영웅시하려는 아이들 앞에서 당황할 수밖에 없었다.

그러나 당시의 분위기가 창씨하지 않은 이름 가지곤 어디 가나 위축되고, 보신保身에 지장이 있을 것 같은 막연한 불안감이 항상 따라다녔다는 것만은 부인할 수 없다. 이런 흉흉한 공포 분위기야말로, 우리 민족 스스로가 만든 것일 수도 있고, 일제의 보다 간악한 식민지 정책의 소산이라고 볼 수도 있다.

아무튼 지금의 우리 아이들이 학교에서 배워서 알고 있는 것처럼 그 당시에 창씨하지 않고는 학교도 못 다니고 밥벌이도 어렵도록 일제가 미련하고 직선적으로 우리를 탄압하지는 않았던 것이다. 일제는 그것보다는 훨씬 지능적으로 간악했고, 우리도 뱀처럼 지혜로울 줄만 알았더라도 그렇게 대다수가 호락호락 창씨를 하지 않을 수는 얼마든지 있었을 것이다.

이 귀한 지면을 빌려 순전히 할아버지 덕으로 내가 창씨를 하지 않았던 걸 자랑할 생각은 추호도 없다.

다만 다시는, 다시는 노예가 안 되기 위해서는 무엇이 우리를 노예로 만들었던가를 정확하고 정직하게 알아둘 필요가 있다고 생각해서이다. 외부 세력만 갖고 자주민이 노예로 타락할 순 없다고 생각한다. 반드시 외부 세력에 영합하는 자체

내에 노예근성이 있음으로써 자주민이 노예가 되는 것이 아닐까.

또 일제하에서 재빠르게 일제에 아부하던 지도급 인사가 일제가 패망하자 그들의 친일행각을 변명하고 계속해서 지도적 위치를 누리기 위해 일제의 탄압상을 과장 선전한 게 그대로 전해 내려오면서, 최근세사로 굳어져버린 것도 없지 않아 있을 것이다.

이제 국토를 점유하고 성이나 말을 빼앗는 미련한 방법으로, 한 민족이 타민족을 노예로 삼는 시대는 지났다고 안심할 게 아니다. 보다 간악하게, 보다 지능적으로, 보다 실속 있게 타민족을 노예로 만들려는 강대국의 촉수는 우리의 주위에 도사리고 있다.

우리의 자손들이 다시는, 다시는 노예가 되지 않기 위해서 우리의 조상을 한때 노예로 만들었던 외부 세력의 정체는 무엇이고 자체 내에 도사린 노예근성은 무엇이었던가를 보다 정확하고 정직하게 아이들에게 가르칠 필요가 있지 않을까.

1945년 8월 15일 나는 열다섯 살이었고, 가을에의 예감으로 괜히 쓸쓸해 온종일 뽀드득뽀드득 쓴 꽈리를 불면서 보냈고, 마을엔 매미 소리가 자지러졌더랬었다.

다시 유월에 전쟁과 평화를 생각한다

어느 해고 오월은 아름답지만 1950년의 오월은 특히 아름다웠다. 그해엔 각급 학교의 졸업식과 입학 시험이 오월에 있었다. 그전까지는 학기 초가 구월이었다. 아마 1945년 팔월에 해방이 되고부터 1949년까지 그랬을 것이다. 그러다가 학기 초를 다시 사월(지금처럼 삼월로 된 것은 훨씬 그후이다)로 환원시키기 위한 과도 조치로 그해는 특별히 오월이 학기 말이었던 것이다.

요새 한겨울에 거행되는 졸업식에 가서 오들오들 떨 때마다 그때의 졸업식을 우리 세대만의 희귀한 행복으로 회상하게 된다.

교정 등나무 시렁엔 보랏빛 등꽃이 주렁주렁 늘어져 있었고, 화단엔 장미꽃이 막 피어나기 시작하고 있었고, 가까운 덕수궁엔 아마 모란이 한창이었을 게다. 내가 받은 꽃다발도 모란이었고, 졸업식이 끝난 교정엔 붉은 모란 꽃잎이 여기저기 흩어져 있었다.

며칠 후 원하던 대학에 합격이 된 날, 방을 보고 나서 전차를 타기 위해 동숭동 문리대에서 건너편 의대를 지나 원남동 부속병원으로 빠지면서 한껏 부푼 가슴으로 바라다본 그 둘레의 신록처럼 싱그럽고 향기로운 신록을 그후엔 다시 보지 못했다.

그때의 세상 돌아가는 형편이 어떠했는지에 대해선 거의 생각나는 게 없다.

한 달 후에 그 끔찍한 난리가 날 양이면 희미하게나마 전운이 감돌았으련만, 막연한 낌새라도 있었으련만, 하다못해 인심이 흉흉하다든가, 유언비어가 떠돈다든가 하기라도 했으련만 전혀 그랬던 것 같지도 않다. 아마 그런 데 관심을 두지 않았기 때문인지도 모르겠다.

그때 나는 세상 돌아가는 일에보다는 나 자신에 너무 열중해 있었다. 입학의 기쁨에 도취해 있었고, 학문에 대한 야망과 정열도 있었고, 이성에 대한 감미로운 동경도 있었다. 세상이 어떻게 돌아가든 그건 정치하는 사람하고나 관계되는 일이지 개인적인 행복의 꿈이 간섭받게 된다고는 생각하지 않았기 때문에 그런 데 대한 관심으로 스스로를 낭비하고 싶지 않았다.

곧 유월이 되었고, 대학 입학식이 있었고, 미처 대학이 어떤 곳인가를 알기도 전에 25일이 되었고, 포성이 들렸다. 그리고 나는 알지 않으면 안 되었다. 세상이 한번 크게 뒤척이는 앞에서 사사로운 행복의 꿈은 큰 파도 앞의 모래성보다도 유약하고 허망하다는 것을.

내가 이 세상에 나서 처음 본 주검은 공교롭게도 얼마 전 나를 그렇게도 감동시켰던 의과대학의 녹음 밑에서였고 하나도 아닌 무더기의 주검이었다. 그것은 인간의 주검이 아니라 파리가 꼬이고 악취가 코를 찌르는 쓰레기의 더미였다.

그들이 서울을 차지한 지 며칠 안 됐을 때라 횡포가 아직 본격화되기 전이었지만 그들이 보여준 인간의 주검을 취급하는 방법 때문에 그들에 대한 예감은 막연한 대로 흉흉한 것일 수밖에 없었다.

예감은 적중하기 시작했다.

나는 석 달 동안에 내가 사랑하던 많은 사람을 잃었다.

전쟁중에 죽었으되 폭사도 전사도 아닌 죽음들은 나에게 커다란 충격을 주었다. 특히 깊이 사랑하고 이해하던 사이였던 오빠의 죽음과, 정신적으로나 물질적으로나 아버지가 안 계신 우리 집안의 지주였던 숙부의 죽음과 숙부 일가의 처참한 몰락의 과정은 오늘날까지도 아물지 않는 깊은 상처가 되어 남아 있다.

그후 나는 귀천 가리지 않고 밥벌이를 하다가 상아탑의 꿈을 단념하고 결혼해서 아이 낳고 안정했다. 그러나 그때의 악몽은 시시때때로 나를 괴롭혔다. 나는 너무 오래 남몰래 6·25를 앓았다. 지긋지긋 했지만 치료제는 아무데도 없었다.

민족적인 비극이었다고 하지만 상처는 각각 깊이가 다른 개인적인 것이었고, 같은 상처라도 제각기의 체질에 따라 아무는 속도가 다를 수도 있었다. 결국 내 상처는 나만의 것이었고 치료의 방법은 스스로 찾아내지 않으면 안 되었다.

내가 찾아낸 치료의 방법이 글을 쓰는 일이었다면 너무 기상천외한 방법이었을까. 그렇지만 그건 사실이고 가장 내 체질에 맞는 방법이었다. 나의 초기의 작품치고 6·25의 망령이 얼굴을 내밀지 않는 작품이 없다. 무당이 지노귀굿해서 망령을 천도하듯, 나는 내 글쓰기로 내 속에 꼭꼭 가둔 망령을 자유롭게 풀어주고 아울러 나 또한 자유로워질 수 있는 지노귀굿을 삼으려 들었다.

그러나 나는 큰 굿, 작은 푸닥거리를 미련하게 되풀이했을 뿐 아직 성공적인 굿은 못해본 것 같다. 아직도 앓고 있으니 말이다.

요즈음 나는 그런 색채가 가장 농후한 장편 하나를 책으로 내기 위해 교정을 보지 않으면 안 되었다. 『목마른 계절』(원제 한발기旱魃期)이라고, 데뷔하고 나서 첫번째 장편으로 『여성동아』에 연재했던 것이다. 벌써 5, 6년 전의 작품이다. 그것을 이제 와서야 책으로 내게 된 것은 무엇보다도 요즈음의 출판 붐에 힘입은 바 크다 하겠으나, 그동안 그 작품을 스스로가 숨겨온 까닭도 있었다.

굳이 숨기고 싶었던 것은 어쭙잖은 걸 또하나 내어 활자공해에 보탬이 될 게 뭐냐는 겸양의 뜻도 있었지만 그 작품의 너무나 푸닥거리스러운 생경하고 절제 안 된 푸념이 남 앞에 민망하기도 해서였다.

책으로 내는 걸 피치 못하게 되자 그런 것을 사정 두지 않고 걸러내려 했지만 되지 않았다. 나는 아직도 그때의 상처를 객관화시킬 수 있을 만큼 치유돼 있지 않았던 것이다. 다만 그것을 다시 읽음으로 6·25의 망령과 내 문학의 끊을 수 없는 상관관계를 재확인했을 뿐이다.

남보다 늦게 데뷔했기 때문일까, 느닷없이 글을 쓰게 된 동기에 대한 질문을 자주 받는다. 참 싫은 질문이지만 대답

안 할 수도 없는 일이라 여자도 일을 갖기 위해서라는 여권운동가 같은 대답을 한 일도 있고, 심심해서 썼을 뿐이라는 여가 선용운동에 보탬이 될 소리를 하기도 했었다. 심심해서 썼다는 소리가 공개되자 독자라는 분으로부터 추상같은 호령을 들은 일은 잊히지 않는다. 독자란 자기가 아무리 심심풀이로 읽을지라도 작가는 목숨걸고 써주길 바라는 욕심꾸러기라는 것을 새롭게 발견한 셈이었다.

그런 독자에 대한 변명 때문이 아니라 내가 글을 쓴 것은 일을 갖기 위해서도 심심해서도 아니었다. 6·25의 망령 때문이었다.

『목마른 계절』을 끝마치고 나서 쓴 「부처님 근처」라는 단편 속의 주인공의 입을 빌려 나는 내가 왜 소설을 쓰지 않으면 안 되었나를 가장 솔직하게 고백하고 있다. 다음은 그 대목의 인용이다.

> 난리통엔 죽은 이도 많았지만 죽었는지 살았는지도 모르게 없어진 이도 많았으므로 나의 아버지와 오빠도 일가친척에게 없어진 이로 알려졌다. 그것은 실로 일거양득이었다. 행방불명이란 생과 사에 똑같이 반반씩의 확률이 있으므로 우리 모녀의 불행도 남의 눈에 반쯤은 줄어서

비쳐졌을 게 아닌가.

이렇게 해서 우리 모녀는 앙큼하게도 두 죽음을, 두 무서운 사상死相을, 눈썹 하나 까딱 안 하고 꼴깍 삼켜버린 것이다.

물론 우린 제사도 안 지냈다. 그들은 행방불명이니까.

사람이 죽으면 아이고 아이고 곡을 한다. 눈물이 마르면 침을 몰래몰래 발라가며, 기운이 빠지면 박카스를 꼴깍꼴깍 마셔가며, 아이고 아이고 곡을 하고, 조상객을 치르고, 노름꾼을 치르고, 거지를 치르고, 복잡하고 복잡한 밑도끝도없는 여러 가지 절차를 치르고 복잡한 절차 때문에 웃어른과 아랫사람과 말다툼도 치르고, 차례에, 제사에 또 제사를 치른다. 그래서 살아남은 사람은 기운이 빠질 대로 빠지고 진저리가 나고, 빈털터리가 되고 지긋지긋해지면서 죽은 사람에게서까지 정나미가 떨어진다. 비로소 산 사람은 죽은 사람으로부터 자유로워진 것이다.

그런데 나는 사자死者를 삼킨 것이다. 은밀히 음험하게.
(……)

나는 그런 남자를 만나 결혼했다. 그리고 애를 낳고 또 낳았다. 애에 대한 내 욕심은 채워질 줄 몰랐다. 알게 뭐람. 언제 또 어떤 시대의 횡포가 내 아이의 가슴팍에 총구銃口를 겨눌지 알게 뭐람. 뭘 믿고 아이를 둘만 낳을까. 셋도 적지. 넷도 적고말고. 다섯 여섯…… 나는 몸서리를 치면서 자꾸 아이를 낳았다. (……)

나는 이제 망령이 어두운 골목길에 피투성이가 되어 나타날까 무서워하는 대신, 유령도 못 되고 어느 구석에 꽉 처박혀 있는 망령을 지지리도 못난 것으로 얕잡고 있기까지 했다.

그런데 문제는 바로 그 망령이 처박혀 있는 곳이었다. 나는 그들이 있는 곳을 명치 근처에서 체증을 의식하듯 내 내부의 한가운데서 늘 의식해야만 했다. 그 느낌은 아주 고약했다. 어머니와 함께 두 죽음을 꼴깍 삼켰을 당시의 그 뭉클하기도 하고, 뭔가가 철썩 무너져내리는 것 같기도 하고, 속이 뒤틀리게 메슥거리기도 하던 그 고약한 느낌은 아무리 날이 지나도 희미해지지 않았다.

자업자득이었다. 나는 그것을 삼켰으니까. 나는 망령들을 내 내부에 가뒀으니까. 나의 망령들은 언젠가는 토해내지 않으면 치유될 수 없는 체증이 되어 내 내부의 한가운데 가로놓여 있을 수밖에 없었다. 차차 나는 더 묘한 것을 깨닫게 되었다. 내가 망령을 가둔 것이 아니라 실상은 내가 망령에게 갇힌 꼴이라는 것을. 나는 망령에게 갇

힘으로써 온갖 사는 즐거움, 세상의 아름다움으로부터 완전히 격리당하고 있다는 것을.

나는 늘 두 죽음을 억울하고 원통한 것으로 여겨왔는데 그 생각조차 바뀌어갔다. 정말로 억울한 것은 죽은 그들이 아니라 그 죽음을 목도해야 했던 나일지도 모른다 싶었다.

(……)

그사이 세상도 많이 변했다. 6·25란, 우리가 겪은 수난의 시대를 보는 눈에도 많은 여유들이 생기고, 그 시대를 나의 아버지나 오빠같이 지지리도 못나게 살다 간 사람들을 보는 눈도 관대해졌다.

나는 이때다, 이때를 놓치지 말고 나도 곡을 하리라, 나도 자유로워지리라 마음먹었다. 나의 곡의 방법이란 우선 숨겼던 것을 털어놓는 일이었다.

이렇게 해서 나는 어머니의 허락도 없이 어머니와의 공모에서 이탈했다.

나는 만나는 사람마다 붙잡고 그 이야길 시켰다. 실상은 말야, 6·25 때 말야, 우리 아버진 말야, 우리 오빤 말야, 오래 묵은 체증을 토하듯이 이야길 시켰다. 그러나 아무도 내 비밀을 재미있어하지도 귀를 기울여주지 않았다.

듣는 사람도 없는 곡성이 무슨 의미가 있을까? 상주도

문상객이 있어야 곡을 할 게 아닌가?

그 시대를 보는 눈이 관대해졌다는 건 그만큼 무관심해졌다는 의미도 된다는 것을 나는 비로소 알았다. (……)

나는 그 이야기가 하고 싶어 정말 미칠 것 같았다. 나는 아직도 그 이야길 쏟아놓길 단념 못하고 있었다. 어떡하면 그들이 내 얘기를 끝까지 들어줄까, 어떡하면 그들을 재미나게 할까, 어떡하면 그들로부터 동정까지 받을 수 있을까. 나는 심심하면 내 얘기를 들어줄 사람의 비위까지 어림짐작으로 맞춰가며 요모조모 내 이야길 꾸며갔다.

나는 어느 틈에 내 이야기로 소설을 쓰고 있었던 것이다. 토악질하듯이 괴롭게 몸부림치며, 토악질하듯이 시원해하며.

임금님의 귀는 당나귀 귀라고 대나무숲에서 외친 이발사의 행복을 나도 누리는 듯했다. 그러나 이발사의 행복도 대나무숲으로 하여금 임금님 귀는 당나귀 귀라는 요란한 공명을 얻어냄으로써 완벽했던 것이지 그 스스로의 외침만으로 미흡했던 게 아닐까. (……)

이런 나의 실패는 나의 능력 부족의 탓도 있었고 내 이야기를 들어줄 사람과 내가 사는 시대의 비위를 지나치게 의식한 탓도 있었겠지만 가장 큰 이유는 두 죽음이 내가 작품화할 수 있을 만큼, 즉 여유 있게 전모를 파악할 수 있을 만큼의 거리로 물러나주지 않고 너무 나에게 바싹 다붙어 있기 때문이기도 했다.

모든 체험은 시간과 함께 물러나 원경遠景이 됨으로써 말초적인 것이 생략되는 대신 비로소 그 전모를 드러낸다. 그러나 내가 겪은 두 죽음은 이십여 년이란 세월이 흐른 후에도 거의 피부적인 촉감으로 나에게 밀착돼 있어 도저히 관조할 수 있는 거리로 뿌리쳐내지 못했던 것이다.

이렇게 『목마른 계절』을 포함한 나의 초기 작품들을 왜 썼는가에 대한 솔직한 진술과 함께 그 작품들이 신중치 못한 것에 대한 변명까지를 곁들이고 있다. 그러니까 순전히 나 자신의 구제를 위해 쓴 셈이다.

그런 나의 문학에다 억지로 남을 위한 기능을 하나 만들어 덧붙이자면, 나는 이북 사람들의 정치하는 방법을 대단히 혐오하고 있는 것만큼, 잔혹 일변도의 반공극도 혐오하고 있고 그들을 모르는 우리의 젊은 세대에게 그런 차원으로 그들을 이해시키는 데 대해 심각하게 회의하고 있기 때문이다. 다소나마 그들에 대해 아는 걸 바르게 증언해야 할 의무감이 있었다고도 하겠다.

다시 그날이 돌아온다. 요새로 부쩍 심해진 건망증 탓인지 몇 달 전 일도 아득하건만 28년 전 그때 일만은 아직도 어제런 듯 생생하다. 이것 또한 건망증 못지않은 병이나 아닐는지.

3부

우리를 두렵게 하는 것들

이름에 대하여

언젠가 신문에서 요즈음 잘 팔리는 책의 이름은 길다는 기사를 읽은 일이 있다. 긴 제목의 책 이름이 여러 개 예로 들어져 있었다.

나는 그 기사를 보면서 실소를 금할 수가 없었다. 그 기사가 잘못됐거나 과장됐다고 생각해서가 아니라 바로 그 전날, 출판업을 새로 시작한 분한테 들은 이야기가 생각나서였다.

모든 장사가 다 그렇듯이 그분도 자기네 상품(책)이 잘 팔리기를 소망하고 있었고 어떡하면 잘 팔리나로 많이 고심하고 있었다. 그래서 여지껏 잘 팔린 책을 갖고 분석한 결과 그분이 얻어낸 결론은 신문기사와는 정반대로 책의 이름이 짧아야 한다는 거였다.

그분은 실제로 몇만 부 이상 팔린 소설과 수필집이 외자 이름 아니면, 두 자 이름이었다는 예를 여러 개 들어보이기까지 했다. 그러면서 그분은 새로 내려는 번역을 원제목과는 상관없이 외자나 두 자의 간결한 이름을 붙이기 위해 머리를 짜다못해 남의 도움까지 청하고 있었다.

이런 출판업자나 아까 말한 신문기사의 주장과는 달리 대여섯 자 정도 길이의 이름을 가진 책이 많이 팔렸다고 주장할 만한 근거도 충분히 있을 것이다. 나한테 예를 들라고 해도 오히려 그런 예를 들기가 더 쉬울 것 같다.

그러나 이 세 가지 주장이 다 충분한 근거가 있는 주장이고 보면, 결국은 책이 팔리는 건 그 제목의 길이와는 상관이 없다는 결론이 나온다.

작가가 글을 쓰고, 거기 이름을 붙일 때 태어난 자식 이름 지어주듯이 고민하는 건 사실이지만 어떡하면 남의 눈을 끌까라든가 훗날 상품이 되었을 때 어떡하면 잘 팔릴까를 생각하지는 않는다. 남 보기엔 우연히 얻어진 것 같은 이름도 작가에겐 적어도 그 이름을 붙여주지 않으면 안 될 필연성이 있게 마련이다.

내가 갖고 있는 책 중 제일 긴 이름을 가진 책은 『왜 뱀은 구르는 수레바퀴 밑에 자기 머리를 집어넣어 말벌과 함께 죽어버렸는가?』라는 여섯 사람의 시인의 동인시집이다.

그 책은 그런 긴 이름을 가질 만한 충분한 이유를 갖고 있었고, 그건 물론 상업주의와는 상관없는 것이었다. 또 그 책 속엔 아주 훌륭한 몇 편의 시가 있었지만 그 책이 베스트셀러에 올랐다는 소식을 아직 듣지 못했다.

책이 잘 팔린다는 건 반가운 소식이다. 앞으로 더 좋은 책이 나오고 더 다양한 책이 나와 여러 층의 독자의 각기 다른 지적인 갈증을 채워줄 수 있어야 할 것이다.

그러나 잘 팔리는 책을 내려는 궁리가 좋은 내용이나 좋은 필자의 발굴에 앞서 기껏 현재 잘 팔리고 있는 책의 이름의 길고 짧음이나 분석해서 흉내내려는 걸 보면 글 쓰는 입장을 떠나 독자의 입장에서 속임수를 당하는 것 같은 불쾌감을 느끼게 된다.

대개 번역물의 경우이지만 현재 잘 팔리고 있는 책의 이름보다는 내용을 분석해봐가지고, 그와 닮은 걸 찾아내려는 건 이름의 흉내보다는 단수가 높은 만큼 독자로서 당하는 피해도 큰 것 같다.

여학생을 잡으라는 말이 있을 정도로 젊은 여성 취향의 책이 재미를 본 것까지는 좋다. 그러나 그 책이 많은 예술가를 편력하며 영감을 준 자유분방한 여자 얘기라고 해서 동서고

금의 자유분방한 여자를 다 긁어모아 다 책으로 내고도 모자라, 이 땅에서 현재를 사는 자유분방한, 주로 성적으로 자유분방한 여자들의 체험적 수기 같은 것까지가 여학생을 겨냥하고 마구 출판된다는 건 딸 가진 엄마로서 심히 못마땅하고도 노여운 일이 아닐 수 없다.

아직 배우는 입장인 미혼의 딸에게 부모는 분방보다는 절제를 배우기를, 욕망보다는 이상을 위해 고민하기를 허영보다는 의식에 눈뜨기를 바란다.

또 여러 남자에게 영감과 쾌락을 줄 수 있는 여자가 되기보다는 한 남자를 사랑하며 참하게 살기를 바란다.

'여자를 잡아라', 화장품장사가 아닌 책장사가 이런 구호를 외치며 분발한다는 건 어떻게 생각하면 그동안 아들 딸 구별않고 가르친 결과라고 좋게 해석할 수도 있다. 문제는 책장사들이 여자의 지적인 욕구를 지적인 허영심 이상으로 봐주지 않는 데 있다. 그래서 들고 다니기에 맵시 있는 책, 입에서 입으로 소문나기 쉬운 책, 골치 안 썩히고 대강대강 읽어도 읽었다고 나서기에 편한 책만 골라 만든다면 이제 여성 독자도 반발할 때가 되지 않았나 싶다.

생각해보면 책이 잘 팔린 지 겨우 2년쯤밖에 되지 않았다. 책을 고르는 데도 그 정도의 시행착오의 기간이 필요한 건지도 모른다. 이제 제대로의 안목이 생길 때도 됐다.

그동안 저지른 시행착오를 그대로 독자의 취향인 줄 아는 책장사를 한번 통쾌하게 배반해줄 때는 충분히 됐다.

이 가을엔 속 비고, 허울 좋은 남자 제쳐놓고 진실한 남자를 발견하고 선택하는 꾀와 슬기로 양서를 선택해서, 여자만 잡으면 쉽게 돈을 벌 수 있다는 얄팍한 속셈으로 날림 책을 만드는 책장사와 기왕에 얻은 허명을 무슨 부적처럼 붙여서 무성의하게 써갈긴 원고 뭉치를 팔아넘기는 작가에게 유쾌한 타격을 가해보지 않겠는가.

나는 책장사가 얕잡는 여성 독자인 동시에 작가라는 두 가지 입장에서 진심으로 그렇게 되어지길 바라고 있다. 이미 이렇게 되어가고 있는 조짐이 충분히 보이기도 하지만.

실상 작가라는 입장만 갖고 보더라도, 예고만 나가고 아직 한 장도 쓰지 않은 소설을 덮어놓고 사겠다는 책장사와 흥정을 하고 난 후처럼 심한 자기혐오에 빠지는 일도 없다.

작가가 붓을 아주 놓는 날까지 엄격하게 경계해야 할 일은 자기 이름으로 남이 덕을 보는 일이 아니라, 자기 이름으로 자기가 덕을 보는 일일 것 같다. 자기 이름을 부적 삼는 일이야말로 참으로 부끄러운 일일 것 같다.

이름 이야기가 난 김에 이름 때문에 겪은 웃지 못할 이야기나 몇 가지 할까 한다.

지방에 사는 친구가 오래간만에 서울 와서 그동안 보고 싶었던 친구를 한자리에서 보기 위해 점심에 초대를 했다. 장소는 그 친구가 정했는데 종묘 앞의 'ㅈ집'이라는 갈빗집이었다.

그 친구가 그 집으로 정한 건 값싸고 실속 있기 때문이라고 했었지만, 그 친구 나름의 향수 때문인 것 같았다. 서울 태생인 그 친구가 남편의 사업처를 따라 지방으로 이사간 지는 10여 년밖에 안 됐지만 그동안의 서울의 모습은 하도 빠르게 변해 올 때마다 타관 같다고 했다.

그런데 그녀가 즐겨 다니던 'ㅈ집'은 그대로 있을뿐더러 갈비 맛도 그때 그 맛인 게 그렇게 감동스러울 수가 없더란다. 그래서 그 집에서 옛날 친구들한테 한턱 쏠 마음까지 생겨 초대를 했고 나도 초대받았지만 나는 'ㅈ집'을 알고 있지 못했기 때문에 물어보니 아주 찾기 쉬운 장소였다.

그러나 약속한 시간에 그 근처에 가서 나는 우두망찰하고 말았다. 같은 골목에 'ㅈ집'이라는 갈빗집이 수도 없이 있었기 때문이다.

도대체 어떤 집이 내 친구의 향수를 달래주던 옛날부터의 진짜 'ㅈ집'일까? 그것을 알아내려고 갈팡질팡하는 나를 비웃듯이 어떤 'ㅈ집'은 진짜 옛날부터의 'ㅈ집'이란 주석까지 붙이고 있으니 기가 찰 노릇이었다.

한동안 혼자서 갈팡대다가 나처럼 갈팡대던 딴 친구를 만나 어떤 집이 진짜 'ㅈ집'인가를 알아내려고 함께 지혜를 모아보았지만 허사였다. 친구가 서너 명은 더 모였다. 그래도 진짜 'ㅈ집'을 모르긴 마찬가지였다. 'ㅈ집'마다 다니며 진짜요? 가짜요? 물어보자는 의견도 나왔지만 '진짜 진짜'라는 주석을 간판에 달고 있는 배짱들이 가짜라는 실토를 할 리가 없었다.

궁하면 통한다더니 난감한 중에 명안이 나왔다. 제일 손님이 많은 집이 진짜일 거라는 의견이었다. 그러고 보니 점심시간인데도 쓸쓸하니 파리들을 날리고 있는 중에 마당서부터 마루, 방이 발 들여놓을 틈 없이 복작대고 있는 집이 있었다.

그 집을 들어서니 아니나 다를까, 우리를 초대한 시골 친구와 초대받은 친구 중 미리부터 'ㅈ집'을 알던 친구들이 벌써 와서 자리를 잡고 앉아 우린 안 오고, 자리를 빼앗길 것 같고 안절부절못하고 있었다.

나는 이가 부실한 편이라 그날 거기서 먹은 갈비가 소문대로 맛있었다고도 그렇지 않았었다고도 말 못하겠다.

그러나 한 골목에 나란히 서 있던 'ㅈ집' 때문에 겪은 혼란에 대해선 좀체 잊어버려지지가 않는다.

어째서 그런 일이 있을 수 있을까. 'ㅈ집'이란 이름이 성명학적으로 좋았다기보다는 진짜 'ㅈ집'이 오랜 세월 성실하게 장사해서 얻은 이름의 덕을 가만히 앉아서 보고자 했음직하다.

자기의 이름을 갖고, 그 이름으로 떳떳이 행세하기 위해 수고하기가 싫어서, 행세하고 있는 이름을 슬쩍 훔쳐서 쓰는 일은 물건을 훔치는 일보다 더 부도덕한 일일 것 같다. 그런데도 한술 더 떠서 '진짜 진짜'니 '원조'니 하는 주석까지 붙여놓고 손님을 희롱하는 일이 어째서 백주에 도심에서 있을 수 있는지 정말 모르겠다.

물론 진짜 'ㅈ집'이 특별히 아량이 있거나, 너무 자신만만해서 가짜가 아무리 생겨나도 개의치 않기로 했는지 모르지만, 동업자끼리의 문제를 떠나서 손님을 대하는 올바른 태도를 위해서라도 서로 타협해 제각기의 이름을 가졌으면 싶다.

각기 이름을 가지려면 불가불 제각기의 개성을 가져야 할 테고 그러기 위해선 특색 있는 음식이나 환경, 손님 접대법을 연구 개발해야 될 게 아닌가. 그렇게만 된다면 그 골목이 시민의 맛을 위한 새로운 명소가 돼서 다 같이 번영을 누릴 수도 있으련만.

지금 같아서는 진짜 'ㅈ집' 말고는 다 한산했다. 그도 그럴 것이 가짜 'ㅈ집' 노릇을 하기 위해선 'ㅈ집' 흉내나 냈을 테니, 흉내는 오리지널만 못한 법이고, 설사 오리지널을 따른다 한들 손님의 입장에선 'ㅈ집'은 하나면 족하니까.

같은 이름이 많아 혼란을 겪은 것과는 반대로 분명히 있어야 할 곳에 이름이 없어 혼란을 겪은 일도 있다.

급한 일로 친구 집에 전화를 걸었더니 그런 사람 없단다. 꽤 오래 소식을 주고받지 않았기 때문에 그동안에 전화번호가 갈리든지 이사를 갔나 싶어, 거기 대해 좀 물어보려니 자기는 온 지 1년밖에 안 되는 가정부라 그런 사정은 모르겠다고 하며 탁 끊는다.

다른 친구한테 연락을 해서 알아보았더니 내가 알고 있는 전화번호는 틀림이 없었다. 다시 걸었더니 이번엔 앳된 여학생의 목소리로 "그런 분 안 계십니다"로 전화는 다시 끊겼다.

내 쪽에서 급한 용무라 애가 달았지만 어쩔 수가 없었다. 어른을 만나 얘기할 수 있으면 뭘 좀 알아낼 수가 있을지도 모른다는 생각으로 다시 다이얼을 돌렸다. 또 여학생이었다. 나는 덮어놓고 "엄마 계시니? 엄마 바꿔라"고 했다. 여학생은 똑똑하게도 "누구신지요" 하고 따졌다. "보문동 사는 친군데" 했더니 쉽게 바꿔주었다.

여학생의 엄마는 뜻밖에도 내 친구였다. 나는 용건을 제쳐놓고 너의 집은 무슨 흑막이 있길래 그 모양이냐고 화를 냈다. 그리고 여지껏 당한 얘기를 했다.

친구는 웃으면서 “미안해. 그렇게 됐구나. 그렇지만 아이들한테 ×××씨가 뭐니? 그러니까 못 알아들었지” 했다.

가정부가 주부의 이름을 모르는 일은 있을 수 있어도 딸이 엄마 이름을 모른다는 게 말이 되냐고 했더니, 이름을 알고는 있지만 줄창 누구 엄마라고만 불리어졌기 때문에 ×××씨라고 했을 때 선뜻 엄마가 떠오르질 않았을 거라는 거였다.

그러면서 이다음부터 창피하게 ×××씨라고 부르지 말고 아이들 이름으로 대신하라고 남매의 이름을 가르쳐주는 것이었다. 이름 부른 것이 창피하다는 친구의 말 때문에 나는 큰 잘못이라도 저지른 것처럼 무안해졌다.

그러나 그게 왜 잘못인지는 모르겠다. 다만 여자가 결혼해서 아기 엄마가 되고부터 아주 자연스럽게 이름을 잃어버린다는 게 자기의 독자적인 생각이나 자발적인 행동을 잊어버린다는 것하곤 다르길 바랄 뿐이다.

독자적인 생각이나 자발적인 행동이 화목을 해치거나, 여자의 겸손의 미덕과 크게 어긋난다고 생각할 필요는 없을 것 같다.

그건 살아 있다는 표시니까. 여자가 죽어지내는 걸로 화목한 가정이 어찌 진정으로 행복한 가정일까.

어느 우울한 아침

별안간 버스값이 오른 날 아침이었다. 내가 먼저 조간신문에서 그걸 보았건만, 그저 올랐나보다 하는 정도로 무심했다. 나는 그때 아둔하게도 내 생각만 했다. 나는 별로 잘 나다니는 편이 아니고, 나갈 때는 주로 지하철을 이용하고, 지하철 노선이 안 닿는 곳은 택시를 탔다.

버스는 주로 화곡동에 계신 친정어머니를 뵈러 갈 때 타는데, 타고 앉아서 마음놓고 한잠 잔다. 어머니가 화곡동으로 이사 가시고 나서 나는 버스에서 태연히 자는 버릇이 생겼다.

늘어지게 한잠을 자고 나서 내다봐도 화곡동까진 아직 아직 멀었다. 두 잠, 어떤 때는 석 잠까지 자야 비로소 목적지까지 도달한다. 이건 숫제 여행이다.

이렇게 먼 거리를 타고 나서 40원을 낼 때는 너무 싼 것 같아 미안한 생각이 든다.

요새 50원도 안 되는 돈으로 할 수 있는 게 뭐가 있나. 파 한 단, 콩나물 한 움큼, 두부 한 모도 못 산다. 그런데 사람을 가만히 앉혀놓고 낮잠까지 재우면서 안전하게 5, 60리를 날라다준다.

우리 어렸을 때 교과서에 이런 이야기가 실려 있었다. 서당 선생님이 아이들의 지혜를 시험해보고자 동전 한 닢을 주면서 누구든지 이것을 가지고 이 방안을 가득히 채울 것을 사올 수 있는 사람이 있으면 나와보라고 했다. 한 소년이 선뜻 나섰다. 소년이 동전 한 닢을 가지고 나가더니 초를 하나 사가지고 왔다. 불을 켜니 방안 하나 가득 빛이 넘쳤다는 이야기였다. 방안을 채운 게 빛이었다는 걸로 어린 마음에 무척 감동스러웠던 것으로 기억된다.

그런 이야기하곤 좀 다른 성질의 이야기가 될진 모르지만 누가 요즈음 물가로 가장 싸게 먹히는 걸 나에게 묻는다면 나는 아마 서슴지 않고 우리집에서 화곡동 가는 버스값이라고 대답했을 것이다.

그러니 버스값 인상 소식이 나에게 놀라운 것이 될 리가 없었다. 그러나 웬걸, 아이들이 하나하나 일어나 신문을 보더니 작은 소동이 벌어졌다.

올라도 너무 올랐다는 것이었고, 하필이면 저희들이 하나같이 토큰이 떨어진 날을 기해 올랐다는 거였다.

식구 중 여섯 명이 아침이면 직장과 학교로 나간다. 교통비가 보통 드는 게 아니다. 말이 쉬워 10원씩이지 25퍼센트가 인상된 셈이다. 안정된 경제 상태에선 있을 수도 없는 엄청난 인상이다. 가히 폭력적이다. 놀라고 분노하는 아이들이 정상이고 그저 올랐나보다 하는 정도로 무감각할 수 있는 내가 이상하다.

그러나 아이들이 가장 안타까워하던 일, 마침 토큰이 떨어진 시기였다는 건 나도 동정을 금할 수가 없었다. 매일같이 사 쓰지 않고 한 달 치씩 한목으로 사놓고 쓰던 다섯 아이들이 가지고 있는 토큰을 다 긁어모아도 열 닢이 채 안 됐다는 것은 불운이라고밖에 볼 수가 없었다.

나는 좋은 말로 내 아이들이 당한 이 작은 불운을 위로했다.

그랬더니 그중 한 아이가 불쑥 한다는 소리가 "우리도 아마 아빠 엄마 닮아서 돈복이 없나봐" 하는 거였다. 딴 아이들도 이 아이의 말에 동조했다.

그리고 그 말에 위로받은 것처럼 다시 명랑하게 재잘대며 집을 나갔다. 그러나 나는 기분이 안 좋았다.

아니, 그것들이 부모를 뭘로 봤길래 감히 돈복이 없다고 말하느냐 말이다. 다섯이나 되는 아이들을 다 공부시키면서 등록금 한번 밀려본 적 없고, 저희들 듣게 돈 걱정 한번 큰소리로 해본 일 없거늘.

어디 그뿐인가. 때 맞춰 옷도 해 입힐 만큼 해 입혔고, 음식도 영양 있게 먹였다고 생각하고 있다. 검소하게 길렀는지는 몰라도 궁색하게 기르진 않았다. 용돈을 낭비할 수 있을 만큼 주진 않았지만, 제가 꼭 하고 싶거나 해야 할 것을 못하게 박하게 주진 않았다.

돈이 귀하다는 걸 알게 하려고 하긴 했지만, 돈이 가장 귀한 걸로 알기를 바라진 않았고, 행여나 돈에 원한이 맺히거나, 돈에 연연하는 사람이 될까봐 여간 조심하면서 기른 게 아니다.

부모가 자식을 그 정도로 기를 만큼 돈이 있었으면 됐지, 돈복이 없다니 그게 무슨 소리란 말인가.

나는 아이들을 내보내놓고 혼자서 분개와 한탄을 거듭했다.

자식이 부모 닮았다는 게 조금도 흉 될 게 없으면서도 못생긴 곳이나 단점을 꼬집으면서 닮았다면 듣기 싫은 건가보다.

그렇지만 자식이 한 소리니까 노여움은 곧 사그라지고 아이들이 말한 '돈복'이란 걸 '가수요假需要에서 얻어지는 불로

소득'쯤으로 해석할 수 있는 마음의 여유가 생겼다.

요즈음처럼 물가고物價高 시대엔 뭐든지, 하다못해 비누나 휴지 나부랭이라도 많이 사놓으면 가만히 앉아서 이익을 보게 된다. 그걸 번연히 알면서도 거의 가수요를 모르고 살았다. 그럴 만한 경제적 여유가 전혀 없어서도, 그러면 안 될 것 같은 건전한 생활신조가 있어서도 아닌, 습관 같은 것으로 그렇게 산 것 같다.

1개월은 쓸 수 있을 정도의 가수요가 고작이었다. 그리고 물건값이 오르는 것은 번번이 그나마의 가수요도 꼭 바닥이 날 시기였다.

그래서 엄마가 안타까워하는 걸 많이 본 아이들이 하필 저희들의 토큰이 바닥이 난 시기를 맞춘 것처럼 버스값이 오르자 엄마 닮았다고 생각한 건 무리가 아닌지도 모른다.

그렇게 마음을 눅쳐먹고 신문을 좀더 자세히 보려니, 정작 큰일은 좀더 작은 활자로 나 있었다. 연탄값과 전기값은 당분간 인상하지 않을 거라는 소식이 그거다.

나는 그것을 보자 반갑기는커녕 가슴이 덜컥 내려앉았다. 나는 언제부터인지 이런 종류의 공식 언약을 거꾸로 알아듣는 못된 버릇을 갖고 있다. 그래서 안 올린다는 소리가 곧 올린다는 소리로 들렸다.

변명이 될지는 모르지만 나는 남의 말을 곧이곧대로 듣는 편이어서 귀가 여리다고 흉잡힌 적이 한두 번이 아니다. 그런데도 공식적인 언약만은 거꾸로 알아듣는다. 인상을 당분간 안 한다면 곧 한다로, 뭘 규제한다면 더욱 성하게 한다로, 엄벌한다면 관용한다로 뒤집어서 알아들으니, 내가 생각해도 민망할 노릇이다.

더군다나 연탄은 내가 유일하게 가수요를 하는 종목이니 놀라움은 더욱 컸다.

1년 먹을 식량과 2년 땔 땔감을 가을에 한꺼번에 들여놓는 걸 살림의 근본으로 삼아온 집안에서 자라, 그런 집으로 시집을 왔다.

장마가 끝난 여름철이나 이른 가을에 동대문 밖에 있는 나무장에 가서 톱질도 안 한 기다란 통나무를 한 마차 실어다가 부리면, 벌써 톱과 도끼를 가진 장작 패는 일꾼들이 저절로 나타나 품삯을 가지고 흥정을 한다.

장작 패는 날은 더운점심을 짓고, 술까지 받아다가 잘 대접한다. 소나무를 슬근슬근 톱질하고, 도끼로 결 맞춰 패는 소리는 참으로 듣기 좋았다.

그래서 광으로 하나 가득 차곡차곡 싸놓으면 월동 준비가 끝난 것이다. 화창한 가을날의 즐거운 행사였다.

내가 살림을 하게 되면서 곧 장작은 시커먼 연탄으로 바뀌었지만, 월동 준비를 여름에 하는 습관은 계속 됐다. 1년 먹을 식량을 추수 때 들이는 일로 지켜오다가, 저장 과정에서 생기는 불필요한 손실과 부득이한 낭비가 아까워 안 지킨 지가 근래의 일이다.

나는 연탄이 안 오른다는 보도가 나기 전부터 연탄 가게에 2천 장의 연탄을 배달해줄 것을 부탁해놓았던지라, 그 보도를 보고는 다시 한번 재촉을 하러 갔다. 그러나 암만해도 내 예감이 맞으려나 공장에서 출고가 안 된다면서 아직 배달이 안 되고 있다.

아마, 오른 뒤라도 나는 월동 연탄을 한꺼번에 들일 것 같다. 오랜 습관 때문도 있지만, 습기 있는 연탄에서 더욱 심하다는 가스의 위험성이나 제철이면 더욱 탄질이 나빠질 우려 때문에 그 시커멓고 부피 많은 걸 가수요를 안 할 수가 없다. 아직도 연탄을 때고 살다니, 정말이지 돈복도 지지리도 없다고 쓴웃음을 지으며 뒤늦게 아이들의 말을 수긍한다.

아홉시 정각에 출근한 파출부 아줌마가 어두운 얼굴로 방출미가 오를 걱정을 했다. 그녀는 아마 그녀의 수고비도 올려 받아야 한다고 생각하고 있으리라. 그녀의 생각은 정당하다.

그녀가 멀리 장위동에서 온다는 걸 알기 때문에 나는 "버스값 오른 것도 부담되시죠?" 하고 물었다. 그녀는 "아뇨, 전 언제나 걸어다니는걸요" 하고 대답했다.

"몇 분이나 걸리는데요?"

"일찌거니 나와서 서둘지 않고 걸어도 한 시간도 안 걸리는걸요."

나는 그제야 겨우 서민 교통수단의 25퍼센트라는 엄청난 인상폭을 충격으로 받아들였다. 교통 지옥의 해결책이 논의될 때마다 유일한 해결책으로 마이카 시대를 쳐드는 분이 많다. 높은 자리에 있는 분일수록 그렇게 믿는 분이 많은 것 같다.

급격한 경제성장에 따른 소득 증대로 보아 당연한 추세라고 강조하면서도, 그분들은 으레 선진국에선 청소부나 접시닦이가 마이카로 돈벌이 다니는 걸 예로 든다.

나 역시 신화적인 경제성장에 어지럼을 탈지언정 그걸 부정할 순 없기 때문에 마이카 시대를 목전에 둔 것을 예감 안 할 수가 없었다.

그렇다고 그 예감이 밝고 즐거운 것은 아니었다.

우리의 도로 사정은 인파만으로도 터질 듯한 번화가가 많다. 러시아워가 아닌 대낮에 고가도로에도 차가 밀려 엉금엉금 기는 걸 한두 번 당하지 않았다. 이런 도로 사정으로 너도나도 자기의 신발을 가졌듯이 자기의 차를 갖게 된다면 그 교통 체증을 어찌할 것인가. 상상만 해도 끔찍한 지옥도가 된다.

그러나 우리집 파출부 아줌마는 마이카 시대에 앞서 우리가 우려해야 될 것이 어찌 교통 체증뿐일까보냐고 묵묵히 말하고 있었다. 마이카 시대에 앞서 우선 도로를 넓혀야 하는 거라면, 도로를 넓히기에 앞서 또하나 넓혀야 할 길목이 있겠다.

풍선처럼 부풀어오르는 소득 증대의 대열에 끼지 못하고 저 밑바닥 보이지 않는 길목에 걸려서 허덕이고 있는 빈곤의 체증을 외면하면서 꿈꾸는 마이카 시대란 얼마나 철딱서니 없는 환상일까.

버스값이 오르기 전부터 버스값을 벌기 위해 매일 두 시간을 걷는 아줌마가 측은해서 해본 나의 생각은 또 얼마나 얄팍한 감상일까.

나는 곧 아줌마의 수고비가 오를 것을 근심하기 시작했으니 말이다.

이래저래 버스값이 오른 날 아침은 우울한 아침이었다.

건망증의 시대에 살면서

요새처럼 아파트 문제가 시끄러운 사회문제가 되기 훨씬 전부터였으니 아마 올해 정초부터였을 것이다. 나는 혼자서 아파트에 대해 많이 생각했고, 또 식구들과도 아파트 얘기를 자주 나누었었다.

연탄 때는 집에 사는 사람은 누구나 다 아는 얘기지만 저질탄이 나오고 나서의 작년 초 재작년 겨울은 악몽이었다. 나는 그 끔찍한 저질탄을 밤낮 없이 섬기면서 그따위 땔감을 만든 인간을 저주했고, 때로는 그따위를 인간이 만들었다는 것조차 믿지 못해했다. 드디어 더는 그 검은 폭군을 섬기지 않기로 결심했다.

나의 고생을 너무도 잘 알고 있는 식구들은 나의 이런 결심을 인권선언처럼 정당한 걸로 인정해주었다. 그래서 아파트로 이사 가는 합의는 쉽게 이루어졌다.

진작 그럴 것이었다는, 때늦은 감도 없지 않았다. 20년 가까이를 한 집에서 사는 우리를 사람들은 이상해했었다. 집을 가지고 잘만 굴렸으면 벌써 부자 되고 큰 집 쓰고 살 수도 있었을 텐데 오죽 주변머리가 없으면 한 집에서 그렇게 오래 사느냐는 거였다. 그러나 우린 우리대로 가장이 장사꾼인 집안답지 않게, 세상에 오죽한 것들이 식구의 보금자리인 집을 굴리는 장사를 할까, 하면서 경멸하는 터무니없는 자존심을 가지고 있었던 것이다.

이렇게 살 만큼 살고 나서 때늦게 결심한 이사인데도 워낙 오래 정들었던 집이라 정 뗄 일이 큰일처럼 여겨졌다.

남들은 우리집이 작은 것만 안다. 구옥인 것만 안다. 좀 친한 남이라면 대지 55평에 건평 27평까지도 알지 모른다. 그러나 한 집에 오래 산 식구들은 집에 대해 남이 모르는 걸 안다. 우리집 대문 앞의 네 층의 화강암 댓돌은 남 보기엔 댓돌일 뿐이지만, 나에겐 지금은 다 자란 딸들이 어렸을 때 앙금앙금 기다시피 오르락내리락, 하나, 둘, 셋, 넷, 셈을 익혔던 곳이다. 기둥엔 나만 아는 눈금이 있다. 아이들의 키를 재주던 눈금이다. 그 밖에도 이웃에서 복가집이라고 불러줄 만큼 여러 식구가 건강하고 행복하게 산 추억이 구석구석에 서려 있다.

우리 식구가 우리집을 우리집이라고 부르거나 생각할 때는, 저절로 대지 55평 건평 27평의 한옥에 이런 정을 담게 된다. 그러나 우리집은 또한 내가 도저히 정들일 수 없는 여덟 개의 연탄아궁이를 갖고 있는 것이다. 그래서 우린 우리집을 더이상 사랑하지 않기로 했다.

여기저기 아파트 시세를 알아보기 시작했다. 엊그제 분양해서 입주하려면 아직도 5, 6개월은 더 걸린다는 아파트에도 엄청난 프리미엄이 붙어 있었다. 아파트업자와 실수요자 사이에 왜 불필요한 거간꾼들이 끼어들어서 막대한 돈을 붙여먹는지 알 수 없는 일이었다.

우리는 돈도 많지 않았지만, 우리의 돈은 적어도 일해서 어렵게 번 돈이지, 공돈은 한푼도 없었기 때문에 백해무익한 거간꾼들에게 프리미엄으로 내줄 수는 없었다. 결국 이사 가는 시기를 늦추더라도 공개 추첨하는 아파트를 신청해서 당첨되길 기다리기로 했다. 그러나 한꺼번에 열 개 스무 개씩 신청하는 거간꾼들 때문에 하나씩 신청하는 실수요자의 당첨률은 그야말로 하늘에서 별 따기라는 걸 알지 않으면 안 되었다.

당첨돼서 이사 가는 걸 거의 가망 없는 일로 깨닫게 될 즈음에 주택청약예금 제도라는 게 새로 생겼다. 일정액을 주택은행에 정기예금으로 예치해놓은 세대주에게만 추첨권을 주는 제도였다. 다시 가망이 생기는 것 같았다.

우리는 첫밧에 지금 살고 있는 집만한 크기의 아파트를 신청할 수 있는 액수의 예금을 했다. 여지껏 세 번 신청해서 세 번 낙첨됐다. 주택청약예금을 할 때만 해도 순서대로 분양해줄 줄로 알았는데 그게 아니어서 경쟁률은 여전히 높다. 높은 경쟁률은 아파트업자의 신바람을 북돋아주는 모양으로, 업자들은 실수요자 편이 되지 않고 거간꾼들 편이 돼서 자기들 신바람 일으킬 궁리만 하니 괴이한 일이다.

그러는 동안에 아파트에 대한 나의 짝사랑도 시름시름 지치기 시작했고, 청약예금을 당장 해약하고 싶도록 아직 살아보지도 않은 아파트 살림에 정 떨어졌던 일도 있다.

일전엔 여의도에 있는 아파트에 사시는 친척 어른이 돌아가셔서 문상을 가지 않으면 안 되었다. 나는 외고 있는 전화번호가 우리집 전화번호뿐인데 그거나마 밖에서 걸려면 알쏭달쏭 자신이 없어질 정도의 심한 건망증이라 몇 번 가본 댁이건만 다시 물어서 아파트 이름과 동호수를 수첩에 적어가는 걸 잊지 않았다. 그러나 택시 타고 앉아서는 그것을 꺼내보지 않고도 호기 있게 진주아파트라고 말할 수가 있었다. 여자들이 좋아하는 보석 이름을 연상하면 됐기 때문이다. 차에서 내려 동수, 호수를 알아보기 위해 수첩을 꺼내보니 웬걸 '진주아파트'가 아니라 '수정아파트'였다. 나는 미아처럼 갈팡질팡, 거기가 거기 같은 아파트의 숲을 묻고 물어 헤맨 끝에 간신히 수정아파트를 찾았다. 두 아파트 사이는 상당히 멀었다.

이럴 때에 나는 맥이 탁 풀리면서 아파트에 살 자신이 없어진다. 개나리아파트를 꽃 이름이라고 외워두었다가 장미아파트로 가면 어쩌나부터로 시작해서 같은 아파트 군에서 내가 사는 동호수를 찾는 일까지가 살아보기도 전에 난감해진다.

그날 그 아파트 14층의 상가까지 엘리베이터를 타고 올라가 문상하고 돌아오면서 높디높은 건물을 돌아다보려니 옥상 가까운 곳에 살벌한 쇠붙이로 된 우리 같은 게 매달려 있는 게 보였다. 동행한 사람에게 저게 뭐냐고 물어봤더니 이삿짐을 창을 통해 내리고 올리는 기곈데 아마 내일 고인의 영구도 그걸로 땅까지 모실 거라고 했다.

나는 팔순이 넘는 시모님을 모시고 있고, 그분은 한옥과 우리가 사는 한물간 동네의 이웃들을 좋아하신다. 돌아가시면 이웃 사람들의 전송을 받으며 만가輓歌는 없더라도 노제쯤은 받아 잡수시고 정든 동네를 떠나실 수 있을 것을 믿고 계신다. 그러나 아파트로 이사 갈 경우, 그분에게서 우리가 빼앗는 게 어찌 사후의 이런 서정적인 장례뿐일까. 유폐당한 것같이 고적하고 답답한 여생이 기다리고 있을 건 뻔했다. 나는 공중에 높이 매달린 기계를 바라다보며 슬픔과 죄책감을 느꼈다.

그러나 사라져가는 세대에 대한 감상으로 내 다시 그 끔찍한 연탄을 섬길까보냐고 마음 다시 모질게 다져먹기를 몇 번 오늘에 이르렀고, 요새는 아파트를 뇌물로 바쳤다는 사건으로 세상이 떠들썩하다.

아파트를 뇌물로 바쳤다면 얼핏 듣기에 아파트를 거저 준 것 같지만 그게 아니다. 제값을 다 쳐서 받고 판 것이다. 그러니까 문제는 기다리는 사람이 한없이 줄 서 있는데 새치기를 한 얌체 짓일 테고 또하나 프리미엄이라는 게 있다. 제값 주고 사기만 하면 저절로 막대한 공돈이 떨어지게 일이 돼 있고, 그 공돈을 받는 쪽에서나 주는 쪽에서 뇌물로 계산하고 주고받았음직하다.

아파트의 제값이란 아파트를 짓는 데 든 모든 비용에다 이익, 세금, 금리까지 합해서 아파트업자가 계산해낸 값이니 결코 밑지는 값일 리는 없다. 그런 제값에다 실수요자가 엄청난 돈을 덧붙여줘야 할 까닭이 없다.

억지로 까닭을 대자면 수요가 딸린다는 건데, 수요가 딸리게 중간에서 조작하는 장본인이 바로 공돈을 노리는 거간꾼들이 공돈 따먹기 편하도록만 돼 있는 아파트 정책이다. 이런 끼리끼리의 악순환 속에서 골탕을 먹는 건 실수요자뿐이다.

공돈이란 일해서 번 정당한 돈이 아니다. 수고하지 않고 돈이 생겼다는 건 직접적이든 간접적이든 간에 남이 수고해서 번 걸 빼앗았기 때문이지 결코 하늘에서 떨어진 돈이 아니다. 이런 공돈이란 조금이라도 도덕심이 있는 사람이 탐낼 게 못 된다. 돈벌이 중에도 가장 염치없고 옳지 못한 돈벌이다.

옳지 못한 건 뿌리 뽑혀야 한다. 그걸 못하는 사회가 무슨 면목으로 도둑놈이나 소매치기를 벌한다 할 것인가.

뇌물이란 옳지 못한 일을 청탁하기 위해 권력 있는 사람에게 바치는 재물을 뜻할 텐데 그 재물을 현금이나 현물이 아닌, 공돈을 먹을 수 있는 특혜로 했다는 건 아마 뇌물을 주고받은 역사상 그 유례가 없을 만큼 추악한 뇌물이 될 것 같다.

그런 공돈과 뇌물이라는 옳지 못한 것만 골라서 좋아한 특별히 도덕심이 모자라거나 없는 사람들은 누구였을까.

우린 누구나 도둑질을 싫어하고, 도둑놈을 미워하지만 도둑놈이 도둑질한 게 화제나 충격이 되지는 않는다. 그러나 도둑놈을 잡아다 벌해야 할 사람이 도둑질을 했다면 충격이 된다.

그런 뜻에서 이번에 공개된 아파트 특혜자 명단은 어리석은 백성에게 충분히 충격적인 것이었다.

높은 자리에 있는 벼슬아치들이 걸린 건 그래도 덜 놀라운데—실은 이 덜 놀랍다는 사실이야말로 그들이 여지껏 그런 종류의 부정에 상습적인 걸로 알려졌다는 뜻이니 그들 자신은 마땅히 놀라고 반성할 일이다—모든 잘잘못을 가려내서, 용서할 건 용서하고, 벌줄 건 벌주어야 할 중한 책임을 가진 분들이 관련된 것은 크게 불행한 일이다. 옳고 그름을 바르게 가려내는 일은 사람 사는 사회의 질서의 기본이 된다. 그래서 법이라는 게 있고 법은 존중되어야 하고, 법은 지키라는 자부터 지켜야 한다는 바람은 누구나의 정당한 바람이다. 그런 의미에서도 그들이 관련된 것에 대해 백성들이 노여워하는 건 마땅한 일이다.

그러나 내가 이번 일에서 놀라고 슬프게까지 생각한 건 이런 정당한 분노를 터뜨리는 사람보다는 관대하거나 냉소적인 사람이 더 많았단 사실이다.

택시 안에서의 일이었다. 마침 뉴스 시간이었고, 아나운서는 흥분된 목소리로 각 부처의 관련자 이름을 부르고 있었다. 법을 다루는 사람 이름이 나오자 여지껏 잠자코 있던 운전사가 팽 하고 코웃음을 치며 말했다.

"법률 공부 헛했군, 헛했어. 그까짓 걸 감쪽같이 못 해먹고 어쩌다 증거를 남기며 해먹어서 저 망신을 당하노."

이건 웃어넘길 소리가 아니다. 무서운 소리다. 법을 다루는 사람에 대한 야유일 뿐 아니라, 법과 질서에 대한 근원적인 불신이다. 신호등의 빨간불의 뜻을 믿지 못한 채, 파란불의 뜻을 잊어버린 채, 번화가에서 차를 모는 것처럼 위험스러운 생각이다.

그런데 합승하고 있던 점잖은 남자들까지 서슴지 않고 운전수의 말에 동의했다.

"어디 이번에 억울한 게 판검사뿐인 줄 아슈? 다 억울해요, 다 억울해. 아 요즘에 아파트 주겠다는데 싫달 놈이 어디 있어요. 그래서 먹어봤댔자 기껏 기백만 원 아니면 기천만 원의 프리미엄인데, 뇌물론 약소하죠, 약소해. 억대로 먹고도 콩고물 하나 안 남기게 기술적으로 먹는 세상에 그까짓 거 먹고 중죄인 취급당하니 억울해도 이건 보통 억울한 게 아니라구요. 그야말로 땅을 치고 통곡하고 하늘을 우러러 탄식을 할 일이지."

합승한 남자들의 이런 익살에 눈살을 찌푸리면서 나는 문득 신문에서 읽은 관련자들의 변명의 말이 생각났다.

변명의 말은 구차스럽고도 구구해 하나도 믿을 만한 게 못됐다. 그중에 그래도 정직하다고 봐줄 수 있는 말이 한마디 있었는데 바로 이 '억울하다'였다.

'억울하다'는 말이 괘씸하면서도 공감할 수 있었던 것은 그 사람이 죄가 없어서 억울하다고 생각해주려는 게 아니라 그보다 더한 걸 해먹고도 안 걸리고, 같은 걸 해먹고도 안 걸리는데 어쩌다 걸려들어서 저 망신을 당할까 하는 마음에서였으니, 이런 백성의 마음이야말로 벼슬아치의 부정보다 더 근심해야 할 일이 될 것 같다.

벼슬아치들에 대해서보다는 관련 언론인들에 대한 백성들의 분노가 한층 더 심각했던 것도 주목할 만한 일이었다. 언론이 겉으로는 바른 일과, 약한 민중의 편인 척하면서 뒤로는 권력과 재력과 얼마나 추악한 관계를 맺고 있나를 짐작할 만큼은 하고 있었을 터인데도 역시 노여웠다.

그건 아침저녁 글을 통해 혹은 목소리를 통해 작은 부정에 같이 분노하고, 억눌린 설움을 같이 나누던, 그래서 은연중 우리 편으로 알았던 언론인의 이름까지 끼어 있는 데서 오는 배신감이었으리라.

근래 언론이 취하는, 사건의 핵심에 접근하지 못하고 구두 위로 발등 긁는 식의 보도 태도나, 저희끼리 서로 침 뱉고, 씹고 물어뜯는 싸움질이나 겉으로 드러내는 편파적인 보도 태도까지를 한데 몰아 "역시……" 하고 비꼬고, 심한 말로 욕하고 했지만 언론에 대한 백성들의 분노는 쉽게 풀리지 않았다.

그러나 언론이여, 백성들의 이런 편파적인 비난을 억울해 말라. 아직도 언론이, 침몰해가는 이 시대 양심이 마지막 붙잡는 검부락지라는 것으로 자위하며, 그만한 벌은 달게 받으라.

뇌물을 준 쪽에 대해서는 워낙 이 나라가 이만큼 살게 된 것에 공이 큰 대재벌이어서 그런지, 기업이란 으레 그렇게 해먹는 것이다라는 기업윤리에 대한 잘 길들여진 인식 때문인지, 백성들은 비난할 기력도 없는 것같이 보였다.

그러나 뇌물을 준 쪽의 총수쯤 되는 분이 절에 들어가 수양이나 하고 싶다고 말한 건 나로서는 듣기 거북했다. 조금은 진실한 말이 필요할 때다. 이런 빈말은 안 하는 게 좋은 것 같다. 설사 이것이 빈말이 아니어도 걱정스러운 일이다. 왜냐하면 그분이 절에 들어간다는 것이 이 나라의 건설계를 위해서도, 불교계를 위해서도 함께 불행한 일이 될 테니 말이다.

이번 일을 계기로 제발 아파트에 프리미엄이라는 게 붙는 게 개선될 근본적인 제도가 마련됐으면 싶다. 프리미엄이 붙는 걸 주택의 절대수가 부족한 이상 어쩔 수 없는 일이지 않느냐고 합리화시키는 사람도 있는데, 절대수가 정말 모자라는지도 다시 검토해볼 일이다.

이번에 특혜로 주고받은 아파트 중엔 그 평수가 어마어마하게 큰 것도 있었다. 가족 수는 해마다 줄어드는데 주택의 평수는 해마다 늘어난다고 한다. 자기가 사는 땅의 넓이와 인구와의 관계는 생각도 안 하고 사람마다 자기의 주거 공간을 욕심껏 늘려간다면 백 년이 가도 주택의 절대수는 모자랄 테고 결국은 사람 자체가 자멸할지도 모른다. 불도저와 시멘트로 땅이란 땅을 다 죽여도 모자랄 테니 말이다. 처음엔 땅을 죽임으로써 사람이 잘살게 될 것 같지만 종당엔 땅을 죽이고 살아남을 인간은 없을 것이다. 사람은 잘났기 때문에 땅도 죽일 수 있지만 사람은 잘났기 때문에 자멸해서도 안 되리라. 지금 부족한 건 주택의 절대수가 아니라 사람의 넉넉한 마음이다.

우리 아이 중의 하나가 여행을 했을 때의 일이다. 어쩌다 밤늦은 시간에 그 지방에 사는 친구 집을 방문했는데 자꾸 여관으로 갈 것 없이 자고 가라고 붙들더란다. 밤에 보기에도 집이 협소했지만 뿌리칠 수 없었던 것은 그 붙드는 태도에 조금의 꾸밈도 없었기 때문이라고 했다. 어떻든 작은방에서 하루 신세를 지기로 했다. 고단한 김에 푹 자고 아침에 눈을 뜨니 방안엔 자기 혼자뿐이어서 아마 딴 방에서들 잤겠거니 했다고 한다. 그러나 웬걸, 조금 있더니 쿵 하고 한 사람이 내려오고…… 알고 보니 이 집엔 방이 하나뿐이라 식구들이 손님을 편히 재우기 위해 모두 다락에서 잤더라는 것이다.

나는 내 아이가 받은 이런 대접에 감사하고, 그분들의 넉넉한 마음을 길이 잊지 못한다.

가진 것 없는 사람도 이렇게 넉넉하게 산다. 그런데 어쩌자고 많이 가진 사람들이 걸신들린 것처럼 남의 것을 탐하고 부끄러운 줄 모르는 걸까.

예부터 광에서 인심 난다고 했는데, 요새 와선 그것도 헛소리다. 많이 가졌을수록 거지보다 더 모자라 한다. 그럴 바에야 가졌다는 게 왜 좋은 건지를 모르게 된다.

요새 가진 사람들이 욕심부리는 걸 보면, 먹어도 먹어도 허기지자 주의가 바로 경제제일주의가 아닌가 하는 의심이 들 지경이다.

자기의 재산 정도에 비해서 작은 집에 산다는 게, 자기의 수입보다는 검소하게 산다는 게, 사람의 품위 같은 게 돼서,

남이 그걸 좋아하고 흉내내고 싶은 세상만 되면 주택문제는 저절로 해결될 것 같다. 남는 것은 나누는 넉넉한 마음만이 모자라는 것을 해결하는 근본적인 것이 될 것이다.

이제야말로 먹어도 먹어도 허기지는 천격스러운 벼락부자에서 차차 이런 마음이 넉넉하고 품위 있는 부자도 좀 생겨나야지, 그렇지 못하면 경제제일주의는 제가 양산해낸 부자 거지의 떼거지를 어찌 감당할까.

이제 그렇게 시끄럽던 아파트 특혜 분양 사건도 거의 수습 단계에 들어간 듯하다. 모든 사건의 수습 단계의 전례가 그랬듯이 이번에도 관련된 인물의 비중이나 수효가 많이 줄어들었다. 또 한번 걸린 사람만 억울하겠다고 동정하는 소리들을 한다.

이렇게 줄어들다가 곧 소실점에 다다른다. 소실점은 늘 가깝게 마련돼 있었다. 그런 일은 머지않아 없었던 일이 될 것이다. 모든 일은 그렇게 수습됐었다.

문제는 우리 백성들 마음속에 있는 소실점이다. 잘도 당하고 잘도 잊어버린다. 조세희의 소설 난장이 시리즈 중에 이런 대목이 있다. 난장이의 열일곱 살 된 딸이 철거민 아파트 입주권을 사간 거간꾼하고 같이 자고 그의 가방에서 그걸 훔쳐내오고 나서 다친 벌레처럼 누워서 우는데,

"울지 마, 영희야."

오빠가 말했다.

"제발 울지 마. 누가 듣겠어."

나는 울음을 그칠 수 없었다.

"큰오빤 화도 안 나?"

"그치라니까."

"아버지를 난장이라고 부르는 악당은 죽여버려."

"그래, 죽여버릴게."

"꼭 죽여."

"그래, 꼭."

"꼭."

나는 이 대목을 읽을 때 나도 모르게 소름이 끼쳤고 곧 형용할 수 없는 슬픔을 맛보았다.

그러나 이건 어디까지나 소설의 난장이 아들딸 얘기고, 현실 속의 수많은 난장이 아들딸들은 화도 낼 줄 모른다. 우리를 업신여겨서 우리의 것을 부당하게 빼앗아가고 우리 앞에 새치기하는 무리들에 대해 화낼 줄을 모른다. 화를 내기는커녕 주제넘게도 동정까지 하려든다. 그 사람들 참 억울하게 됐다, 그러고는 곧 잊어버린다. 부당하게 당한 걸 곧 잊어버리니까 또 당한다. 당하고 잊어버리고 또 당하고 잊어버린다. 애초부터 권력이나 벼슬아치가 정직해야 된다고는 생각도 안 했기 때문에 이렇게 쉽게 잊어버릴 수가 있다. 정말로 슬퍼하고 근심해야 할 일은 벼슬아치의 부정이 아니라 벼슬아치의 정직을 요구할 줄 모르는 백성의 마음일 것이다. 이것은 또한 벼슬아치의 부끄러움이기 이전에 백성의 부끄러움이다.

그 부끄러움은 온 세계가 놀란 눈으로 주목할 만큼 높은 경제성장을 이룩한 나라의 백성이라는 자랑으로도 결코 비기게 할 수는 없는 것이다.

화내거나 욕하지 말고, 앙심 먹지도 말되 다만 잊어버리지만 말자. 우리를 업신여기는 상습적인 새치기들과 거간꾼들의 얼굴을.

우리는 벼슬아치들에게 정직을 요구할 수 있다는 것에 대해서도 잊어버리지 말자. 거듭 안 당하기 위해선 잊어버리지 말아야 한다.

우리를 두렵게 하는 것들

지난여름엔 며칠을 가야산 계곡에서 보낸 일이 있다.

내 딴엔 단 며칠이라도 세속을 완벽하게 떠나볼 양으로 책이고 신문이고 활자가 들은 건 아무것도 안 가지고 갔고 도중에서도 주간지 하나 사지 않았다. 여관도 될 수 있는 대로 허름하고 외딴곳을 잡으려고 했지만 한창 피서철이었고, 또 국립공원이라 여관촌이 따로 형성돼 있어 그것만은 여의치 않았다. 텔레비전 없는 여관을 잡는 게 고작이었다.

그래도 옆방에 든 손님들의 지나치게 큰 말소리나 그들이 갖고 온 라디오 소리는 늘 나를 괴롭혔다. 산책을 나가면 고고클럽 나이트클럽의 불빛이 휘황하고 음악과 괴성이 바깥까지 들렸고, 놀다 가라는 유객 행위들을 거침없이 하고 있었다.

낮 동안 비교적 괴괴하던 산중의 여관촌이 어둠이 짙어질수록 항구 도시의 유흥가처럼 야릇하고 선정적으로 달아오르는 것을 보는 것은 이상한 느낌이었다.

이런 여관촌에 짐을 풀고, 맛없는 여관 밥 얻어먹고, 낮 동안 계곡 물에 발 담그고 소주나 마시다 다시 여관촌으로 돌아와 슬그머니 유흥가를 찾는 나이든 피서객보다는 숲속에 빨강, 파랑, 노랑 텐트들을 치고 캠핑하는 젊은 부부나 청소년들이 훨씬 보기 좋았다. 나는 산에 오를 때마다 그 빨갛고 노란 집 속을 기웃대며 신기하듯이 그 속의 아기자기한 살림살이를 구경도 하고 부러워하기도 했다.

특히 이른 새벽 계곡의 물소리가 귀에 시리고, 산골짜기마다 안개가 피어오를 때, 여관촌 반찬 가게에 내려와 파나 두부, 감자, 당근 등을 사가지고 올라가는 청년이나 젊은 남편의 모습은 유난히 싱그러웠다.

도시의 골목에서 이른 아침 파 한 단, 두부 한 모를 사가지고 가는 남자를 보았다면 얼마나 청승맞고 불쌍해 보였을까 싶어 저절로 미소 지어졌다.

내일 아침이면 서울로 떠나기로 된 날 밤, 여관방엔 물것이 유난히 들끓었고, 밤늦게 도착한 옆방의 단체 손님들은 싸우는 것처럼 고래고래 목청을 돋우었다.

이런 경우 여관 쪽에서 이들을 제재하기는커녕 도리어 합세를 한다는 건 참으로 유감스러운 일이었다.

"여봣, 맥주 다섯 병!"

"옛."

"콜라도 몇 병 가져와야지. 여자 손님 안 보여?"

"옛, 옛, 맥주 다섯, 콜라 다섯."

여관 종업원은 손님이 악을 쓰는 대로 장단을 맞춰 악을 쓰고 쿵쿵 뛰어다니고 문을 거칠게 닫고, 와장창 그릇들을 부딪고, 실로 안하무인이었다.

돈 내고 먹고 마시니 권리가 당당하고, 술 팔고 콜라 파니 신바람이 나고, 그래 악 좀 쓰기로서니 누가 뭐랄 거냐는 난폭한 사고에 짓눌려 숙박비 내고 산 것은 결코 한 칸 방이나 캐시밀론 이불이 아니라 바로 하룻밤의 안면이라는 생각의 정당성이 발붙일 곳이 없다는 건 안타깝고도 화나는 일이었다.

나는 그들이 악쓰는 소리에 귀를 틀어막기를 단념하고 숫제 귀를 기울이기로 했다. 잠 안 올 때 재미없는 책을 읽는 게 때로는 수면을 유도하는 수도 있는 것 같은 효과를 은근히 기대하며.

딴 방에서 나는 소리란 시끄러운 깐으로 말귀까지 알아듣기는 어려운 법이다. 더군다나 심한 경상도 사투리어서 한마디도 알아들을 수 없는 중에도 유난히 반복되는 말이 있었다.

그들은 '성 스캔들'이란 말을 자주 했고 나는 성을 성性으로 알아들었기 때문에 스캔들이면 대개는 성적인 추문이거늘 굳이 성, 성 하고 명토를 박는 그들을 면구스럽게도 촌스럽게도 생각했다. 그들은 또 자주 '계집' '계집년' '계집애'란 말을 썼고 결론은 꼬리 친 계집이 나쁘다는 걸로 난 모양이었다.

여자를 단죄하는 소리를 클라이맥스로 악쓰는 소리는 차츰 가라앉았다. 모기향이 거진 다 타들어갈 무렵이었다. 다음날 아침 간밤의 불면을 대구행 버스 속에서 약간 보충하고 동대구역에 다다라서 제일 반가운 건 그래도 신문이었다.

나는 서너 가지의 신문을 샀지만 그 자리에선 신문 냄새만 맡았을 뿐 읽지 않았다. 며칠 만에 다시 맛보게 될 문명적인 편안함 속에서 그것을 읽는 재미를 만끽하고 싶었다.

새마을호의 서늘하고 편안한 자리에서 신문을 펼쳐들었다.

어젯밤에 지겹도록 나를 괴롭힌 '성 스캔들'이 그곳에 만발해 있었고 그것은 성性이 아니라 성成이었다. 성性과 성成을 한글로는 똑같이 성으로 쓰지만 발음에는 미묘한 차이가 있다. 그러나 내가 처음 들은 '성 스캔들'이란 소리는 공교롭게도 투박한 경상도 사투리여서 그것을 구별해서 알아듣지를 못했던 것이다. 그러나 굳이 구별해서 알아들을 필요도 없이 '성成 스캔들'은 곧 '성性 스캔들'이었다.

한번 들은 것만으로 지긋지긋해 다시는 듣고 싶지도 입에 담고 싶지도 않은 사건이었다. 그러나 그날로부터 그후 며칠을 싫건 좋건 그 소문 속에서 살지 않으면 안 되었다.

그날 새마을호 식당차에서도 대여섯 명의 신사들이 식탁에 둘러앉아 맥주를 마시며 그 사건을 심각하게 통탄하는 듯하더니 결론은 여자 쪽이 돼먹지 않았다는 것으로 맺었다. 그런 결론을 내리고 나서 그 신사분들은 언제 적에 통탄을 했었느냐 싶게 편안하고 도덕적인 얼굴이 되더니 식사를 시작했다.

남자들만 아니라 여자들도 한바탕 핏대를 올리며 성씨를 욕하고 나서는 그렇지만 피해자인 소녀들도 나쁘지 않겠느냐는 결론을 내리고 체념한 듯 편안해지는 모습을 나는 여러 번 보았다.

이제 와서 이 귀한 지면을 빌려 그 너절한 사건에서 누가 더 나쁜가를 가린다거나, 전모의 재조명을 시도할 생각은 추호도 없다. 다시 듣기도 싫거니와 입에 담기도 싫은 사건일 뿐이다.

내가 여기서 말하고 싶은 건 '여자가 더 나쁘다' 아니면 '여자도 나쁘다'는 식의 결론을 내리고는 누구나 한결같이 편안해졌음에 대해서이다.

우리는 이런 식의 사고와 이런 말을 하는 사람을 조심해야 한다. 이런 식으로 쉽게 마음이 편안해져서는 안 된다.

이번 일에서 피해자가 여고생이었다는 걸 잊어선 안 된다. 누구에게나 여고 시절에 해당하는 사춘기를 거쳤으니까 한번 회상해보자. 남자 선생을 한 번도 사모해보지 않은 여학생이 과연 있을까. 그중에는 남자 선생님의 하숙이나 댁으로 대단치 않은 용건을 만들어가지고 찾아가서 은밀한 시간을 가진 열성파도 있었을 것이다. 그때 남자 선생님이 만일 마음만 그렇게 먹었다면 쉽게 제자를 유혹할 수도 있었을 것이다. 그러나 선생님은 유혹하지 않았을뿐더러 재치와 지혜와 애정으로 제자의 마음에 상처도 안 주고, 스스로의 체통도 지킬 줄 알았던 것이다. 그래서 먼 훗날, 중년의 제자와 백발의 스승이 길에서 우연히 재회했을 때, 진심으로 반가울 수가 있었고, 제자가 정성껏 대접하는 점심을 들며 회고하는 그 옛날이 그토록 아름답고 소중할 수가 있었던 것이다.

사춘기에, 같은 나이의 이성보다는 이성으로의 특징이 보다 농후한 연상의 이성에게 끌리는 일은 학교 외에 공장에서도 얼마든지 있을 수가 있다. 더구나 우리 사회처럼 고교생의 이성 교제의 기회가 적고, 기회를 얻었다 하더라도 보호받기보다는 불량 청소년으로 구박받기가 일쑤인 풍토에선 아저씨뻘쯤 되는 이성에게서 이성에 대한 호기심을 채우는 것은 남의 눈을 속이기 위해서 여러모로 유리할 것이다.

너도나도, 나의 딸도, 너의 누이도, 한 번은 반드시 겪는, 아이에서 어른이 되기 위한 이런 위험한 시기는 어른에 의해 마땅히 선도되고 승화되어야 한다. 그건 어른들의 공동 책임이요, 사회의 양식이다.

이번 일처럼 피해자가 미성년인 걸 슬쩍 덮어두고, 남자들이 그들의 성적 부도덕을 변명하기 위해 천년만년 써먹던 '계집이 꼬리를 치는데 어쩔 것이냐'란 금과옥조金科玉條만 내세운다면 앞으로 어느 누가 딸을 학교에 보내고, 공장에 보내고, 여행을 보내고, 심부름을 시킬 수가 있겠는가. 생각만 해도 끔찍한 일이다.

성적인 부도덕에 있어서 으레 나쁜 쪽은 여자로 돼 있다. 실질적인 벌이 여자에게 내리지 않는다 치더라도 사회의 눈은 여자만을 비난하고 조소한다. 우리는 고질적인 남성 중심의 이런 여성관을 조심해야 한다. 예전부터 이런 사고의 덕으로 남자들은 얼마나 많은 악을 저절로 은폐할 수 있었으며,

얼마나 쉽사리 그들의 부도덕을 용서받을 수 있었던가를 우리는 기억해야 한다.

사춘기에 연상의 이성한테 끌리는 현상은 여자에게만 있는 게 아니다. 남자도 마찬가지다. 요즈음은 특히 남자 중고등학교에 여교사가 늘어나고 있다. 따라서 여교사한테 연정을 호소하거나 연애편지를 보내오는 제자도 늘어나고 있다는 건 다 아는 사실이다. 그러나 어린 제자를 유혹하는 여교사는 없다. 고심하고 연구해가면서 사랑을 잃지 않고 잘해나가고 있다.

제자의 남자다움과 순정을 함께 아껴주면서도 무안을 주거나 타격을 주지 않고 그런 위기를 아름답게 넘게 하는 건 사랑과 함께 고도의 기술마저 요하는 일이다. 이런 일을 여교사들은 잘하고 있다.

이런 일을 남녀의 문제로 생각하는 여교사는 없다. 미성년을 위해 어른이 마땅히 해야 할 일로 여기고 있다.

물론 이번 일을 예전 여고생의 선생님에 대한 막연한 연정하고 비교하는 건 지나친 비약인지도 모른다. 국회의원, 자가용, 고고클럽, 외국인 아파트, 그런 건 선생님하곤 너무 동떨어진 세계다. 그러나 예전 여고생의 눈에 고지식하고 학구적인 선생님이 훌륭한 인격으로 비쳤다면 요즘 여고생의 눈엔

돈과 지위가 훌륭한 인격으로 비쳤을 뿐이라는 그동안의 엄청난 가치관의 변동을 감안한다면 지나친 비약도 아니리라.

이번 일이 입에 담기도 싫은 일, 다시는 일어나선 안 될 일, 내 딸이나 누이가 당했다면 사생결단 상대방을 해치고 싶은 일이라면, 남자들의 '여자가 꼬리를 쳤으니까'라는 파렴치한 알리바이 주장을 인정해서도 안 되고, 여고생을 그렇게 기른 우리 모두의 사회적인 책임도 회피해서도 안 된다.

어떤 선善도 다른 선과 무관한 채 홀로 선일 수 없는 것처럼 악惡끼리도 서로 의롭게 내통하고 있게 마련이다. 그 일이 악이라면 독립돼 일어난 악이 아니라 다른 사회악과의 관계 속에서 생겨난 악일 따름이다.

뒤로 은밀히 아파트 사건이나 부정 교사 사건과 손에 손을 잡고 있을지도 모르고, 연전에 있었던 억대 도박 사건이 까놓은 일일지도 모르고, 10년 전에 있었던 ××수회 사건, ○○간통 사건의 몇 대손쯤 되는지도 모른다.

우리 어른들이 무심히 딸들에게 했을지도 모를 이런 말.

"얘들아 공부해라, 공부해. 열심히 공부해서 일류 대학 들어가 간판이라도 따놓아야 부잣집에 시집가 고생 안 하고 살지."

무심히 지껄인 이런 잔소리가 우리의 딸들로 하여금 그들의 성과 교양을 물질과 안일과의 교환가치로 인식하도록 했는지도 모른다.

그런 의미로 그들의 일을 한 가정이나, 한 학교의 창피로 수군수군할 게 아니라, 우리 공동 운명체에 난 종기로 근심하고 앓고 도려내고 아물리는 일도 같이해야 될 것이다.

언젠가 세비는 넉넉한데 할 일은 많지 않은 국회의원을 비꼬는 만화로, 집에서 아기 보는 만화가 심심찮게 백성들을 웃긴 일이 있다.

이번 일을 겪고 나니, 백성들이 우리의 선량이 할 일 없는 날, 아기나 본다고 생각했던 게 얼마나 어리석고 행복한 환상이었던가를 알 것 같다.

누구를 위한 축제인가

요즈음 우리 어른들은 아이들에게 참 잘해주고 있다고 생각하고 있다. 사실 힘껏 잘해주고 있다.

어떻게 잘해주었나를 구체적으로 열거할 수도 있다.

얼마짜리 과외공부를 시키고, 얼마나 영양 있는 음식을 먹이고, 특기교육은 몇 살 적부터 시키고, 용돈은 얼마를 주고 등등…… 잘살고 못살고에 따라 정도의 차이는 있을지언정 우리 어른들은 생계비의 반 이상을 아이들 교육비에 바치고 있고, 좋은 옷도 내 자식, 맛난 음식도 내 자식, 그저 내 자식 공경하기에 바쁘다. 우리의 어머니나 할머니 들이 예전에 시부모 공경하듯이 우리들은 요새 자식 공경하기에 지극 정성이다.

그렇게 잘해주면서도 우리는 아이들을 볼 때, 문득 불쌍하고 안쓰러운 생각이 들 때가 한두 번이 아니다. 참 좋은 때다라는 부러움보다는 어서어서 저때를 넘겨야 할 텐데 하는 안타까운 생각부터 든다.

아이들을 잘 키우고 있다는 떳떳함보다는 뭔가 크게 잘못 키우고 있지나 않은가 하는 두려움조차 느낄 지경이다.

그렇게 느껴질 만큼 요새 아이들은 지치고, 피곤하고, 살맛없는 얼굴들을 하고 있다. 죽지 못해 살고 있을 뿐이라는 철저하게 불행한 얼굴을 하고 있는 아이들도 많다.

아이들 자신이 학교를 '고생문', 책가방을 '고생보따리'라고 부르기도 한다. 그러나 그 정도로 학교나 책가방을 학대하는 것만으로는 풀릴 길 없는 욕구불만이 아이들에겐 지글대고 있다.

도대체 아이들의 강렬하게 원하면서 채워지지 않는 욕구란 무엇일까.

그것을 진단하기는 결코 쉬운 일이 아닌 줄 안다.

나는 여기서 아이들의 채워지지 않는 욕구 중 즐거움에 대한 욕구를 들어보고 싶다.

어른에겐 어른다운 즐거움이 있고, 아이들에겐 아이들다운 즐거움이 있고, 고된 막벌이꾼에게도, 장사꾼에게도, 월급쟁이에게도, 그 직업에 따르는 애로와 고통이 있는 것만큼 또한 그 직업 아니면 맛볼 수 없는 즐거움이 있는 법이다.

그런데 우리는 아이들에게 온갖 것을 아낌없이 주면서도 그 시절에 누려 마땅한 즐거움은 주지 못하고 있는 것 같다.

"공부해라, 공부해!" "몇 등 했냐? 몇 등 했어?" 하고 긴장만을 강요하고 있지, 그 긴장을 풀 기회를 주지 못하고 있는 것 같다.

용수철이 용수철다운 탄력을 유지하기 위해선 압력을 세게 했다 약하게 했다 할 필요가 있다.

아이들도 어른이 되어가는 과정에서 불가피한 경쟁에 이기기 위해 긴장은 어쩔 수 없다손 치더라도 긴장에 의해 인간성 자체가 변형되거나 떳떳하게 굳어지지 않기 위해선 수시로 긴장을 풀어줬다 조여줬다 하는 신축성이 필요하다 하겠다.

부모나 교육자의 입장에 있는 우리 어른들이 이런 배려를 전혀 안 하고 있다는 좋은 예로 요새 아이들에겐 축제다운 축제가 없다.

운동회도 학예회도 없다. 수없는 행사는 있으되 아이들이 자발적으로 참여해서 그 나이에 누릴 수 있는 정당한 즐거움을 누리고 그 즐거움이 오래오래 추억으로 남을 축제는 없다.

행사란 즐거움 자체가 목적일 리도 없고, 대개는 공부보다 더한 긴장을 요구하고, 따라서 아이들에겐 고통스러운 게 되기 쉽다.

요새는 소풍조차 1년에 두 번 꼭 해야 할 행사일 뿐이지 아이들의 즐거움하곤 상관이 없다. 아이들은 결코 소풍을 즐거워하지 않는다.

그도 그럴밖에. 선생님들은 결코 그날 어떻게 하면 아이들이 즐겁게 지낼 수 있을까를 생각하지 않는다.

선생님들의 문제는 오로지 소풍을 위해 잡부금을 거둘 수 없다는 문교부 방침이 중요할 뿐이다.

그 테두리 안에서 소풍의 최대한의 효과를 거둘 생각은 처음부터 포기한다. 천 명, 2천 명을 인솔하고 멀리 걷기는 도로 형편으로 보나, 선생님 자신의 주의력의 한계로 보나 어려운 일이고, 적당히 가까운 데 언덕에 나무하고 풀만 있는 고장이면 소풍의 행선지로 정해진다.

그날 비가 쏟아져도 순연하는 법이 없다. 아무데서나 벌벌 떨며 도시락이나 까먹고 나서, 인원 점검해서 해산시키면 소풍이란 귀찮은 행사를 하나 치운 게 되니까.

교육적 효과가 전혀 없는 소풍을 치르고도 교사들은 결코 반성하거나 회의할 필요가 없다. 잡부금 징수를 할 수 없다는 문교부 방침을 잘 지켰으니까. 아이들을 위하는 일에 창의성을 발휘하는 교사보다는 상부 방침을 건드리지 않는 무사안일주의, 무해무득주의無害無得主義의 교사가 교사로서는 더 적격자로 자타가 공인하는 풍토야말로 큰 문제인 것 같다.

모든 무사안일주의가 핑계를 마련해가지고 있듯이, 교사의 무사안일주의도 훌륭한 핑계를 가지고 있다. 문교 방침이 어떻고, 잡부금 징수가 어떻고 하는……

그 테두리 안에서도 노력 여하에 따라서는 아이들을 위하는 일을 얼마든지 성과 있게 치를 수 있다는 생각을 아예 하려들지 않는다.

테두리 안에서의 노력이란 까딱 잘못하면 스스로를 다칠지도 모르니까.

가장 활발하게 창의성이 발휘되고 성실한 노력이 빛을 보아야 할 배움의 터전에서 교사의 창의성은 굳게 닫힌 채 핑계만 남아 있다는 건 슬픈 일이다.

운동회나 학예회도 마찬가지다. 소풍과 달리 운동회나 학예회는 거의 자취를 감추고 말았다. 아무리 공부 공부, 공부가 제일이라곤 하지만 이래도 괜찮을까.

내 기억으론, 시골서 어려서 할아버지 밑에서 천자문을 배우다가 학교에 대한 동경이 싹튼 건 시골 학교 운동회 때부터

였던 것 같다.

학교에서는 천자문보다 더 좋은 것, 더 재미난 것을 가르칠지도 모른다는 호기심이 싹트기 훨씬 전에 운동회가 인근 마을에 골고루 미치는 그 비할 데 없이 흥겨운 축제 분위기는 나를 강하게 사로잡았다.

여럿이 함께하는 즐거움, 그것이야말로 혼자서 공부하는 몸으론 도저히 흉내낼 수 없는 것이기 때문에, 나는 학교에서 배우는 건 왜놈 말이고 집에서 배우는 글이야말로 진서眞書라는 할아버지 말씀을 곧이곧대로 믿으면서도 역시 학교에는 가고 싶었던 것이다.

운동회가 열리는 넓은 마당의 푸른 상공에 휘날리던 만국기, 아침부터 울려퍼지던 풍악 소리, 그곳을 향해 제일 좋은 옷을 입고 모여드는 마을 사람들. 대개 운동회는 추수가 끝날 무렵에 열렸기 때문에 시골 사람들에게 있어서 추석과 같은 잔칫날이었다.

나들이옷도 새로 짓고, 떡 하고, 나물 무치고, 지짐도 부쳤다. 닭도 잡고 계란도 삶았다. 이런 것을 이고 진 사람들이 엉덩춤을 추며 논두렁길을 메웠다.

온종일 박수 치고, 흥분하고, 환호하고, 배불리 먹고, 그리고 마지막 프로에는 너나없이 같이 참여해서 뜀박질을 한다.

고무신짝을 벗어들고 하얀 버선발로 황토 흙 운동장을 죽자꾸나 달리는 며느리를 갓 쓴 시아버지가 열렬하게 응원하는가 하면 영감이 상품으로 탄 양은 냄비를 들고 덩실덩실 춤을 추는 할미의 모습도 있다.

시골 운동회가 추석 비슷한 잔치였다고 말한 바 있지만 어떻게 생각하면 추석보다 훨씬 크고 흥겨운 잔치였는지도 모른다. 추석 땐 대개 가족끼리 친척끼리 기껏해야 마을 단위로 같은 집안끼리, 아는 얼굴끼리만 즐겼다.

그러나 운동회 때는 생판 모르는 남남끼리 어울려서 즐겼다. 그것은 시골 사람들에게 전혀 새로운 경험이었을 것이다. 시골 운동회 마당이야말로 시골 사람이 최초로 겪은 열린 세계였을 것이다.

이런 축제에 얽힌 추억이야말로, 심정이 메말랐을 때마다 퍼 마셔도 퍼 마셔도 마르지 않는 삶의 샘이란 걸 겪어본 사람이면 누구나 다 알 것이다. 그런 의미로도 축제의 추억은 케이블카 안에서 초콜릿을 핥는 추억하곤 본질적으로 다르다.

훗날 삶에 부대끼고, 사람에 지치고, 꿈은 깨어져 심성이 메마를 대로 메말랐을 때, 추켜주고 위무해줄 추억 하나를 줄 겨를도 없이 바쁘고 각박하게 아이들을 키운다는 것은 아이들에게 참으로 미안한 노릇이다. 열 가지, 백 가지 다 잘해주고 있어도 그게 변명이 될 수 없을 만큼 미안한 노릇이다.

요새 아이들이 많이 거칠어졌다고 개탄들을 한다.

예쁜 병아리를 사다가, 키우는 게 아니라 아파트 옥상에서 밑으로 떨어뜨려 죽이는 데 즐거움을 맛보는 아이들 얘기를 소설에서 읽은 일이 있다. 끔찍한 일이다. 이런 아이가 소설 속에서만 있으면 끔찍할 것도 없지만, 나의 아이일 수도 당신의 아이일 수도 있으니 끔찍한 것이다.

동물을 학대한다든가, 이미 죽은 동물의 오장을 터뜨린다거나 하는 가혹한 짓, 또는 남의 것을 훔친다거나 남의 것에 오물을 묻히거나 망가뜨린다든가 하는 파렴치한 짓을 아무런 필요성에 의하지 않고 순전히 장난 삼아 하는 아이들을 우리는 흔히 본다. 그러니까 그런 짓을 즐기기 위해 하는 것이다.

대개 이런 즐거움은 어른 몰래 숨어서 혼자서, 또는 몇몇 악동이 패를 지어서, 역시 어른 몰래 한다. 상식적으로 도저히 즐길 일이 못 되는 걸 갖고 아이들은 즐긴다.

내 생각으론 즐거움을 느끼는 데도 일종의 훈련이 필요하다고 생각한다.

우린 아이들에게 그런 훈련을 너무도 안 시켰다. 즐거움을 느끼기 위한 정서는 깊이 잠들어 있다. 신식 어머니들이 정서

교육을 내세우고 피아노다 미술이다를 어려서부터 가르치지만, 즐거움을 올바르게 느끼게 하기 위한 훈련이야말로 시급한 정서교육이 아닐는지.

학교 공부란 여럿이 함께하는 것이지만 남보다 빨리 알아듣고, 남보다 많이 이해하고, 남보다 요령 있게 표현해서, 될 수 있는 대로 남을 앞질러야 한다는 강박관념으로 결국은 고독한 작업이다. 책상을 나란히 한 짝도 라이벌이다. 성적을 올린다는 명목으로 교사는 끊임없이 이런 라이벌 의식을 부채질한다. 아이들은 늘 긴장해 있지 않으면 안 된다.

그러나 이런 고된 경쟁만을 위해서라면 구태여 학교라는 데가 필요 없을지도 모른다. 그런 것을 가장 효과적으로 해주는 곳으로 학원이란 데가 있고, 또 환상의 라이벌만 가질 수 있다면 경제적인 방법으로 독학이라는 것도 있다.

그런 경제적이고 능률적인 방법 다 제쳐놓고 가장 비경제적 비능률적인 학교에 아이들을 보내는 것은 아이들이 교육을 받게 하고자 함이다. 교육의 목적은 지식이 아니라 우선 사람이니까.

학교에선 지식과 더불어 인간관계를 가르쳐야 하고, 그러기 위해선 경쟁이란 고독한 세계의 반목反目을 여럿이 즐거움을 같이 나눔으로써 화해시키고 풀어줘야 한다. 경쟁이란 어둡고 닫힌 세계의 고독과 밝고 열린 세계의 즐거움이 자연스러운 파장을 이루는 성장 과정을 갖도록 해주어야 한다.

아이들이 밝고 열린 세계의 즐거움, 여럿이 함께하는 즐거움을 모르기 때문에 파렴치한 짓, 잔혹한 짓에서 비정상적인 즐거움을 찾는 것이다. 아이들은 즐기고 싶으니까 어떻게 즐기느냐엔 무지한 채 본능처럼 다만 즐기고 싶으니까.

아이들에게 즐거움의 방법을 가르치기 위해서라도 축제가 있었으면 좋겠다.

가끔 사립국민학교나 또는 전통 있는 중고등학교에서 운동회나 예술제를 안 하는 것은 아니다. 정기적인 것이 아닌, 개교 몇십 주년이라든가 교사 낙성식이라든가 이런 걸 겸한 것이긴 하지만.

그러나 그런 건 역시 가보면 행사이지 축제는 아니었다. 우선 너무 질서정연하고 너무 각본대로 짜여 있다. 학부형과 내빈은 완전히 관객이고, 아이들은 너무 행사와 관객을 의식하다보니 즐거움을 행사와 관객에게 희생당하는 꼴이 되어 있다.

어떤 사립국민학교의 개교 ×주년 기념 운동회를 본 일이 있다. 나무랄 데 없는 운동회였다. 스탠드는 온통 학생들의 카드 섹션으로 장식했는데, '축 개교 ×주년'과 더불어 그 학교의 설립자의 이름을 수없이 반복하고, 나중엔 그 설립자 만세까지 불렀던가.

국민학교 학생들에게 카드 섹션이란 얼마나 오랜, 얼마나 고된 훈련이 필요했을까.

한 사람의 업적을 찬양하고 한 사람의 눈을 즐겁게 하기 위해 많은 아이들이 그렇게 고생할 필요가 있었을까.

더군다나 카드 섹션이란 당사자에겐 고된 훈련 끝에 오는 기계적이고 무의미한 움직임의 반복이 있을 뿐 즐거움도, 그 밖에 어떤 이로움도 없는 일이다.

이건 축제가 아니다. 축제는 축제를 벌이는 당사자나 구경꾼이나 다 같이 흥겨워 마침내 구경꾼이 따로 없이 되어야 하는데, 요새 운동회는 카드 섹션 순서가 따로 있건 없건 뭔가 카드 섹션적이다.

너무 관중을 의식하고 관중에게 완성된 모습을 보여주고자 한다.

완성된 모습에 관중이 감탄은 할는지는 몰라도 흥겨워하진 않는다.

여기엔 교사나 학교의 명예욕 같은 것도 다분히 작용해 있을 것이다. 아까 말한 교장 만세까지 부른 운동회도 교장이 그걸 원했다기보다는 어떤 교사의 아부를 위한 각본이었을지도 모른다.

한 사람의 즐거움, 한 사람의 명예욕, 이런 것을 위해 정작 아이들의 즐거움이 희생된 운동회는 있으나 마나 한 운동회다.

사립국민학교의 학예회나 중고등학교의 예술제라는 것만 해도 너무 프로페셔널하다. 도무지 비전문가다운 서투름, 아이들다운 천진함이 없다.

그도 그럴 것이 어느 학교에나 무용이나 음악을 지망하면 어려서부터 그 한 면의 특기공부를 따로 하는 고정된 얼굴들은 있게 마련이고, 그 얼굴이 예술제의 주요 출연 멤버가 되기 때문이다.

연극의 주인공 역시 얼굴 곱고, 의상 등 출연에 필요한 뒷바라지를 풍부하게 해줄 수 있는 환경을 가진 아이에게 돌아가게 마련이다.

어떤 학예회에서도 예술제에서도, 가난한 집 딸이 공주가 되는 이변은 일어나지 않는다. 이변이야말로 꿈의 가능성인데 그게 없다. 꿈이 없는 곳에 흥인들 있을 수가 없다.

그 옛날 시골 운동회가 그리도 즐거웠음은, 맨날 공부에선 꼴찌만 하던 돌쇠가 달리기에서 일등을 하는 이변이 있었기 때문이다. 돌쇠 아버지의 으쓱으쓱 추는 어깨춤이 있었기 때문이다.

우리의 아이들에게 그 시절에 누릴 수 있는 마땅한 즐거움을 줬으면…… 그 시절에만 꿀 수 있는 꿈을 줬으면…… 학교에서 지식도 많이 배움과 동시에 친구와 사귀고, 친구와 정들 수 있는 기회도 충분히 가졌으면……

그러기 위해서 축제가 있었으면 좋겠다. 교사가 움직이는 행사 말고 아이들이 자발적으로 움직이고 학부형도 같이 즐길 수 있는 축제가 있었으면 좋겠다.

예전 맛 신식 맛

웃어른을 모시는 여러 어려움 중에서 제일 큰 어려움은 뭐니 뭐니 해도 조석봉양이 아닌가 싶다.

연로하시면 입맛이 없으셔서 그런지, 뭐든지 잡숫고 나선 "예전 맛이 아니다"라는 타박의 말씀들을 많이 하신다.

짜다든가 싱겁다든가 고기가 먹고 싶다든가 과일이 먹고 싶다든가 하는 불평이나 소망하곤 달라서, "예전 맛이 아니다"는 분명히 타박은 타박인데 고칠 수도 새롭게 할 수도 없으니 난감한 일이다. 그렇다고 어떻게 해달라는 소망도 아니다. 그냥 한탄일 뿐이다.

정성껏 솜씨 부린 며느리나 딸의 입장에선 듣기 싫은 말씀이 아닐 수가 없다.

나도 그런 일로 더러 속상해도 보았고, 속으로 살 만큼 사셨으니 입맛 없는 건 당연한 일인데, 그걸 뭘 내색해서 입맛까지 떨어뜨리게 하신담, 하면서 언짢아한 적도 있다.

그러나 요즈음엔 나도 나잇값을 하고 싶은지 뭘 먹을 때마다 '예전의 맛이 아니다'라는 생각을 자주 하게 된다.

그렇다고 예전 맛과 요새 맛이 어떻게 다르다는 걸 꼭 꼬집어서 설명할 수는 없다.

고기맛만 해도 그렇다. 고기맛이 예전 맛이 아닌지는 퍽 오래다.

미역국이나 된장찌개 같은 데 조금만 들어뜨려도 감칠맛을 내게 하던 쇠고기가 언제부터인지 화학조미료 신세를 져야 겨우 들척지근하고 느글느글한 맛이나마 내게 됐다. 그럴 무렵부터 호스로 구정물을 들이붓고 나서 매질을 해서 퉁퉁 붓게 한 소를 잡는다는 끔찍한 소문이 나돌았다. 소문만이 아니라 그런 짓을 하다가 잡혀간 사람들의 얼굴까지 신문에서 보게 됐다.

고기를 사다놓으면 부피가 줄면서 시뻘건 물이 생기는 것도 그런 짓과 상관없는 일이 아닌 것 같았다.

그러나 그나마의 고기도 귀해지더니 외국서 수입해 들이기 시작했다. 한우의 3분의 2 값이니, 외제라면 무조건 비싸다는 통념을 뒤엎은 것이어서 신기하기조차 했고, 육안으로 봐서 한우와 구별할 수 없는 게 괜히 안심스럽기도 했다. 혹시나 노린내 같은 게 나지 않나 해서 맡아보았지만 보통 쇠고기의 살내가 날 뿐 아무렇지도 않았다.

그래도 혹시 식구들이 눈치챌까 양념을 풍부하게 쓰고 각별히 솜씨를 부려 양념을 했다. 물론 식탁에 그 고기를 올리면서 고기의 국적까지 밝힐 필요는 없었다. 식구들은 다른 때 불고기 먹듯이 잘 먹었다. 나는 용기를 얻어 수입 고기로 장조림도 하고 도시락 반찬을 하기도 했고 곰국을 끓일 때도 수입 고기를 썼다. 그렇다고 그전보다 고기를 더 자주 먹은 건 아니다.

그런데도 식구들은 하나씩 둘씩 고기가 먹기 싫단 소리를 하기 시작했다. 심지어는 외식을 할 때도 고기 들은 음식은 보기도 싫다는 아이까지 생겼다.

나는 그때까지도 우리가 요즈음 먹는 고기가 수입 고기란 소리를 안 하고, 왜 고기에 싫증이 났나에 대해서만 자세히 물어봤다. 그랬더니 고기 냄새만 맡아도 한번 몹시 체했던 음식 냄새처럼 싫으니 어떡하느냐는 말들을 했다. 그거야 말로 '예전 맛이 아니다'라는 소리하고 통하는 말 같았다.

우리가 어떤 음식에 체하거나 약비나게 먹고 나면, 그후로는 음식 자체의 맛은 변함이 없건만 느끼는 쪽에선 체하기 전의 맛을 못 느끼게 된다. 이걸 우린 물렸다고 하는데, 수입 고기는 먹는 사람을 쉬 물리게 하는 특이한 맛을 한우보다 많이 지닌 것 같다.

그러고 보니 우리들에게 같은 음식을 '예전 맛을 아니게' 하는 원인 중에는 종자의 개량이나 신종의 개발, 수입 등에도 그 원인이 있지 않나 싶다.

야채건 육류건 우리가 예전서부터 맛들여온 토종은 맛은 좋으나, 크기가 왜소하거나, 번식률이 낮거나, 병충해에 약하다는 단점을 지니고 있다. 자연히 인구가 늘어남에 따라 이런 단점을 보완한 신종이 개발되거나 수입하지 않을 수 없게 됐다. 크고, 번식률이 좋고, 저항력이 있는 건 번성하게 마련이고, 그렇지 못한 건 도태되게 마련이다.

요즈음은 농촌이나 시장에서 점점 순수한 우리 토종이 귀해져가고 있다. 참외 같은 건 토종이 아주 멸종되고 만 것 같다. 잘 익은 청참외, 개구리참외의 맛을 아는 사람에겐 나일론참외가 아무리 달고 연해도 뭔가 섭섭할밖에. 그래서 '예전 맛이 아니다'라는 투정을 하게 되나보다.

참 이상한 일이다. 천연식품치고 양洋이니 호胡니, 왜倭 자가 붙은 잡종이나 수입종치고 토종 맛 따라가는 게 없으니. 어딘지 짐짐하고, 심심하기가 꼭 맛의 진수를 빼버린 찌꺼기의 맛 같다. 우리가 감칠맛이라 부르는 건 아예 맛볼 생각도 말아야 한다.

그러나 어찌할 것인가. 여러 식구가 골고루 먹으려면 양을 위해 질을 희생할 수밖에 없었던 것을.

또 '예전 맛이 아니다'라는 것 중에는 종자의 개량 말고도, 기르는 방법의 개량도 빼놓을 수가 없겠다.

온상의 과일이나 야채는 제철의 과일이나 야채보다 훨씬 그 맛이 떨어진다. 가장 흔할 때 가장 제맛이 난다.

동물도 그렇다. 수입 고기가 한우만 못한 건 종자 자체보다는 사육 방법의 차이에서 오지 않나 싶다. 닭을 살 때마다 그런 걸 느껴왔다.

여름에는 전통적으로 소를 피하고 닭을 먹어왔던 건, 농번기의 소를 보호하기 위하였음직하다. 여름 소고기는 풀만 먹여 맛이 없다고 믿어져오고 있다.

양계의 발달로 요즈음, 우리의 닭고기의 소비량은 대단한 것 같다. 사위 온 날, 장모가 고무신 거꾸로 신고 나가 맞아들이고 나서, 뒤란으로 가서 씨암탉의 모가지 비틀던 시절은 아득한 옛날이다. 뒷골목에까지 통닭집이라고 해서, 털 뜯은 닭을 메뚜기 꿰듯 꿰서 전기로 굽는 모습을 행인들 눈에 띄게 해놓고 있다. 골목길에서도 고구마나 오징어 튀김과 함께 닭을 기름에 튀겨 판다.

이렇게 흔한 닭이건만 허약해진 아이에게 먹이기 위해선 아직도 약병아리라고 해서 2, 3개월 정도 자란 토종닭을 찾게 된다. 그러나 털과 다리에 검은색이 도는 토종닭이 점점 귀해지더니 근래에는 아주 없다. 남대문이나 동대문시장에 부탁해놓으면 구할 수도 있다는 얘기고 보면 아주 멸종된 건 아닌가보다.

그래서 별수 없이 흔한 육계肉鷄를 사오면 어머니는 그까짓 양닭이 무슨 보補가 되느냐고 섭섭해하신다. 육계가 오래 골 필요 없이 쉬 무르는 것도 불만이시고, 심지어는 국물에 뜨는 기름을 가지고도 토종닭에서 나온 기름이 참기름이라면 양닭에서 나온 기름은 서양 기름(샐러드유나 라드를 말하는 것 같음)처럼 아무 맛 없이 느글느글하기만 하다고 하신다. 결국은 예전 맛이 아니란 말씀 같은데 나는 예전부터 닭고기를 좋아하지 않아 그 맛의 차이도 잘 모른다.

그러나 시골서 자라, 토종닭에 대해선 잘 아는 편이다.

우선 토종닭은 양닭처럼 부화기에서 까지 않고 어미 닭 품에서 깨어나 어미 닭으로부터 사는 법을 배운다. 하늘을 나는 것으론 솔개가 무섭다는 것과 산에서 내려오는 것으론 살쾡이가 무섭다는 것을, 소는 덩치만 크지 친구로 삼을 수 있다는 것을 배운다. 스스로 먹이를 찾는 법을 배운다. 채마밭의 채소를 훔쳐 먹는 법으로부터 땅에서 제일 영양 있는 게 지렁이라는 걸 배운다. 주인이 낟알을 모이로 주기도 하지만 시골의 토종닭은 스스로 모이를 찾기 위해 온종일 수고해야 한다. 헛간에 홰와 둥우리가 있을 뿐 온종일 자유롭다. 자유롭기 위해선 많은 것을 배워야 하고 몸이 고달프다.

자유롭기 때문에 스스로의 책임이 뭔지를 알고 있다. 암탉은 양닭처럼 알을 낳아만 놓는 것으로 그만이 아니라, 그것을 품어 병아리를 만들 책임감에 투철하고 그 책임감을 완성하기 위해서 사람과도 싸우고 사람을 속이기도 한다. 알을 품고 싶으면 알을 둥우리에 낳지 않고 자기만 아는 비밀의 장소에 낳아놓기 시작한다. 간교한 인간은 이 비밀의 장소에 낳는 것까지 빼앗는다. 그러면 숫제 알을 낳지 않기도 한다. 실력의 저항이나 토종닭이 양닭보다 알을 덜 낳는 것 때문에 인기가 없어지고 차츰 멸종의 위기까지 다다랐는데, 그 까닭이 다 이런 끈질긴 종족 보존의 본능 때문인 걸 생각하면 실로 아이러니컬한 일이다.

집에서 기르던 토종 암탉에 대해 잊을 수 없는 추억이 하나 있다. 가장 알을 잘 낳던 암탉이 알을 낳지 않은 지 두어 주일이나 됐을까 할 때였다. 집에 손님이 오시기로 돼 있어 쓰지 않던 방에 습기를 제거하려고 아궁이에 군불을 지피는데 그 암탉이 불에 덴 것처럼 안절부절 어쩔 줄을 모르며 슬피 울기 시작했다. 시골의 어른들이란 집에서 기르는 가축에 대해 무신경한 편이라 못 본 척 불을 땠다. 불을 다 때고 미처 불꽃이 꺼지기도 전에 암탉은 아궁이로 뛰어들려고 했다. 그런 눈빛이 어찌나 필사적이었던지 그제야 눈치를 챈 어른들이 아궁이 속을 깊이 긁어냈다. 소복이 쌓아놓은 달걀이 더러는 터지기도 하고 더러는 노랗게 익어 있었다.

이렇게 암팡지고 모성적인 암탉과 달리 수탉은 늠름하고 오만하고 아름다웠다. 목청도 좋거니와 핏빛 선연한 벼슬을 관처럼 자랑하며, 붉은 빛과 황금빛이 섞인 목을 꼿꼿이 세우고 남빛의 탐스러운 꼬리를 화날 때는 세우고, 기분 좋을 때는 아름답게 늘어뜨리고 여러 마리의 암탉을 거느린 모습은 그림과 같은 전원의 풍경이었다.

수탉은 또 매우 투쟁적이어서 그의 권리를 침해하는 딴 수탉을 참지 못했다. 서로 싸움이 붙으면 으레 피를 보지 않고는 못 배겼다.

자기 집 수탉이 남의 수탉한테 이기면 신이 났지만, 지고 나서 아름다운 벼슬이 무참히 으깨지고 날갯죽지가 늘어난 걸 보면 어떡하든 기운을 내서 다음 싸움에는 이기게 하려고 지렁이를 잡아다가 흠뻑 먹이던 어린 시절이 어제런 듯 눈앞에 선하다.

토종닭이야말로 닭다운 삶의 무엇인가를 알고 그것을 지켰고, 즐겼고, 그것을 침해하려는 것에 저항했다. 계권鷄權이 무엇인지를 알고 있었다고나 할까.

이렇게 삶을 즐길 줄도, 삶을 위해 수고할 줄도, 자식을 낳아 기르는 책임을 위해 용감하고 간교할 줄도, 자기 가정을 넘보는 옳지 못한 힘과 맞서 투쟁할 줄도 아는 토종닭과, 부화기에서 깨어나 일생을 자유가 무엇인지도 모르게 갇혀서, 살만 찌는 배합사료로 사육당한 양닭하고 어떻게 그 고기맛이 같을 수가 있을까. 다른 게 너무도 당연하다.

계권 때문에 멸종돼가는 토종닭의 운명에 심심한 애도를 금할 수가 없다.

또하나 음식에서 예전 맛을 빼앗는데 막중한 역할을 한 것으로 화학조미료를 안 들 수가 없다.

해방 전에도 그런 게 있었지만 보통 집에선 쓰지 않았다. 그것의 성분이 뱀 가루라는 소문이 더욱 그것을 기피하게 했다. 그러나 해방 후 그것을 만드는 큰 메이커들이 생기고 나서부터는 서로 경쟁적으로 그것이 머리를 좋게 하느니, 김치를 덜 시게 하느니 하는 터무니없는 선전을 해가며 그것의 소비를 부추겼다. 요즈음에는 그 맛을 더욱 강화시킨 신제품에다 인형이나 앞치마를 껴주는 천박한 아량을 떨면서 우리에게 신제품을 먹이려든다.

양념이란 음식에 따라 다르게 쳐야 하고, 음식의 제맛을 가장 잘 살리도록 선택된다. 식초를 쳐야 제맛이 나는 음식이 있고, 꼭 생강이 들어가야 제맛이 나는 음식이 있다.

그러나 화학조미료는 모든 음식에 덮어놓고 끼어든다. 우린 어느 틈에 그걸 치는 데 습관화돼 있다. 그래서 모든 음식 맛을 획일화시켰다. 열무김치는 씁쓸한 게 열무김치의 제맛이다. 그러나 요새 열무김치는 들척지근하다. 모든 음식이 들척지근하고 느글느글하다. 우선 어느 틈에 음식이 제맛을 낼 때 가장 맛있다는 걸 잊어버리고, 들척지근하고 느글느글한 걸 맛있는 걸로 착각하도록 길들어져버린 것이다.

수많은 먹을 것들이 각기의 제맛을 지녔다는 자연의 축복조차 우린 제대로 못 누리고 있다. 노인들이 그리는 음식의 예전 맛이 음식의 제맛일진데, 노망으로만 덮어버릴 일이 아니다.

효도관광

일전에 우연한 기회에 부평에 있는 공단에서 일한다는 앳된 소녀와 이야기를 나눈 일이 있다.

여고에 다닐 나이에 공장에서 고된 일을 하면서도 여고생과 똑같이 건강하고 밝은 표정을 지니고 있어서 보기에 좋았다.

그러나 그녀의 노동시간과 임금 이야기를 들어보니까 그녀의 밝은 표정이 무슨 기적같이 생각됐다. 더 기적 같은 건 그녀의 건강이었다. 한창 잘 먹고 잘 삭일 나이에 그녀가 그 적은 임금에서 식비로 쓰고 있는 액수는 또 너무도 적었던 것이다.

나는 충고 비슷한 소리로 덜 먹고 덜 입으면서 빨리 목돈 만들어 시집갈 밑천 장만하는 것도 좋지만 건강처럼 귀중한 밑천도 없는 것이니, 우선은 식비만은 좀 늘리는 게 어떻겠느냐는 말을 매우 조심스럽게 했다.

그랬더니 소녀는 어느새 시집갈 생각 같은 건 해본 일도 없다며, 목돈을 만들려고 적금을 붓고 있는 건 사실이지만 그건 부모님께 효도관광을 시켜드리기 위해서라고 했다. 소녀는 제주도까지 부모님 효도관광 시켜드리는 데 드는 비용을 상세히 열거하면서 앞으로 그것이 행여나 오를까봐 근심하고 있었다.

나는 그때처럼 효도라는 말에 저항을 느꼈던 적도 없다.

효가 낡은 도덕으로 쇠퇴해가다가 요즈음 다시 복구되고 추앙되면서 너도나도 외치는 구호가 되더니 모든 구호가 다 그렇듯이 몇 가지 획일적인 유형을 낳았다. 그런 효의 유형중의 하나가 아마 효도관광의 붐이 아닌가 싶다.

그래 그런지 관광지에 가면 많은 노인네들을 뵐 수 있다. 바닷가나 험한 산보다는 차가 닿을 수 있는 절이나 명승지 같은 데가 특히 그렇다.

뒷방에서 버선이나 깁고 손자나 업어주며 소일하던 노인들이 시원히 바깥바람을 쐬고 친구분들과 어울려 춤추고 노래하는 광경을 보는 것은 젊은이들이 노는 광경 못지않게 즐거운 일이다. 그러나 일정과 경비가 너무도 빡빡하게 짜여진

관광 코스를 따라다니느라 고생하는 노인들이나, 그나마 못 보내드리는 자식들을 섭섭해하는 노인들을 볼 때는 딱해진다.

효도란 좋은 것이다. 그러나 아무리 좋은 것도 거기 담긴 올바른 정신을 제시하기에 앞서 조급하게 구호로 외치는 것만 일삼는다면 그게 억압이 되어 획일화된 어떤 유행의 물결 같은 걸 일으키게 되는 것 같다.

효도관광도 그런 유행의 물결이 되어서 남 다 가는 걸 못 가게 되면, 부모님의 입장에서나 자식의 입장에서나 불효를 주고받은 것처럼 마음 편치 않게 된다.

이런 낌새를 약삭빠른 상업주의가 놓칠 리가 없는지라 효도관광 붐을 일으켜 노인들에게 될 수 있는 대로 여러 곳을 관광할수록 많은 효도를 받은 것 같은 착각을 일으키게 하고 있다. 그래서 자식 덕에 어디도 구경하고 어디도 가봤다는 자랑을 될 수 있는 대로 길게 나열할 수 있도록 관광 코스를 빡빡하게 짜서 강행군을 시킨다.

젊은 나이도 아닌 노후의 관광일수록 강행군보다는 느긋한 휴양을 목적으로 해야 할 텐데, 정반대로 노인네의 관광 코스일수록 주마간산走馬看山 격으로 짜여 있다. 특별히 건강하고 극성스러운 노인 아니면 무리가 가기 쉽다.

어느 관광지의 동굴에서였는데, 여러 명의 노인들이 행여

서로 놓칠세라 단단히 손잡고 허둥지둥 안내인의 뒤를 따르고 있었는데, 안이 너무 침침하고 바닥은 울퉁불퉁 고르지 못한데다가 안내인이 심히 신경질적이어서 매우 위태롭고 안돼 보였다. 나중에 동굴의 그 가파른 계단을 숨을 헐떡이며 기어올라 버스를 향해 뜀박질하는 모습은 행복하게 효도받는 노인들이라기보다는 가정으로부터 추방당하고 소외된 외로운 노인상으로밖엔 안 비쳤다.

이런 전시효과만을 노린 무책임한 효도관광보다는 숫제 가까운 교외나 고궁으로 자식이 직접 모시고 나가 따뜻하게 시중들며 하루를 즐기는 게 얼마나 푸근한 효돌까.

나는 효가 구호가 되어 너무 남발되는 걸 못마땅하게 생각하고 있는데 왜냐하면, 아무리 좋은 것도 구호화되면 강제성을 띤 억압으로 작용하게 되고 강제받는 일이라 하고자 하는 자발적인 마음보다 하는 척하려는 꾸밈이 앞서기 때문에 외형을 존중하게 된다. 그러다보면 정작 효는 껍질만 남게 된다.

효는 어차피 사라져가는 도덕이다. 그걸 인정해야 한다. 아무리 미풍양속이라도 그게 사라져갈 때는 사라질 만한 이유가 있어서 사라지는 게다. 사라지는 걸 애써 복구하려는 데도 그만한 충분한 이유가 있을 테지만, 구호보다는 새로운 정신을 불어넣을 수는 없을까. 새로운 정신을 불어넣기 위해서는 묵은 정신을 알아야 한다.

효란 자식만의 일방적인 것이 아닌 부모의 자식 사랑에 보답하는 상호관곈데 자식 사랑은 예나 지금이나 여전한데 왜 효만 쇠퇴했을까?

그것은 개인의 자유보다 엄격한 가부장제도가 사회질서를 유지시켜줄 때의 도덕다운, 너무나 형식적인 예절에 얽매어 있었기 때문일 게다. 따라서 효가 억압으로 작용하고, 사람들이 억압을 배제하고, 자유로워지려는 현대 정신엔 맞지 않게 됐을 것이다.

이렇게 쇠퇴해가던 걸 다시 부흥시키는 길은 현대 정신과의 조화에서 찾아야 하고 결국 여지껏 억압으로 작용하던 걸 배제하고 인간애랄까 사람 노릇의 차원으로 끌고 가는 게 옳지 않을는지.

부모가 자식으로부터 진정으로 바라는 건 무엇일까. 그건 어떤 형식적인 예절이나 전시효과적인 대접보다는 따뜻한 사랑일 것이다.

부모가 자식한테 쏟는 내리사랑은 물이 아래로 흐르는 것 같아 저절로 되지만 자식이 부모한테 바치는 사랑은 물을 위로 솟구치게 하는 데 기술을 요하는 것처럼 노력을 요한다.

노력은 자식만 할 게 아니라 부모도 해야 한다. 훗날 자식의 사랑을 떳떳하게 받을 수 있는 부모의 자세를 확립하기 위한 노력 말이다. 자식을 사람답게 기르기 위한 올바른 교육관을 가져야 하고 자식을 소유물시 하지 않고 하나의 인격으로 존중할 줄도 알아야 한다.

자식이 슬하를 떠나고자 할 때는 섭섭한 눈치 안 보이고 떠나보낼 줄도 알아야 한다. 자식이 진정으로 원하는 걸 무시하고 대신 부모가 원하는 걸 강요하지도 말아야 한다. 자식을 돈 잘 벌고 빨리 출세하도록 키우는 데 조급한 나머지, 옳고 그른 것을 판단할 수 있는 인간의 바탕을 만드는 일을 소홀히 하는 실수를 저지르지도 말아야 한다. 자기가 잘살기 위해 남을 해치고, 남을 건너뛰는 법만 가르친 자식에게서 효를 바랄 생각은 말아야 한다. 남을 이롭게 할 줄 알고 남을 사랑할 줄 아는 사람이 부모도 사랑할 수가 있다. 부모도 엄격한 의미로는 타인이니까.

아무리 효를 구호로 외치고 효도관광이 붐을 이루어도 실제로는 불효자가 늘고 있는 것은 아직도 과거의 형식적인 부모 섬기는 법만 효로 인정하려는 부모들의 고집 때문도 있겠지만 부모로부터 사랑을 올바르게 교육받지 못해서 생겨난 억울한 불효자도 있을 것이다.

이왕 국가적으로도 효를 사람이 지켜야 할 최선의 덕으로 크게 내세웠으니 케케묵은 형식은 버리고 새로운 내용으로 내실을 기하도록 해야 할 것이다.

효를 권장하는 것도 좋지만, 사람 노릇에 대한 올바른 교육과 분위기 조성을 하는 방향으로 해야지, 효자에게는 아파트 추첨의 우선권을 준다는 식의 권장 방법은 형식만을 조장하는 것 같아 혐오감을 일으킨다.

효에 물질적인 반대급부가 따른다는 것도 효의 현대적인 타락이다 싶지만, 그게 본래의 목적대로 잘 운행된다 치자. 자기가 효자라는 걸 고래고래 외치고 다닐 수도 없고, 남이 알아보도록 증명할 수 있는 방법은 도대체 뭘까?

함께 모시는 게 효라면 자식 간에 때아닌 부모 쟁탈전이 벌어질지도 모른다. 그건 너무 쉬우니까 특별한 효도로 소문이 나고, 사람들을 감동시켜야 한다면, 부모가 편찮으실 때 병원에 모시고 가는 대신 단지斷指를 해 선혈을 흘려넣는 고전적인 방법으로 보는 이에게 충격을 주고, 소문을 만드는 일이 유행처럼 될지도 모른다.

어떤 방법으로든지 효자에게 상을 주고 화제로 삼는다는 건 효를 더욱 형식적인 걸로 더욱 어려운 걸로 만들 뿐, 보편적인 인간애, 사람 노릇으로 확대하는 데는 아무런 도움도 되지 않을 것이다.

요즈음 들어 효를 아예 교훈으로 삼을 정도로 효에 극성을 부리는 학교도 많아졌다.

여기저기 '효'니 '어머니 은혜'니 하는 구호가 붙은 학교를 보면 어버이로서 고맙기도 하지만, 가정교육으로 해야 할 일을 다 못하니까 학교에서 그것까지 해주느라고 애쓰는구나 싶어 송구스럽기도 하다.

학교에서는 실상 아이들의 사랑의 시야를 협소한 가족관계에 있어서의 사랑으로부터 친구나 이웃, 스승, 학교 사회, 학문, 예술, 자연 등으로 넓히는 일을 맡아서 해줘야 하지 않을까.

내가 아는 어떤 어머니는 자기 아들이 다니는 중학교의 교훈도 효인데, 다달이 효도로서 실천해야 할 구체적인 사항까지 일일이 시달해주는데 이달엔 '혼정신성'이라고, '혼정신성'이란 말을 나는 얼른 알아들을 수가 없어서 창피한 대로 그게 무슨 소리냐고 물었더니,

"낸들 알겠어요. 부모한테 효도하라고 가르치는 학교에서 설마 혼 빼놓으란 소린 안 했겠지 싶으면서도 궁금해서 물어봤더니 글쎄 밤엔 부모님 이부자리 펴드리고, 아침엔 먼저 일

어나 부모님께 문안드리고 이부자리 개켜드리는 일이라는군요. 그걸 매일 실행하란다니 될 뻔이나 한 소리요. 공부하다가 그냥 쓰러져 자는 거 이불 깔고 옮겨 눕히기 바쁘고 아침엔 지각하지 않게 일으키기도 힘든 녀석을 말예요."

그제야 나는 혼정신성昏定晨省이란 어려운 한문 문자임을 알아차릴 수가 있었다. 자리를 깔아드리라는 뜻보다는 아마 아침저녁 부모님의 안부를 물어서 살피라는 뜻인 줄 안다.

그러나 요새 중학생에게 그게 가능한 일도 아니고 급한 일도 아니다. 밤에 안녕히 주무시라는 인사 정도는 가능하겠지만 아침엔 어느 집에서나 겪는 일로, 아침잠 많은 아이들을 깨워 일으켜 어떻게든 밥 한 숟갈이라도 먹여 보내는 일이 부모들이 하는 가장 큰일이 되다시피 하고 있다. 차라리 엄마가 세 번 이상 깨우기 전에 일어나라고 가르치는 게 보다 현명한 효의 방법이었을 것이다.

무엇 때문에 어려운 문자까지 동원해서 이런 비현실적인 걸 아이들한테 강요하려드는 걸까. 효라는 걸 왜 이렇게 형식에 매인 어려운 걸로 가르치느냐 말이다.

그렇게 어려운 문자를 쓰고 싶고, 옛것을 오늘에 되살리고 싶거든, 옛것 중에서 오늘의 현실에 맞는 것을 찾아내는 성의쯤은 있어야 옳을 줄 안다.

공자님 말씀 중에 이런 것도 있다. "부모가 계시면 멀리 나다니지 말되, 가야 할 때는 반드시 고하도록 하라." 옛말이지만 요새 중학생들에게도 들려주고 지키게 하고 싶은 말이다. 오늘에 되살리고 싶은 옛말은 이 밖에도 많다.

또 효가 전통적인 도덕이라고 해서 반드시 옛말에서 그 규범을 찾을 필요가 있을까. 효라는 구호에 너무 아부하느라, 효란 결국 부모님의 마음을 행복하게 해드리는 거라는 단순 소박한 뜻마저 잊어버리질 않길 바란다.

어느 여성 근로자와의 이야기

얼마 전 서울 가까운 소도시에 있는 수출공업단지에 들른 적이 있다.

마침 저녁 무렵이었다. 각 공장에서 쏟아져나온 여자 종업원들로 그 일대가 인산인해를 이루어 그야말로 살아 움직이는 꽃밭이었다. 그들 중에는 서울 신촌 일대에서 만날 수 있는 여대생풍의 늘씬한 멋쟁이 아가씨도 적지 않았고 대체로 맑은 표정들을 하고 있었다.

퇴근 후의 해방감 때문일까. 거침없는 고성으로 지껄이는 소리엔 각 도의 사투리가 고루 섞여 있는 것도 듣기에 매우 재미있었다.

같이 가던 분이 별안간 대단한 진리라도 발견한 것처럼 손

뺨을 한번 딱 치더니 말했다.

"오라, 요새 왜 그렇게 식모 구하기가 힘든가 했더니 이제야 알겠다."

나는 잠자코 웃기만 했지만 속으론 동감이 되는 소리였다.

한꺼번에 쏟아져나온 여종업원의 수효도 엄청났지만 연령적으로 봐서 몇 해 전만 해도 서울의 중류 이상 가정에선 거의 다 부리던 가정부 또래의 이십대 전후였기 때문이다.

그러고 보니 가정부의 구인난과 우리 경제 발전과는 공동보조를 취했던 것도 같다. 가정부의 구인난을 투정할 게 아니라 경하할 일인지도 모르겠다.

그날 봉제 공장에서 일한다는 여공 몇 사람과 동석해 이야기를 나눌 수가 있었다. 같이 간 분이 먼저 말을 시켰고 그분의 호기심은 아직도 식모와 여공의 관계였다.

"그래, 식모살이 하는 것보다 공장 다니는 게 낫수?"

"아주머니도 그걸 말이라고 하세요. 우릴 식모하고 같이 취급하지 마세요. 기분 나빠요."

우린 그 아가씨의 기분을 푸는 데 꽤 오래 걸렸다. 그렇지만 그만큼 떳떳한 직업인으로서의 자부심이 느껴져 밉지 않았다.

가까스로 마음을 돌리게 해서 월급을 물어보니까 1년 반

경력인데 3만 5천 원이라고 했다. 그중에서 방세, 식비, 용돈, 옷값 빼고도 2만 원은 저축할 수 있다고 자랑스럽게 말했다.

"아아니, 만 5천 원 갖고, 먹고 입고 자고 용돈까지 쓴다고? 쯧쯧 한창 먹을 나이에 먹는 게 오죽할라고. 그렇게 안 먹고 안 입고 안 쓰고 모아도 겨우 2만 원이면 뭐 식모보다 나을 것도 없구먼. 요새 식모 월급도 최하가 2만 원인데, 주인 잘 만나면, 잘 얻어먹고, 잘 얻어 입고, 기름 때는 집에서 뜨뜻이 자고도 2만 원씩은 알토란같이 떨어질 텐데."

같이 간 분이 주책없이 다시 듣기 싫은 말을 했다. 그러나 이번엔 아가씨 쪽에서 화를 내는 대신 우리를 계몽하려 들었다.

"실수입 면으로 봐선 그럴지도 모르죠. 그렇지만 공장에 다니면 우선 식모살이보다 사람대접을 받잖아요. 자유가 있구요. 근무 시간 외엔 자유니까요. 사람이 돼지가 아닌 바에야 배부르고 등 뜨뜻하다고 다는 아니잖아요."

반짝이는 눈으로 또렷하게 말했다. 사람대접과 자유라는 것이 배부르고 등 뜨뜻한 것에 웃돈다는 말을 근로하는 여성의 입을 통해 듣는다는 것은 매우 뜻깊은 일이었다. 그러나 우리가 이 두 사람의 대화에서 놓치지 말고 알아둘 일이 있다.

두 사람은 매우 상반된 견해를 가졌으면서도 실은 하나의 공통점을 갖고 있다.

한쪽은 여공이 식모살이보다 나을 게 뭐 있냐는 식인데 반해 한쪽은 보다 사람다운 삶을 누릴 수 있다는 점에서 떳떳한 여성 근로자로서의 자부심을 나타냈다.

그러나 두 사람 다 여성 근로자를 식모와 비교하고 있다. 식모보다 못하다느니 식모보다 낫다느니 하는 두 개의 의견 중에서 어떤 것이 옳으냐보다 비교의 기준이 똑같이 식모였다는 데 나는 더 관심이 갔다.

직접 대해보진 않았지만 이런 여성 근로자를 대량으로 고용하고 있는 고용주들도 이런 생각을 갖고 있는 거나 아닐는지. 지금처럼 산업이 발달해 공장이 많이 생기지 않았으면 기껏 식모살이나 할 것들을 우리가 식모보다 나은 대우해가며 부려주니 얼마나 고마우냐는 식의 고자세는 얼마든지 가질 법하다.

10년 전까지만 해도 특별한 기술교육이나 고등교육을 못 받은 여성에게 열린 가장 손쉬운 취업의 길이 식모였던 것은 사실이다. 그러나 아직까지도 식모살이가 여성 근로자에 대한 정신적, 물질적인 대우의 기준같이 돼 있다는 건 실로 한

심한 노릇이다.

우리나라의 식모 제도란 문서만 없다 뿐 부리는 사람의 정신 자세는 봉건제 시대의 노예제도와 다를 바 없었다. 최소한의 인간대접이란 뭔가에 대한 원칙이 서 있을 리 없었다.

'식모보다 낫다' '식모 대우보다는 인간적이다' 부리는 쪽이나 부림을 당하는 쪽이나 이런 생각을 갖는다는 것은, 무난한 노사관계를 위해선 행복한 일인지 모르지만 정말 '인간적'을 위해선 매우 불행한 일이다. '식모보다는 낫다'에 자족하는 사이에 어느덧 흡족한 대우를 받고 있는 것 같은 환상을 갖게 될지도 모른다.

식모보다는 나은 대우가 마치 가장 모범적인 사람대접인 것 같은 환상은 부리는 사람을 더욱 유리하게 하고 부림을 당하는 사람을 더욱 불리하게 할 따름이다.

왜냐하면 부리는 사람은 식모보다 나은 대우 이상 가는 근로자들에 대한 의무를 마냥 유보할 수 있는 대신에, 근로자들은 마땅히 누려야 할 식모보다 나은 대우 이상 가는 정당한 권리를 마냥 차압당하고도 억울한 줄도 모를 테니까.

식모보다 나은 사람대접을 받았다고 해서 사람이면 마땅히 받아야 할 사람대접을 받은 셈이 될 수는 없다.

원숭이가 고양이보다는 사람답다는 게 곧 원숭이는 사람

답다가 될 수는 없지 않은가.

인권이라는 게 있고, 노동법이라는 게 있는 근대사회에서 전근대적인 주종관계의 유물인 식모보다는 낫다는 걸로 가장 만족스러운 사람대접을 삼으려는 것은 실제로는 있을 수도 없는 일인데 실제로는 얼마든지 있다.

특히 기업주는 식모보다 좀 나은 월급이면 여성 근로자의 봉급의 가장 적정선이란 신념까지 갖고 있는 모양이다.

아무리 기업이 번창하고 이윤이 축적돼도 그걸 그 기업을 키운 근로자에게 분배하기엔 매우 인색하다. 특히 여성 근로자에겐 식모보다 좀 나은 월급이 상한선이라도 되는 것처럼 알고 있는 것 같다. 기업 이윤을 사회로 환원시킨답시고 전시효과적인 문화사업이나 육영사업을 벌일지언정 절대로 여성 근로자의 봉급을 식모보다 나은 선 이상으로 올리지 않는다.

이 글 처음에서 말한 여공의 봉급은 3만 5천 원이었지만 나는 2만 원 내지 3만 원 받고 온종일 미싱을 돌리거나 온종일 다리미질만 하는 소녀 근로자들을 얼마든지 알고 있다. 이들은 대개 영세 가내공업 규모의 공장에서 일하고 있고 그야말로 식모 이하의 대우다. 그런데도 이들에게도 식모보다는 낫다는 자부심이 있다. 제일 식모 소리 안 들어 좋고, 식모처럼 고립되지 않고 의사소통할 수 있는 인간관계를 가질 수 있고, 노동시간이 정해져 있다는 것이다. 비록 노동법에는 위배되는 열 시간 이상의 중노동이지만 그래도 일이 끝나면 자유가 있고 가끔 휴일도 있다는 게 식모살이보다 나은 매력인 것 같았다.

그런 걸로 미루어서도 과거의 식모살이라는 게 얼마나 비인도적이었던가를 반성하게 된다. 그리고 비록 집이 가난하여 고등교육을 못 받았을망정 소녀들이 얼마나 인간다워지기를 소망하나를 알 수 있다.

평화시장이나 남대문시장에 가면 쓸 만하고 비싼 옷도 많지만 도저히 원단값도 안 나올 것 같은 싼 옷들이 많다. 이런 싼 옷에도 허술하게일망정 단추 달릴 데 단추 달렸고 레이스도 달렸고 리본이니 프릴 같은 것도 달려 있다. 안도 받혀 있고, 팔다리 들어가게 돼 있는 건 물론이다.

이런 싼 옷을 보고도 우리나라는 옷이 싸서 좋을시고 하기 전에 먼저 가슴 아파할 일이다. 아무리 허술해도 옷 한 벌 만들려면 손이 갈 만큼 가야 한다. 그런데 얼마나 인건비를 싸게 치렀으면 그런 싼 옷이 나올 수 있을 것인가 생각해보면서 부끄러워할 일이다.

사람의 손이 간 게 그렇게 싸다는 것은 결국 사람값이 싸다는 것과 같다. 특히 여자 손이 많이 간 상품일수록 싸다는 걸로 여자의 노동의 싼값을 생각해야 하고 여자의 사람값이 그만큼 싸다는 것을 생각해야 한다.

언제까지나 식모보다 낫다는 걸로 만족할 수는 없지 않은가.

그러나 식모보다 나으려는 그들의 의식 속에서 우리가 간과할 수 없는 건 스스로 인간화하려는 건강하고 간절한 소망이다. 잘 먹고 잘 입는 것 말고 인간다움에 대한 각성이다.

이렇게 생각할 때 고작 식모보다 낫기를 원하는 그들의 소망이 불만스럽기보다는 차라리 슬프다.

열심히 일하고, 일한 만큼의 보수엔 미달될지언정 일정한 날에 월급 받고, 일정한 시간 일하고 나면 나머지 시간은 자유롭고, 친구와 대화를 나눌 수 있고 마음에 맞는 친구와는 영향도 주고받을 수 있고 애인이 생길 수도 있는 생활을 꿈꾸며 너도나도 공장에 취직들을 하려든다.

훨씬 편하고 보수 많은 식모 자리가 있어도 거들떠도 안 보고 취직들을 하려든다. 돈 모으고 몸 편한 것 이상으로 최소한의 인간다운 생활에 대한 꿈이 있기 때문이다. 그러나 기업주들이란 최대한의 이윤에 대한 욕심밖에는 고용인도 사람인 이상 보장해줘야 할 최소한의 인간다움이 뭔가에 대한 원칙을 갖고 있지를 않다.

돈 나고 사람 났지, 사람 나고 돈 난 게 아니라는 철학인지 배짱 없는 기업주는 아예 기업에 손을 안 대는 게 옳을 거라는 게 우리의 기업 풍토다. 금년 들어 특히 문학작품에도 산업사회의 이런 비정성을 파헤친 사회성 짙은 우수한 작품들이 많이 나왔다.

특히 윤흥길은 이런 계열의 수작을 많이 썼고 그의 그런 작품을 읽으면 그가 그런 것에 대해 남다른 정열과 사명감을 가진 작가라는 걸 알 수 있다. 문학작품이 당대의 사회상과 완전히 격리된 청정하고 고상한 공간이 어디 있어 그 속에서 특별 생산되는 것이 아닌 이상 1970년대는 그런 문학이 나올 수밖에 없는 시기가 아닌가 싶고, 윤흥길이란 작가가 그 일을 안 했더라도 딴 누구라도 그 일을 할 수밖에 없었지 않았나 싶다.

그의 작품에 「창백한 중년」이라는 게 있다. 주인공은 권씨라는 중년 남자고 이 중년 남자는 윤흥길이 연작으로 쓰는 단편에 꾸준히 등장하기 때문에 이 작품 속에서의 권씨의 행동은 전작 속에서 한 행동과 관계 지어진다.

그러나 이 글 주제가 '여성과 노동'이기 때문에 편의상 그 작품 속에 권씨와 함께 나오는 여공 안양을 중심으로 해서 그 작품을 소개해볼까 한다. 사장 차에 친 것이 인연이 되어 피해보상 대신 취직을 할 수 있게 된 권씨는 동립산업에 출근은 했으나 막상 할 일은 없다. 온종일 빈둥거려야 한다. 공장의 모든 인원이 바삐 돌아가는데 혼자 빈둥거려야 된다는 건 혹사당하는 것보다 더 권씨를 괴롭힌다.

그는 견디다못해 스스로 잡역부 노릇을 하나 아무도 잡역부로 인정해주지 않으니까 잡역부 노릇하기도 어렵다. 그러면 그는 무엇으로 인정받고 있는 걸까.

그는 여공 안순덕양에게 관심을 갖게 됨으로써 그걸 알게 된다. 그가 안순덕양에게 갖게 된 관심은 이성으로서의 달콤한 관심이 아니라 고생하는 사람끼리의 형제애 같은 관심이었다.

그의 관심권에 들어온 안순덕양은 쿨룩쿨룩 기침을 하고 있었다. 그때는 매년 회사에서 실시하는 집단 검진을 불과 며칠 남겨두고 있었다.

어느 날, 중식시간에 권씨는 안순덕양의 수상한 행동의 목격자가 되고 만다. 안순덕양은 식당에서 공동으로 하기로 되어 있는 중식을 창고 뒤에 숨어서 혼자 할 뿐 아니라 식당에서 지급하는 기물을 하나도 쓰지 않고 미리 준비한 비닐 보자기에 쏟아서, 미리 준비해온 사제 숟갈로 하는 것이었다.

해괴하기 짝이 없는 행동이었지만 크게 죄 될 것도 없는 행동이었다. 그런데도 안순덕양은 권씨가 자기의 이런 행동을 목격한 걸 알자 못 본 척해줄 것을 애걸한다. 권씨를 예사 잡역부가 아니라 비밀스러운 감독관 내지는 정보원으로 오해한 것이다.

안순덕양이 권씨를 그렇게 오해했다는 것은 여기서도 그런 정보원의 전례가 있어왔다는 증거가 된다. 권씨의 태도가 애매하자 안순덕양은 퇴근 후의 권씨를 유혹하려든다. 그녀는 폐병에 걸려 있고, 그게 딴 애들한테 옮을까봐, 기침도 참고 식당의 기물까지 쓰지 않고 있으니 제발 그 사실을 모른 척해달라고, 쫓겨나면 어머니와 동생들을 누가 먹여 살리느냐고 애걸하며 그 대신 자기를 마음대로 해도 좋다고 한다.

스무 살밖에 안 됐을망정 앳된 소녀가 중년의 권씨에게 여관에 가자고 조르는 것이다.

권씨는 타이르고 나무란다. 그러나 안양은 권씨를 붙들고 애걸한다.

"전에 다른 애들도 그랬어요. 쫓겨날 일도 여관에 갔다 오면 무사했어요. 저라고 그래서는 안 되나요? 왜 안 된다는 거죠?"

권씨가 그럴 능력이 있을 리 없고 결국 안양은 집단 검진에 걸려 해고당한다. 해고당하면서도 권씨를 정보원으로 믿는 안순덕양은 권씨에게 저주를 퍼붓는다. 그리고 해고된 다음에도 출근을 해서 움직이다가 새로 온 여공과 맞붙어 싸우게 되고, 무참히도 한쪽 팔을 잃게 된다.

이런 중상을 입고 안양이 병원에 실려가자 공원들은 술렁거린다. 폐병은 법적으로 보상을 못 받게 돼 있으니까 업무상의 부상으로 보상을 받기 위해 일부러 팔을 잘랐을지도 모른다는 추측이 떠돈다. 그날 오후 병원을 찾아간 권씨는 안순덕양과 결혼하기로 돼 있는 청년과 마주친다.

청년은 다짜고짜 권씨를 때린다. 잡역부 껍데기를 벗겨주겠다면서, 청년도 권씨를 악질적인 정보원으로 믿고 있었다. 숨 돌릴 겨를도 없이 쏟아져내리는 청년의 타격에 몸을 맡긴 채 권씨는 일종의 처량감을 맛본다.

그리고 그것을 안순덕과 청년과 자기를 잇는 삼각의 끈을 확인하는 절차라고까지 생각한다. 여지껏 그들과 자기 사이에 가로놓인 엄청난 허구의 공간이 주먹과 발길 끝에서 조금씩 무너져내리고 있다고 생각한다.

이런 문학작품은 우리가 믿고 있는 눈부신 경제 발전이라는 것과, 그걸 맨 밑바닥에서 노동력으로 수행하는 공원들과 우리 사이에 가로놓인 엄청난 허구의 공간을 무너뜨리는 일을 성공적으로 하고 있다.

4부

잔디를 심으며

어머니의 이야기

어린 시절을 보낸 나의 시골집은 안방이 아래위 칸으로 나뉘어져 있고 중간에 장지문이 달려 있었다.

윗방엔 엄마의 농과 할머니의 농과 반닫이가 나란히 놓여 있고 한구석에 엉덩이가 벌고 목이 훤칠한 커다란 식초병이 있었다.

식초병엔 늘 마개가 든든히 막혀 있었는데 어른들이 그걸 열 때 가까이 가면 눈이 시게 독한 냄새가 나면서 입속에 저절로 군침이 고였다. 할머니는 후한 분이었지만 그 식초는 아무에게도 나누어주지 않으셨다. 나누어주면 초맛이 달아나 남은 초가 맹물이 된다는 거였다.

어린 마음에 그 목이 긴 병 속엔 초맛이라는 작은 귀신이 갇혀 있는 것같이 신비롭게 생각됐다.

일찍 홀로되신 어머니는 집에 빈방도 많은데 안방에서 할머니를 모시고 주무셨다. 지금 생각하니 홀로된 며느리 눈치가 보여 할머니와 할아버지가 일부러 각 방을 쓰신 모양이다.

할머니는 일찌거니 사랑에 계신 할아버지의 자리를 봐드리고 들어오셔서 아랫목에서 코를 고셨다. 할아버지처럼 드르렁드르렁 고시지 않고 푸우푸우 하면서 고셨다.

그러면 나는 "쉿, 할머니 불 부신다" 하고 소곤댔다. 할머니의 입모습이나 소리가 꼭 꺼져가는 모닥불이나 숯불을 살리려고 입김을 불 때하고 같았기 때문이다.

그때쯤 어머니는 등잔불과 화로를 조용히 윗방으로 옮기고 장지문을 닫으셨다. 그러고는 인두를 화로 깊숙이 꽂으시면서 반짇고리를 꺼내셨다.

이렇게 해서 어머니와 단둘이 되었을 때 어린 가슴이 간질간질하도록 행복했던 기억은 지금도 생생하다.

나는 반닫이 위에 올라앉거나 걸터앉기를 좋아했었다. 낮동안은 이부자리를 개켜 얹었던 반닫이 위가 밤엔 비게 되고 내가 걸터앉아 발장구 치기에 알맞은 높이였다. 또 반닫이엔 여기저기 쇠붙이가 주렁주렁 달려 있어 나는 그걸 가지고 절컥절컥 시끄러운 소리를 내며 장난질을 하기도 했다.

그러면 어머니는 "쉿, 할머니 깨실라" 하면서 나무라셨다. "안 그럴게, 옛날얘기 해줘." 나는 이렇게 졸랐다.

흥부 놀부, 심청이, 콩쥐 팥쥐, 장화 홍련, 할멈 할멈 떡 하나 주면 안 잡아먹지…… 아아, 어머니는 얼마나 풍부한 이야기꾼이었던가.

어머니는 도란도란 이야기하시면서도 확실한 손길은 쉬지 않고 홈질 박음질을 곱게 빠르게 하셨고, 인두로 깃과 섶과 도련과 배래기의 선을 절묘하게 그으셨다.

이야기 하나가 끝날 때마다 이제 그만 내려가 자라고 하셨다. 나는 하나만 더, 좀더 긴 것으로 하나만 더, 하고 안달을 했다. 그만큼 어머니의 이야기는 들어도 들어도 감질이 났다.

그러면 어머니는 혼잣말처럼 이야기를 너무 바치면 가난하다는데 하시면서도 새로운 이야기를 시작하셨다.

어머니 또한 이야기를 하기뿐 아니라 듣기를 즐기시는 분이었다. 그 증거로는 내가 걸터앉은 반닫이 속엔 어머니가 처녀 적 글씨 공부 삼아 베끼셨다는 이야기책이 하나 가득 들어 있었다. 순전히 글씨 공부만을 목적으로 그 많은 책을 베낄 수는 없는 것이었다.

그후 나는 서울 와서 학교 들어가고 일본말 배우고 하느라 반닫이 속 한지에 붓으로 베껴 쓴 이야기책을 읽을 기회를 못 가졌고 해방 후 그곳이 이북 땅이 됨에 따라 그럴 수 있는 기회를 영영 잃고 말았다.

그후 인쇄물을 통해 우리의 고전이나 전래동화를 읽을 기회는 자주 있었지만 어려서 어머니한테 들은 것보다 훨씬 재미가 없었다.

어머니의 풍부한 상상력을 거친 이야기는 본래의 이야기보다 상당히 보태지고 가미됐음직하다.

서울 올 때까지 그림책 한 권 못 보고 자랐지만 꿈 많고 정서적으로 풍요한 어린 시절을 가질 수 있었던 것을, 지금도 뛰어난 이야기꾼이신 어머니께 감사드린다.

식구와 인구

방학을 해서 집에 있는 동안 아이들은 잘도 먹어댔다. 어쩌다 아이들이 하나도 외출 안 하고 집에 모여 있게 되는 날은 엄마는 온종일 그 입치다꺼리하기에만도 눈코 뜰 새 없다.

여름을 타나, 왜 이렇게 입맛이 없느냐고 투정을 하면서도 아이들은 왕성하게 먹어댄다.

더워 죽겠다고 금방 찬 것을 먹고 나서 더위는 뭐니 뭐니 해도 이열치열로 다스리는 우리의 전통적인 방법이 제일인 것 같다고 더운 것을 찾는다.

아침 먹고 나서 디저트라고 싱싱하고 탐스러운 복숭아를 두 개씩이나 먹었는데도 새참으로 감자를 삶아달란다. 감자를 삶아 배불리 먹었으니 점심 생각이 뜨악한 건 당연한데도 그걸 가지고 저희끼리 고민을 한다.

"엄마, 한 시가 넘었는데도 점심 생각이 없는 걸 보니 나 여름 타나봐."

"나두— 엄마, 선생님이 방학 동안에 잘 먹고 잘 놀아 키도 크고 체중도 늘려가지고 개학하거든 만나자고 그러셨는데, 나는 체중도 키도 줄어가지고 개학하게 생겼어."

"여름철 입맛 없을 땐 뭐가 좋다더라? 아까 라디오에서 들었는데……"

"콩국에 만 쫄깃쫄깃한 칼국수 아니니?"

"그래 그래, 그게 좋겠다. 오늘 점심은 칼국수다."

저희들끼리 찧고 까불다가 오늘 점심은 콩국에 만 칼국수로 낙찰을 본다. 그러나 아이들의 입방아만으로 콩국이나 칼국수가 저절로 되는 게 아니다. 엄마의 손이 가야 한다.

엄마는 이렇게 왕성하게 먹어대는 아이들을 볼 때마다 대견하면서도 참 예전엔 미련도 했지, 어쩌다가 이렇게 많은 아이를 낳았을까 싶으면서 혼자서 속으로 아연해진다.

그도 그럴 것이 엄마 눈에만 아이이지 실은 엄마보다 덩치가 큰 아이들이 대학 졸업반인 맏이로부터 중학생인 막내까지 자그마치 5남매나 된다.

엄마가 젊었을 때만 해도 가족계획이란 말이 생소했고 그게 국가적인 과업이 아니었다. 그래서 엄마는 아빠가 외아들이니까 자손을 많이 가질수록 좋다는 문중의 과업에만 순종하다보니 어느 틈에 5남매의 엄마가 되어 있었고, 시대의 변천에 따라 야만인 이하의 취급을 받는 신세가 되어 있었다.

"참 오늘 점심의 식구는 몇이나 되더라?"

엄마는 땀을 뻘뻘 흘리며 안반을 놓고 홍두깨로 칼국수를 밀다 말고 아이들 방마다를 기웃대며 식구의 수효를 센다.

이럴 때 엄마는 가족이란 말보다는 식구라는 말에 더 깊은 공감을 갖는다. 엄마의 눈에 가족 하나하나가 먹는 입(食口)의 의미 이상으로도 이하로도 안 보일 때이기 때문이다.

아이들 방에 외출중이라 비어 있는 방도 있지만, 친구를 불러들여 가득차 있는 방도 있다.

끼니때가 지났는데도 눌어붙어 있는 아이들의 친구들이란 대개 언젠가 한 번쯤은 엄마의 음식 솜씨에 입맛을 들인 친구들이다.

오늘도 염치 불고, 눌어붙었다가 그 잊을 수 없는 음식 솜씨를 맛볼 수 있기를 은근히 소망하는 사뭇 식욕적이고도 천진한 얼굴들이다.

엄마는 이런 손님들까지를 기꺼이 식구로 포함시킨다. 그래서 넉넉한 칼국수를 밀고 넉넉한 콩을 간다.

엄마는 가족으로서의 아이들도 사랑하지만 식구로서의 아이들 역시 사랑한다.

식구끼리 식탁에 둘러앉아 맛있는 걸 먹을 때처럼 식구 각자가 단순하면서도 완벽하게 행복해 보일 적도 없기 때문이다.

그러나 엄마는 가끔 이런 심각한 생각을 할 때도 있다. 한 집안의 주부 노릇도 이렇게 고되거늘 만일 나라 살림하는 자리에 있는 양반들이 국민이란 걸 고루 나누어 먹여야 하고 지껄이고 싶을 땐 지껄여야 하는 사람의 입, 인구人口로 인식한다면 그 자리가 얼마나 고된 자리가 될 것인가 하는.

요새 엄마

우리가 어렸을 때는 학교 갔다 와서 집에 엄마가 안 계실 때가 제일 섭섭했다. "엄마" 하고 불러보기 전에 벌써 썰렁한 집안 분위기로 엄마가 안 계시다는 걸 단박 알 수 있을 만큼 그때의 우리는 엄마가 있는 집안 분위기에 민감했었고, 그걸 마음속 깊이 좋아했었고, 거기서 푸근히 안식하고자 했다.

이런 바람이 배반당하는 일이란 거의 없었다. 우리가 학교 갔다 올 시간에 엄마가 집을 비우는 일이란 한 달에 한두 번이면 족했으니까.

그러나 요새 아이들은 밖에서 돌아와 엄마 먼저 찾지 않는다. 냉장고 먼저 열어본다. 과거의 아이들이 집(家庭)에서 바라는 게 다분히 추상적인 무형의 것이었던데 비해 요새 아이들이 바라는 건 어디까지나 구체적인 유형의 것이었다.

엄마들도 많이 달라졌다. 과거의 엄마는 집안일로 바빴지만 요새 엄마는 바깥일로 많이 바빠져서 냉장고 속에 풍부한 간식거리나 점심·저녁거리를 준비해놓고 집을 비우는 일이 많아졌다. 직업을 갖고 안 갖고에 상관없이 낮에 집구석에 붙어 있는 젊은 엄마란 요새 참으로 드물다. 가옥 구조의 합리화와 가사의 전기화가 엄마의 일손을 많이 덜어주는 것과 함께 엄마들의 자유로운 바깥나들이를 도와주고 있다.

우리 어릴 적만 해도 집에 대한 이런저런 애착 중에서도 엄마만이 만들 수 있는 맛있는 음식에 대한 애착이 무엇보다도 강했었는데 요새 아이들은 새록새록 갖은 요망을 떨며 등장하는 과자 이름으로부터 말을 배우기 시작해서 자라면서 어느 노점의 떡볶이, 어느 튀김집의 튀김, 어느 횟집의 낙지회, 어느 찻집의 커피 맛, 어느 맥주홀의 분위기 하는 순서로 맛을 들여간다. 엄마는 다만 이런 데 갈 수 있는 용돈이나 주면 된다.

과거의 엄마는 대부분 학교교육을 못 받은 무식한 엄마였지만 요새 엄마들은 유식하다. 아이들의 성장 과정에 따르는 문제점에 대해 너무 많이 알고 있는데도 끊임없이 그 방면의 정보가 제공되고 교환된다.

자연히 자기 아이를 맹목으로 사랑하는 대신 자기의 지식을 총동원해 따지고 분석하려든다.

아이가 아이인가보다 하고 기르던 과거의 엄마와 달라서 내 아이가 지진아나 아닌가, 문제아가 아닌가, 수재나 천재가 아닌가, 서울대학 감인가, ××대학 감인가 혹은 ○○대학 감인가, 예술가적 소질이 번뜩이지나 않나, 과학자적 두뇌를 타고나지나 않았나, 끊임없이 관찰하고 간섭하고 등급을 매기려들고 그 등급을 엄마의 욕망에 맞춰 끌어올리려든다.

우리 자랄 때만 해도 세상에서 제일 편하고 마음놓이는 곳은 집밖에 없는 줄 알았다. 그러나 요새 아이들은 안 그렇다. 밖에서나 집에서나 들볶이긴 마찬가지라고 생각한다. 학교에서 과도한 경쟁의식의 고취로, 주리를 틀리듯이 감당해야 했던 긴장을 풀 수 있기는커녕 더 모진 주리를 틀려야 하는 곳이 집이라고 생각하는 아이들도 많다.

자연 아이들은 집밖에서 긴장을 풀고 안식을 구하려든다. 남편들도 이런 아이들과 비슷한 핑계로 엄처시하를 피해 밖에서 통금 직전까지 방황을 계속한다.

그렇다고 요새 엄마들이 과거의 엄마들보다 엄격해졌나 하면 그렇지도 않다. 과거의 엄마들은 아이들이 학교에서 몇 등 하나 뭐 될 소질이 보이나엔 어수룩했을지 모르나 사람 될

싹수를 보는 눈과 확고한 윤리관이 서 있어서 높은 학교교육을 받은 사람과는 또다른 권위와 기품을 스스로 유지할 줄 알았고 그것이 은연중 가풍을 만들었다. 아이들은 언제 어디서고 이 가풍의 영향권을 못 벗어날 일종의 정신적인 구심점 노릇을 했다.

그러나 요새 엄마들에게 그런 줏대는 오히려 없다. 아이들의 경쟁심리를 부채질해서 어떡하든 남을 앞지르게 하려는 데만 극성이지 사람이면 꼭 지켜야 할 일과 절대로 하면 안 될 일에 대해 분명히 가르치지를 못한다. 요새 엄마가 잔소리꾼 이상이 되지 못하는 것도 아마 이런 까닭일 것 같다.

남편과 아이들을 술집에, 당구장에, 오락실에, 만홧가게에 빼앗겼다가 통금시간이 되돌려줄 때나 기다려야 하는 비참한 엄마가 되지 않기 위해서는 집을, 가정을 만들어야겠다. 세상에서 가장 편하고 마음놓이는 푸근하고 관대한 고장으로, 그러나 A집 자식은 끝내 A집 자식다울 수밖에 없고, B집 자식은 어디 갖다놓아도 B집 자식다울 수밖에 없는 가풍으로서의 미덕이 터줏대감처럼 엄연히 도사린 고장으로 만들어야겠다.

건전한 가풍이란 자식들이 자라 제각기 헤어진 후까지도 한 가족으로 이어주는 맥락이요, 동시에 자식들의 탈선을 소리 없이 막아줄 수 있는 마지막 보루라고 생각되기 때문이다.

오월과 후레자식

오월은 좋은 달이다. 꽃이 지고 잎이 피고, 라일락이 지고 장미가 핀다.

그리고 '어린이는 나라의 보배 집안의 보배' 어쩌고 하는 진부한 구호와 함께 고궁과 어린이대공원을 무료로 개방하는 어린이날이 있고, 곧이어 '어버이 은혜는 하늘보다 높고 바다보다 깊다'는 상투적인 칭송과 함께 코 묻은 돈으로 선물을 사고 카네이션을 사서 부모님께 바치는 어버이날이 돌아온다. 마치 무슨 돌려먹기처럼.

나는 어린이날이면 '어린이는 나라의 보배, 오늘은 어린이 세상'이란 생각보다는, 멀리 성남시에서, 가리봉동에서, 구파발에서, 방학동에서, 만원 버스에 시달리며 허둥지둥 갈아타며, 오늘 대공원이 공짜라는 게 진짜일까, 가짜일까 가슴까지 졸여가며 대공원을 향해 모여드는 수많은 어린이들의 을씨년스러운 나들이를 생각하며 혼자서 무안해지는 게 고작이다.

방방곡곡에 수많은 소공원이 있는 연후에 대공원이 있다면 모를까, 놀이터 없는 어린이가 냉장고 속에서 놀다 죽고, 아파트 옥상에서 실족해 죽고, 맨홀이나 웅덩이, 하다못해 똥통에 빠져 죽는 일까지 있는 마당에 거대한 규모의 대공원이 무슨 자랑거리가 될 수 있을까.

이렇게 마구 길러지는 어린이가 있는 반면에는 지나친 보호를 받는 어린이도 늘어나고 있다. 이런 어린이는 유식하고 부유한 어버이에 의해 사회공동체의 보호나 영향을 불신하는 것을 먼저 배우며, 엄격한 개인적인 보호를 받는다. 수돗물까지도 보통 사람이 먹는 것은 믿지 못하기 때문에 훨씬 비싼 물을 따로 사먹고 야채나 가공식품도 보통 사람들이 다 먹는 건 믿지 못한다. 물론 학교도 믿지 못하기 때문에 건성으로 다니고, 정선된 선생으로부터 따로 받는 과외지도에 전적으로 의지한다. 이런 어버이는 어린이를 나무처럼 '기른다'고 생각하기보다는 케이크처럼 '만든다'고 생각한다.

그러나 신기하게도 이렇게 잘 보호받는 어린이나, 마구 길러진 어린이나, 보통으로 길러진 어린이나, 내 집 자식이나,

남의 집 자식이나, 요사이 어린이는 어쩔 수 없이 어린이다운 공통의 특징이 있다. 그것은 바로 버르장머리 없음이다.

예전 어른들은 정 버르장머리 없는 아이를 '후레자식'이라고 욕하는 버릇이 있었다. 후레자식이란 어미 아비도 없는 자식에 해당하는 심한 욕으로 그 아이의 부모까지도 모욕하는 말이었다. 그래서 낫 놓고 ㄱ자도 모르는 무식한 부모도 자식에게 버르장머리만은 가르쳐야 한다는 최소한의 소박한 교육 이념이 있었다.

그러나 요사이 우리 어버이들은 그저 공부만 잘해라, 그 밖의 것은 아무렇게 해도 괜찮다는 식으로 도리어 자식들이 버르장머리 없기를 부추기고 있다.

버르장머리의 구체적인 모습은 그 시대에 맞게 얼마든지 변할 수도 있을 것이다. 그러나 버르장머리라는 게 유교적인 억압이나 기성세대의 일방적인 전제의 방법이 아닌 보통 사람이 가정과 사회에서 지켜야 할 행동의 규범이요, 남의 자유와 자기의 자유를 함께 누리기 위한 상호 간의 예절일진대 그것 없는 어린이를 기르고 있다는 데 대해서 어버이로서 깊이 우려해야 되지 않을까. 무슨 날이면 남 따라 입만 놀리는 구호 말고 뭐라도 한 가지 더 늦기 전에 진심으로 생각하고 걱정해야 할 때도 되지 않았나 싶다.

여자와 남자

아주 어렸을 때의 일이다. 나는 어머니의 손을 잡고 나들이를 가고 있었다. 몸에 부스럼이 나서 약수를 맞으러 가는 길이었다. 약수가 있는 곳은 우리 마을에서 20리나 떨어져 있는 고장이라 나는 자주 다리가 아프다고 엄살을 부렸고, 그럴 때마다 어머니는 나를 업어주셨다.

나는 행복했다. 엄살을 부릴 때마다 업어주시는 것도 좋았지만 흰옷만 입으시던 어머니가 물빛 같은 담청색의 숙고사 치마에 흰 항라 적삼을 받쳐 입으신 게 그렇게 고와 보일 수가 없었다. 흑각 비녀를 꽂아 곱게 쪽찐 머리에서 풍기는 동백기름 냄새도 좋았다.

어느 마을 앞을 지날 때였다. 어머니가 멈춰 서셨다. 어머니는 창백하고 엄숙한 얼굴로 뭔가를 우러르고 계셨다.

내 기억 속에서 어머니가 그때 우러르시던 것의 모습은 모호하다. 훗날 내가 서울에 와서 학교 다니면서 본 운동장의 게시판 같았던 것 같기도 하고 창경원의 대문 같았던 것도 같고, 풀숲을 가다가 우연히 본 비목 같은 모습으로 떠오르기도 한다.

처음에 나는 어머니가 그곳에 써 있는 한문 글씨를 읽으려고 그렇게 서 계신 줄 알았다. 그러나 그것을 한동안 우러르던 어머니는 거기다 대고 몇 번이고 큰절을 하시는 게 아닌가. 나는 당장에 울음이 터질 것 같았다. 왜냐하면 어머니의 그런 짓은 어머니가 흰옷만 입고 지내실 때에 집의 대청마루에 있는 상청에다 대고 매일 하시던 짓이었기 때문이다. 절이 끝나면 곡을 하시겠지. 나는 어머니의 곡을 듣는 게 무엇보다 싫었다.

어머니의 애절한 곡소리가 은은하게 울려퍼지면 나도 저절로 눈물이 나면서 이 세상의 모든 즐거움으로부터 나 혼자 단절된 것 같은 슬픔과 고독을 맛보아야 했고, 그런 슬픔과 고독은 대여섯 살의 계집애가 감당하기엔 너무 벅찬 것이었다.

그러다가 대청마루에서 상청이 없어지고, 어머니가 조석으로 곡을 하시는 일도 끝났다. 내가 조석으로 겪어야 하는 벅찬 슬픔의 시간도 끝난 줄 알았다.

그런데 느닷없이 길가에서 어머니가 상청에서 곡하시던 때와 똑같이 창백하고 슬픈 얼굴을 하시고 곡하시기 직전에 하던 큰절을 하고 계신 게 아닌가!

그러나 다행히 어머니는 곡을 하시지 않았다. 우수에 잠긴 얼굴로 주위를 돌아보시더니 가까운 둔덕에 앉으시며 "쉬어 가자" 하고 나직이 말씀하셨을 뿐이다.

"엄마 저게 뭔데?"

나는 어머니가 우러르시던 걸 턱으로 가리키며 말했다. 상청하고는 비슷하지도 않았으나, 어머니를 상청 앞에 선 것처럼 만드는 게 도대체 뭘까? 나는 두렵고도 궁금했다.

"열녀문이란다."

어머니가 조용히 말씀하셨다.

"열녀문이 뭔데?"

"남이 못할 훌륭한 일을 한 여자를 열녀라고 하고, 그런 열녀한테 나라님이 상으로 내리신 게 열녀문이란다."

"그런 좋은 상을 왜 이렇게 길에다 놓아둬?"

"모든 사람들이 그 열녀의 행실을 본받게 하려고……"

"이 열녀는 어떤 일을 했는데?"

"죽은 남편의 삼년상을 지성으로 받들고 나서 따라 죽었단다."

어머니가 나직이 한숨을 쉬며 대답하셨다.

세상의 열녀란 얼마나 끔찍한 여잔가! 나는 갑자기 깨지는 소리를 내며 울기 시작했고, 어머니의 물빛 치마를 붙들고 몸부림치기 시작했다.

그때에 나의 어린 의식 속으로 땅과 하늘이 한꺼번에 무너져내리던 공포를 지금도 생생하게 기억한다.

어머니가 아버지의 삼년상을 정성껏 받들고 난 직후였기 때문이다.

나는 울면서 한마디 말만 되풀이했다.

"열녀 나쁜 년, 열녀 나쁜 년……"

딴 곳도 아니고, 열녀문 앞이라, 비록 보는 사람 듣는 사람은 없어도 어머님은 질겁을 해서 나를 끌고 열녀문이 있는 곳으로부터 멀리 도망쳤다. 그리고 나를 달랬다. 엄마는 절대로 나를 놓아두고 죽지는 않는다고, 그래도 내가 울음을 안 그치자,

"자식이 없어야 남편 따라 죽으면 열녀지, 자식이 있으면 따라 죽지도 못하는 법이란다. 자식 놓아두고 남편 따라 죽으면 열녀는커녕 음녀라고 사람들이 침을 뱉는단다."

"음녀가 뭔데?"

나는 비로소 울음을 그치고 물었다.

"그건 더 커야 알게 되지만 아무튼 이 세상에서 제일 나쁜 욕이란다."

음녀가 음란한 여자를 뜻하는 걸 알기까지는 그뒤로 오랜 시일이 걸렸다. 그러나 그때에 남편 따라 죽은 여자가 열녀라고 칭송을 받는 대목에서 받은 충격이 컸던 것만큼 자식 놓아두고 남편 따라 죽은 여자가 이 세상에서 제일 큰 욕을 먹는다는 데에 대한 공감도와 만족감도 또한 큰 것이었다.

그러니까 열녀가, 내가 이 세상에서 처음으로 부딪친, 마찰하고 저항해야 할 것으로 인식한 어른들의 윤리 도덕이라면 음녀는 그중에서 그래도 숨쉬고 공감할 수 있는 너그러운 여자였던 셈이다.

여자가 남편을 따라 순사하는 것을 가장 큰 미덕으로 삼았던 시대에도 어린 자식을 놓아두고 남편을 따라 죽는 여자에겐 음녀라는 욕설을 서슴지 않았다. 자식이 있고 없고에 따라 가장 큰 미덕이 가장 나쁜 악덕도 될 수가 있었던 것이다.

어느 대학교 교수가 아내를 따라 죽었다. 어느 판사도 비명에 간 아내를 따라 죽었다. 이런 보도가 전해지자 비난의 소리도 있었고, 동정의 소리도 있었고, 대부분이 여자였지만 선망의 소리까지도 있었던 것 같다. 오죽 사랑했으면 따라 죽었을까 하고.

여자가 강해졌단 소리는 아닐 테고, 발언권, 경제권, 영향권, 책임감—이런 것들을 그 강해진 것들 중에 포함시킬 수 있을 것이다. 상대적으로 여지껏 남자들의 전용물이던 것들이 나뉘어지고 약해졌다고도 볼 수 있을 것이다.

그렇다고 치더라도 남자와 여자의 관계가 어느 틈에 남자가 여자를 따라 순사할 만큼 전도됐나 하고 다시금 놀라움을 금할 수가 없다. 여지껏의 순사란 왕과 신하와의 사이, 상전과 종과의 사이, 남자와 여자와의 사이, 곧 강자와 약자와의 관계에서 순전히 약자의 것이었기 때문이다.

그렇더라도 사랑하는 아내의 뒤를 따라간 남자에게 우리가, 살아 있는 사람이 무슨 말을 할 수 있으랴.

남의 죽음에 대해 옳으니 그르니 할 자격은 아무에게도 없다. 두통이나 치통도 겪어보지 않으면 그 아픔의 진짜 모습을 모른다. 우린 아무도 아직 스스로의 목숨을 끊어보지 않았거늘 어찌 목숨을 끊기까지의 고통을 안다 할 수 있으랴. 다만 죽은 사람인들 오죽해야 죽었을까 하는 심심한 애도와 함께 그런 죽음에 대해 잊어버리는 게 그런 죽음을 곱게 하는 산 사람의 도리인 줄 안다.

그런데도 『뿌리깊은 나무』에선 아내를 따라 죽는 남자 애기를 요구하고, 그 밖의 지면이나 입을 통해서도 아직도 거기에 관한 화제가 그치지 않는 건 남자와 여자와의 뒤바뀐 순사의 관계 때문이기도 하겠으나 그들이 어린 자식을 남겨놓았기 때문이기도 하겠다.

이번 사건으로 나는 본의 아니게 몇 년 전에 있었던 흉악범이 경찰들에게 포위되자 처와 자식을 모조리 쏘아 죽이고 자기도 목숨을 끊은 사건을 회상하게 되었다.

물론 그들 흉악범과 이번에 자살한 대학교수와 판사와는 속한 계층이 하늘과 땅의 사이고, 자라난 환경과 지성의 차이도 심하다. 어찌 보면 우리 사회의 두 끝의 차이인 셈이다. 그때에 가족을 죽인 흉악범의 처사는 천인이 공노할 비정한 짓으로 모든 사람들에게 받아들여졌다.

그러나 한편으로 곰곰이 생각해보면 그들은 그들이 걸어온 인생이 고아로서의 밑바닥 인생이었던 것만큼 자식을 고아로 만드느니보다 차라리 죽이는 게 낫다는 이 세상의 조직적인 비정에 대한 소름이 끼칠 정도의 처절한 인식이 있었고 그들 나름의 자식에 대한 책임감이 있었던 것을 알 수가 있다. 누가 뭐래도 그들은 아마 그런 방법으로 그들의 부모로서의 책임을 완수한 것으로 믿었으리라.

자식을 완전히 소유물로 보는 그런 책임감은 물론 지탄받아야 한다. 부모로서의 책임감에 대한 중대한 오해다.

그러나 그들이 죽는 날까지 몸으로 체험하고 철저히 인식한 우리 사회의 비정조차 그들의 오해였다고 말할 수 있을까? 물론 철저하게 밑바닥의 인생만 산 그들이 인식한 것처럼 지독하게 매운 것은 아닐지 모르지만 부모를 한꺼번에 잃은 아이들이 걸어야 할 길은 위험하고 험난할 수밖에 없는 건 아무도 부인하지 못할 것이다.

나는 다시 한번 나의 어린 날의 기억 중에서 열녀문과 어머니에 대한 기억으로 되돌아가고 싶다. 남편 따라 죽은 여자를 열녀라고 칭송한다는 소리를 듣고, 어머니도 열녀가 되면 어쩌나 싶으면서 어린 마음이 맛본 절대적인 고독, 하늘과 땅이 무너져내리는 것 같은 공포! 그런 고약한 느낌이 한때에 그치는 것이 아니었다면 나는 과연 그것을 감당할 수가 있었을까?

자기 자식을 사람 힘으로 어찌할 수 없는 일에 맡기지 않고 자기 스스로 그렇게 만드는 일은 용서받을 수 없는 죄악이라고 생각한다. 여북해야, 남편 따라 순사하는 것을 최고의 미덕으로 치던 때에도 자식이 있는 여자가 남편 따라 죽는 것만은 음녀라고 욕을 했을까?

그런 뜻으로도 흉악범들의 그릇된 책임감이 나쁜 것과 마찬가지로 최고의 지성인들이 한때의 슬픔을 못 이겨 자식에 대한 책임을 포기한 것도 또한 지탄받을 수밖에 없는 일이 아닐까?

물론 그분들이 인식한 이 세상이란 흉악범들이 인식한 이 세상처럼 철저하게 비정한 세상은 아니었을 것이다. 얼마쯤의 재산도 있었을 테고, 따뜻한 우정으로 맺어진 친구도 있었을 테고, 우애가 깊은 형제와 의리 있는 친척도 있었을 것이다. 그런 것들에 대한 믿음과 응석이 세상을 포기하는 것을 좀 쉽게 했을지도 모른다.

그렇더라도 그분들은 죽지 말아야 했을 것이다. 자식을 맡길 만큼 세상에 대한 믿음이 남아 있으면 거기에 정을 붙이고 다시 살 수 있어야지 왜 죽느냐 말이다.

그리고, 말이야 바른 말이지, 우리가 살고 있는 시대는 자기가 낳은 자식을 자기의 형제나 자매한테 맡기고 죽을 수 있는 시대가 아니다. 우린 바야흐로 핵가족 시대에 살고 있다.

핵가족이란 젊은 새댁이 좋아하는 것처럼 시부모 안 모시고, 시동생과 시누이 꼴 안 보고, 두 내외만 오손도손하게 살며 자기 자식만을 애지중지하면서 살아도 좋게 되어 있는 제도다. 그러나 자기가 부모를 배척한 것만큼, 언젠가 자기도 버림받을 것이 약속된 가족제도요, 자기 자식만을 얼고 떨며 애지중지 키우는 게 결코 흉이 되지 않는 것만큼, 친척이나 이웃의 부모 없는 자식을 모른다 해도 결코 흉이 되지 않는 가족제도가 바로 핵가족제도인 것이다.

오랜 옛날까지 거슬러올라갈 것도 없이 3, 40년 전만 해도 부모 없는 조카자식이 있으면 자기 자식과 똑같이, 때로는 자기 자식보다 우선해서 교육하고 양육할 책임을 삼촌이 지는 우리나라의 독특한 도덕이 남아 있었다.

얼마 전에 한 고향 사람이 며느리를 보는 식장에 간 일이 있는데 뜻밖에도 고향 사람들이 많이 와서 마치 실향민들의 군민회장 같았다.

혼례가 끝나고도 헤어지지들을 못하고 모여서 이 얘기 저 얘기 하는데 자연히 피난 나오던 얘기들을 많이 했다. 그중에 내가 제일 흥미 있게 들은 얘기는 병든 과부 형수를 같이 데리고 나올 수가 없으니까 의리 때문에 자기 아내까지 두고 내려왔다는 얘기와 이런저런 사정으로 가족을 다 남겨두고 자기 혼자 단신으로 피난을 하는데 아내가 울면서 아들 하나만 데리고 가달라고 맏아들을 딸려 보내는 걸 아버지 없는 장조카도 있는데 사람 의리가 그럴 수야 있느냐고 모진 마음 먹고 자기 아들은 떼어놓고 장조카를 데리고 피난 나와 자긴 새장가를 들고 장조카도 번듯하게 성공시켰다는 얘기였다.

그런 얘기를 들으면서 아무도 감동을 했던 것 같진 않다. 젊은 애들은 기가 막힌다는 듯이 하품을 했고, 좀더 적극적인 젊은이는 "쳇, 의리 좋아하네" 하고 야유를 퍼부었다. 나도 또한 열녀문이 마을 어귀에 있는 고향의 풍경을 회상하며 그런 마을의 마지막 사람들을 대하는 것 같은 엷은 감상에 잠긴 게 고작이었다.

그렇다고 이제는 백발이 성성한 노인이 된 이 알아주지 않는 미담의 주인공들이나마 자기가 한 일을 자랑스러워했던 것도 아니다.

"참, 옛날하고 고려 적 얘기지, 지금 같으면야 어림도 없지, 어림도 없고말고."

이른바 의리라는 것에 얽매여 사람의 자연스러운 본성인 부부애나 혈육의 정까지를 억제해야 했던 장본인인 노인들도 지금에는 그것을 뉘우치고 있었다.

우리는 지금에 남의 눈치 보지 않고 부부끼리 즐길 수 있고, 자기 자식만을 애지중지할 수 있는 좋은 세상에 살고 있다. 애정생활은 그만큼 자연스러워지고 가족이라는 개념은 단출해졌다. 아무도 한 가족의 행복을 간섭하지 못한다. 한 가족의 독립성은 그만큼 절대적인 것이다. 그러나 한 가족이 그만큼 고독해졌다는 것도 잊어서는 안 된다. 한 가족의 행복을 아무도 간섭할 수 없다는 것은 한 가족의 불행을 아무도 도울 수 없다는 것과도 같은 뜻이 될 것이다.

자식보다 조카를 먼저 돌보는 삼촌이 앞으로 다시는 있을 수 없고, 그런 부자연스러운 의리를 강요하던 도덕도 사라진 지가 오래다.

다시 한번 그분들은 죽지 않았어야 했다고 말할 수밖에 없다. 교수의 죽음은 아내를 잃은 바로 뒤라 슬픔이 극도에 달했을 때에 오는 병적인 정신 상태에서 저지른 일로 이해가 되나, 판사의 죽음은 깊이 생각한 뒤에 유서까지 쓰고 행해진 일이라 더욱 이해하기가 힘들다.

살아 있는 사람치고 아무도 죽어본 경험은 없으나, 죽고 싶어했던 경험이야 누구에겐들 없었겠는가? 사랑을 잃었을 때에, 학교에 떨어졌을 때에, 너무 궁핍했을 때에, 심한 좌절을 맛보았을 때에, 배반당했을 때에, 막연히 살 재미가 없을 때에, 사람들은 죽고 싶어한다. 그 밖에도 이렇게 고통스럽게 사느니보다 차라리 죽는 게 나을 것 같은 고비고비가 사람 사는 과정에는 어찌 한두엇일까?

역설일지 모르되 어떠한 고통에도 죽음이라는 구원이 마련돼 있기 때문에 사람은 그 고통을 이기고 살 수 있는지도 모른다. 판사를 그 마지막 '구원'까지 몰고 간 고통은 무엇이었을까?

우선 아내의 죽음이 자연사가 아닌 너무나 끔찍한 타살이었다는 데서 받은 충격은 대단한 것이었으리라고 짐작된다. 감히 이러구저러구 경망스런 짐작을 하는 것조차 죄송스럽다.

거기다가 또 가해자가 하필이면 가정부였다는 데서 오는 세간의 경악, 구구한 억측, 동정, 심지어는 죽은 아내의 인품에 대한 오해도 견디기 어려운 것이었으리라. 범인이 붙잡히고 법의 심판을 받게 되는 데서 오는 동료 법관들에 대한 미안감과 수치심도 우리가 상상할 수 있는 것보다 더 심각했을지도 모른다.

자존심이 있는 사람에게 가장 견디기 어려운 고통이 바로 이 수치감이다. 보통 사람도 부끄러우면 땅속으로 들어가고 싶다는 말을 쓴다. 땅속으로 들어가고 싶다는 것은 존재를 무화시키고 싶단 소리로 곧 죽고 싶다는 소리다.

더군다나 그와 같이 선택된 과정만 밟아 순조로운 출세의 길을 달린 사람에게 수치감이란 너무도 생소한 감정이었을 테고, 생소한 감정이었던 만큼 그것을 다루고 속삭이는 방법에 대해서도 무지했으리라. 그런 고통이야말로 사랑하는 아내의 따뜻한 위무로써만 치유받을 수 있는 건데, 그는 이미 아내를 잃은 뒤였다. 아내를 잃은 슬픔과 고독만이 한층 더

절실해졌을 것은 말할 것도 없겠다.

그렇더라도 그는 그렇게 호락호락 마지막 구원에 몸을 맡겨서는 안 되었다.

자식을 고아로 만들고 제 목숨을 끊는 건 법에 걸리지는 않는다. 그러나 사람의 본능적인 선이랄까, 양심에는 심히 거슬린다.

만약에 여자가 이런 일을 당했을 때면 여자는 절대로 죽지 않는다. 여자가 남자보다 더 오래 사는 것으로 보나 전쟁이니 심한 노동이니 위험한 운동이니 하는 사람의 생명을 노리는 일들이 대체로 남자들의 전용물인 것으로 보나 올망졸망한 아이들을 거느리고 혼자될 확률은 여자 쪽이 남자 쪽보다 몇십 배나 많고, 혼자 살기가 힘든 것도 여자가 남자보다 몇십 배나 힘들다.

그래도 스스로 목숨을 끊어 자식을 고아로 만들 수 있는 여자는 없다. 모든 여자는 그런 경우 도리어 믿을 수 없을 만큼 강해지기 마련이다. 여자가 강해지면서 상대적으로 남자가 약해진 게 발언권, 경제권, 영향력, 책임감 따위라면 태초부터 지금까지 변함없이 남자는 약하고 여자는 강한 것으로서 고통에 대한 투지를 들 수 있을 것이다. 이건 체력하곤 상관없는 문제다.

별 탈 없이 사는 부부도 그 밑바닥을 들여다보면 반드시 궂은일은 여자의 몫이다. 사업하는 집이면 남자는 사장 노릇하고 여자는 돈 꾸러 다니고, 월급쟁이 집이면 남자는 승진하고, 여자는 치사한 걸 무릅쓰고 윗사람에게 교제하러 다니고, 실업자 집이면 남자는 술 마시고 여자는 매 맞는다. 방실방실 웃는 아기는 남편이 안고 울거나 똥을 싸면 아내가 안는다. 모든 잘된 것은 남편 덕이고 모든 못 된 것은 아내 탓이다.

이렇게 습관화된 남자들의 고통으로부터의 회피벽은 마침내 산다는 게 고통 그 자체가 되었을 때에 그것을 떠맡길 상대가 없어졌으므로 쉽사리 삶을 포기하는 결과를 가져온 것이나 아닌지? 반대로 여자들은 삶의 궂은일, 언짢은 일만 도맡아가며 살아가는 지혜로 고통을 민첩하게 뛰어넘는 재간을 익혔다고 볼 수 있다.

죽은 사람을 두고 이러쿵저러쿵 말을 하는 것은 무덤을 여는 것만큼이나 무엄한 짓이다. 무덤은 깊이 잠재워야 한다. 어떤 호기심에도 영원히 입다물고 있을 권리가 무덤에겐 있다.

어쩌면 그런 권리를 얻기 위해 그들은 죽음을 선택했을지도 모른다.

지금 그들에게 뭐라고 말할 수 있는 사람은 오직 한 사람 먼저 저승에 가 있을 그들의 아내뿐일 것이다. 아내는 그들을 맞아 반가워하면서도 나무라고 구박할 것이다.

"여보 벌써 오실 게 뭐 있어요. 아이들 시집 장가나 보내고 오시면 어때서" 하고.

끝으로, 아내를 따라 죽은 남자들의 명복을 빌며, 죽은 사람을 빌려다가 '여자와 남자'의 문제를 다루는 것은 편집자의 생각에서 나온 것이지 나의 계획된 의도가 아니었음을 밝힌다.

여자를 자유롭게 하는 것

여자가 살림살이 외에 일을 갖는 걸 권장할 만한 일인지, 아닌지 나는 잘 모르겠다.

나 자신도 살림 외에 일을 가진 지가 오래되지 못하고, 시작한 나이도 남보다 뒤늦게였다. 지금이니까 얘기해준다며, 데뷔 당시의 나를 보고 저 여자가 저 나이에 문단이 어딘 줄 알고 뛰어들었을까 싶어 심히 딱하고 한심했노라고 얘기해주는 분도 있다.

그래 그런지 뒤늦게 일을 갖게 된 때 남다른 사유라도 있었다고 생각하고 궁금해하는 사람을 나는 꽤 만나게 되었다. 나는 이런 호기심을 만족시킬 만한 대답을 갖고 있지 못하다.

언젠가 심심해서 썼다고 말한 게 공표되어 애독자라는 분한테 엄한 꾸지람을 들은 일까지 있다. 그분은 문학이란 것을 낳기 위한 작가적 자세에 대해 양심이니, 고통이니, 투쟁이니, 사명이니 하는 말을 써가며 일가견을 피력했고 나를 나무랐다. 비록 전화의 목소리를 통해서였지만 나는 그분 앞에 몸 둘 바를 몰랐고 아무런 변명의 말도 하지 않았다.

그렇다고 심심해서 썼다는 걸 지금 와서 번복하려는 건 아니다. 다만 심심해서 썼다는 게 심심풀이로 썼다는 것하고는 다르게 이해되기를 바랄 뿐이다.

나는 착하고 너그러운 남편과 시댁을 만나 말 잘 듣고 영리한 아이를 많이 낳으면서 풍파 없이 살았다. 부자는 아니었지만 궁색하지도 않았고, 무엇보다도 많은 사랑을 받으면서 살았기 때문에 주위에선 으레 팔자 좋은 여자로 쳐주었다.

친척에 혼사가 있어 이부자리를 꾸밀 때면, 팔자 좋은 여자가 꾸며야 잘산다는 미신에 따라 바느질도 못하는 나를 불러다가 한 땀이라도 떠달라고 부탁할 지경이었으니 나는 의심할 여지도 없이 팔자 좋은 여자였었나보다.

그러나 본인은 이 팔자 좋다는 게 도무지 탐탁지 않았다. 한마디로 심심했다. 아이들은 무병하게 자라 속 안 썩히고 원하는 학교에 척척 들어갔고, 막내까지 국민학교에 들어가고, 살림 형편도 좀더 나아졌다. 사람들은 이제부터 진짜 살림 재미 알게 될 때라고 했다.

그러나 그때 내가 고작 할 수 있었던 것은 나처럼 풍파 없이 살면서 심심해하는 동창들을 만나 동창계를 모아 한 달에 한 번씩 만나고 차츰 한 달에 한 번씩 만나는 걸로는 뭔가 미흡해 각자의 생일잔치를 해 서로 초대하기도 하고 그래도 심심한 게 안 풀려 더 자주 모여 화투치기를 했고, 바겐세일에 같이 몰려 다녔고, 옷을 맞추는 데도 구두를 사는 데도 떼를 지어 몰려다니다가 같이 점심 먹고 차 마시고 입 언저리가 짓무르도록 잡담하다가 돌아왔다.

그러나 그런 일로 심심함이 덜어지기는커녕 심심하다는 게 마침내는 구제의 여지가 없는 불행감이 되어 나를 짓눌렀다.

나는 조금씩 팔자 좋은 여자의 삶에 대해 회의를 느꼈다. 그렇다고 팔자 사나워지길 바란 것은 아니다.

팔자 좋은 삶이나 팔자 사나운 삶은 다 주어진 삶이고, 그 둘 안의 아무것에도 속하지 않은 자가 스스로 획득한 삶의 방법이 있으리라. 나는 그것을 꿈꾸었다.

이런 시기는 나 아닌 어느 여자에게나 올 수 있으리라 생각한다. 특히 자기 생명처럼 소중하게 기른 아이들이 어느만큼 자라 엄마를 위해서가 아닌 그들 자신을 위해서 그들 자신의 방법으로 살고 발전하기를 원하는 눈치가 보일 때가 바로 그 시기가 될 것 같다.

아이들이 자신의 방법으로 성장하려는 건 옳은 일이고 엄마 된 여자도 그걸 막을 수는 없다. 그러다보면 어느 틈에 엄마 된 여자는 무용지물이 돼 있기가 쉽다. 이때가 여자가 가장 심심할 때다. 이때 싫든 좋든 여자는 뭔가를 해야 한다.

누구나 할 수 있는 심심풀이를 가질 수도 있고 좀 어렵더라도 자기만이 할 수 있는 창조적인 일을 찾아낼 수도 있겠다.

나는 어느 쪽을 권하는 대신 자기만의 일을 가졌을 때 여자에게 어떤 신기한 변화가 오나를 얘기하고 싶다.

자유로워진다. 여자를 자유롭게 하는 건 법도 여성해방운동가도 아닌 스스로가 찾아낸 일이라는 걸 알게 된다.

남편과의 관계가 달라진다. 지배당하고 소유당하는 대상으로서의 아내가 아니라 사랑하고 사랑받는 아내가 된다. 그것은 남편을 위해서도 좋은 일이다. 사람이 행복해지기 위해 필요한 건 섬김을 받는 것이 아니라, 사랑을 받는 것이기 때문이다.

살림을 더 잘하게 된다. 일을 가진 여자는 자기 자신의 값어치를 알기 때문에 살림살이를 할 때도 그 일을 마지못해 하는 일, 죽지 못해 하는 일처럼 구질구질하게 하는 걸 참지 못한다.

내가 일을 갖고 나서 우리 아이들이 나를 놀리는 말이 있다. 엄마가 연탄 들고 방방의 아궁이를 돌아다니는 모습은 어찌나 명랑하고 당당한지 악어 핸드백 휘두르며 명동 나들이하는 모습보다 낫다나. 어느 정도 과장이겠지만 나는 그대로 받아들이고 유쾌해하고 있다.

남자가 남자다울 때

친구 딸의 결혼식이 끝나고 나서의 일이다. 흉허물 없는 사이인 여고 동창생들이 모이게 되었다.

친구 딸의 결혼식 구경으로 일이 끝난 게 아니라 또 딴 친구 남편의 개인전을 구경하고 나서 다시 딴 친구 딸이 참가하는 음악회 구경을 가야 된다는 약간 문화적인 구경거리가 그날의 스케줄로 우리 앞에 남아 있었다.

그러나 문화적인 자극을 원하거나 하다못해 호기심 정도라도 남아 있기에는 너무 오래 그런 것들과 무관하게 지낸 중년을 넘긴 살림꾼 여편네들이었다.

구경 자체에 대한 흥미보다는 친구의 경사에 참가해준다는 사교적인 의미가 더 컸다.

이때 느닷없이 여고 적부터 익살에 소질이 대단했던 한 친구가 거침없이 큰 하품을 하고 나서 외쳤다.

"아, 아, 이 구경 저 구경 다 집어치우고 어디로 남자 구경이나 가고 싶어라!"

이 소리를 들은 우리는 주책없이 큰소리로 웃을 수밖에 없었다. 약간은 주위를 의식하면서.

웃기만 한 게 아니라 한순간 이 기발한 발상에 공감까지 했다고 한다면 망령된 여편네들이었을까?

방금 결혼식 구경을 했으니, 결혼식의 하객 중 적어도 반수 이상은 남자였을 것이고, 주빈인 신랑 신부 중에도 신랑은 엄연히 남자였다. 또 앞으로 남은 스케줄 중에도 남자들을 많이 만나게 될 테고, 예식장이 있는 오피스 가의 오후는 많은 남자들로 붐비고 있었다.

그러니까 이 친구가 구경하고 싶다는 남자는 바지 입고 넥타이 매었대서 남자인 그런 남자는 아닐 것이다.

여기서 밝혀두고 싶은 건 이 친구의 인품이나 그때의 분위기로 보아서 "남자 구경"이 결코 외설스러운 의미의 보이헌팅이 아니었다는 것이다.

세속적인 의미의 '빽'이 센 집안인 신부 측에 비해 별로 내세울 게 없는 신랑 측이 결혼식장서부터 너무 비굴한 저자세인 것이 민망한 나머지, 요즈음 남자들의 일반적인 속성인 이런 비굴성에 대한 개탄을 그런 방법으로 나타낸 것이다.

그러니까 이 친구가 구경하고 싶은 남자는 바지 입고 넥타이 매었대서 여자와 구별할 수 있는 그런 남자가 아니라 아마 남성스러운 남자의 뜻이 될 것이다.

이 친구의 "남자 구경이나 가고 싶어라"의 여운은 묘하게 슬픈 것이었고, 어디로 가든 결코 남자 구경의 소망을 풀 수는 없으리라는 절망적인 암시까지 포함시키고 있었다. 그래서 더욱 공감의 도가 짙었다.

딸을 시집보내고 다 시들어버린 여자에게도 남성스러움에 대한 그리움은 이렇게 생생하게 남아 있다. 죽는 날까지도 남자와 여자는 서로 갈망해 마지않는 성性이다. 그것은 자기가 못 가진 것, 자기와 대립되는 것에 대한 갈망이다. 그러면서도 그 갈망은 좀체 채워지지 않는다.

지금은 없어졌지만 〈월튼네 사람들〉이란 텔레비전 프로가 있었다. 나는 이 프로를 좋아했었다. 요새는 그것 대신에 〈초원의 집〉이라는 것을 즐겨 보고 있다.

내가 그 프로에서 느끼는 재미는 천사같이 귀여운 세 딸과 아름다운 아내, 약간은 심술쟁이지만 본질적으론 선량한 이웃들과 엮어내는 아기자기한 일상사에도 있지만, 아까 말한 어느 친구의 남자 구경에 있을지도 모르겠다. 그 프로의 남자 주인공을 통해 요새 희귀해진 남성스러운 남자 구경에 대한 갈망을 풀고 있는지도 모르겠다.

〈초원의 집〉이나 〈월튼네 사람들〉의 남자 주인공의 사는 모습에는 현대가 잃어버린 원초적인 남성의 사는 모습이 있다.

그는 결코 여자를 호강시키는 돈 잘 버는 남편도 아니고 방랑벽이 있거나 호전적인 서부의 사나이도 아니다. 인물이 잘나 매력적이지도 않다(특히 〈월튼네 사람들〉에 나오는 남편은……).

그냥 가족을 위해 열심히 일하는 남자일 뿐이다. 그의 사는 태도는, 이웃과의 대인관계에 있어서나 일자리를 위한 대인관계에 있어서나 늠름하고 떳떳하다.

정당하게 일해서 가족을 부양하는 남자다운 당당함과 아름다움이 있고 건강한 정신을 지닌 사람만이 풍길 수 있는 매력을 풍기고 있을 뿐이다.

그러나 결코 가족 위에 군림하진 않는다. 믿음직스러운 남편이요, 아버지일 뿐이지 무섭거나 어려운 가장은 아니다. 용기가 있으되 만용을 부리진 않는다.

폭설이 휘몰아치는 혹한의 광야를 아내와 딸을 마차 속에

태우고 필사적으로 말을 모는 그의 모습은 남성의 가장 원초적인 모습을 보는 것처럼 감동스럽고 아름답기조차 하다.

그는 가족이나 이웃에게만 떳떳한 것이 아니라 외부에서 작용해오는 어떤 부당한 권위에도 떳떳하고 늠름하다.

정직하게 일해서 정당한 보수로 사는 생활의 의미를 아는 인간 특유의 품위가 그의 그런 떳떳함 늠름함을 오기가 아닌, 허세가 아닌, 자연스러운 것으로 하고 있다.

사랑하는 딸의 학교 선생님일지라도 비인간적인 교육을 할 때는 정당하게 분노하고 적극적으로 개선에 참여한다. 그런 그의 아버지 노릇이 그렇게 푸근하고 믿음직스러울 수가 없다. 자기 자식에 대한 편애의 행동이 아닌 비인간적인 것에 대한 미움, 인간성에 대한 사랑에서 우러난 행동이기 때문이다.

그러나 무엇보다도 그 프로가 압도적인 아름다움으로 보여주는 것은 상대역인 아내의 아름다움이다. 남자의 남성다움에 의해 비로소 기운을 내는 여자의 여성다움이다.

진정한 의미의 남성다움은 결코 여자를 유린하거나 위축시키는 게 아니라, 여자 속의 여성, 모성을 마음껏 기를 펴게, 마음껏 편안하게 하는 것이라는 것을 그 프로들은 대담하게 보여주고 있다.

그의 타고난 본분에 성실하며, 열심히 삶과 여자를 사랑하며 사는 남성의 당당함, 자신만만함은 오만이나 교만하고는 다르고, 더군다나 횡포하고 같을 수는 없겠다.

횡포는 남에게 상처를 입혀야 직성이 풀리는 폭력하고는 통하지만, 당당함이란 귀한 것, 아름다운 것, 힘이 약한 것을 보호하려는 용기하고 통한다.

현대는 가히 여자라면 덮어놓고 깔보고 또는 요즈음 강해지는 여자의 힘에 지레 겁을 먹고 횡포로써 누르는 남자가 아니면 거기 아부하기 위해 아예 자기의 남성을 포기하고 연하고 노글노글해진 남자의 시대인 것 같다.

여자의 여성다움을 편안히 기를 펴게 함으로써 자기의 남자다움을 더욱 돋보일 수 있는 남자, 그러니까 여자의 여성스러움과 공존할 수 있는 남성스러움을 지닌 남자는 점점 희귀해져가고 있다.

바지 입고 넥타이 맨 남자는 많기도 많건만 이런 남자는 "어디로 남자 구경이나 가고 싶어라" 할 만큼 산너머 머나먼 곳에 있다.

그것이 어디 남자 잘못인가, 여자가 분수없이 억세고 질겨지니까, 어차피 상대적인 관계일 수밖에 없는 것이 남자 여자 관계니까, 남자가 그렇게 연하고 말랑말랑해질 수밖에 더 있겠느냐고 항의하는 분이 있을지 모르겠다.

하긴 여성의 남성화로 남성이 여성화했을지, 남성의 여성화로 여성이 남성화했는지는 닭이 먼저냐 알이 먼저냐 하는 문제처럼 까다로운 문젠지도 모르겠다.

그러나 나는 감히 단언하고 싶다. 아마도 남녀의 아름다운 조화를 깨뜨리기 시작한 건 남자 쪽일 거라고.

왜냐하면 남자가 여자에 의해 변형됐다고 생각하기보다는 여자가 남자에 의해 변형됐다고 생각하는 쪽이 훨씬 자연스럽기 때문이다.

이것은 어디까지나 남녀평등의 문제와는 상관없는, 여자의 천성인 물과 같은 유연성과 상관있는 문제다.

천지만물에는 딱딱하고, 억세고, 연하고, 부드럽고, 크고 작은 것이 다 있을 만해서 있는 것이고 본질은 똑같이 소중한 것이지 딱딱한 것은 더 높고 귀하고, 부드러운 것은 더 낮고 천한 것은 아니지 않은가. 물론 현대라는 사회구조는 남자들로 하여금 본연의 남성다움을 지킬 수 없게 하는 여러 가지 요인을 안고 있다는 걸 모르는 바는 아니다.

남자들이 잘 쓰는 말로 "아무리 더럽고 치사해도 처자식 먹여 살리자니 어쩌겠는가"라는 식으로 어쩔 수 없이 각종 사회적인 억압에 노글노글 길들여졌달 수도 있겠다.

그러나 '처자식 먹여 살리기 위해……'에 너무 핑계를 대고, 너무 많이 남성다움을 양보해버린 건 아닌가 모르겠다. 바지나 넥타이 아니더라도, 또는 육체적인 상징을 감추고라도, 남성을 남성답게 보이게 하는 마지막 늠름함까지 양보하며 살지는 말았으면 싶다.

남자가 남자답고 여자가 여자답다는 것이야말로 지구가 멸망하기 직전, 마지막까지 남을 인간의 질서로, 마지막까지 남을 인간의 아름다움이 아닐까.

우리 동네에 새로 생긴 시장엔 여자 장사꾼들이 많다. 특히 생선가게는 규모가 큰데도 거의 다 여자가 주인이다. 여자 힘으론 벅찬 장사라서 그런지 여자들이 어찌나 악착같고 도전적인지 대하기가 겁이 나고 피곤하다. 오죽해 그러랴 싶으면서도 그 너무나 모질고 살벌하고 똑똑한 태도에 혐오감을 안 느낄 수가 없다. 한마디로 정떨어지는 여자들이다.

나는 그 여자들이 다 과부이거니 했다. 그리고 그중 한 가게와 단골이 되었다. 참 우스운 계기로 단골이 되었다. 내가 단골 삼은 가게 여자는 가끔 지독한 화장을 할 때가 있다. 가끔 남이 입은 옷을 얼마냐고 물어보기도 하고, 자기도 새로 산 스웨터가 어울리나 봐달라기도 한다. 그게 그렇게 귀엽게 보일 수가 없었다.

사귀고 보니 제일 부드럽고 정 붙는 데가 있었다. 노파한테서라도 어느 한 군데 여자다운 귀여움을 발견한다는 것처럼 즐거운 일은 없는데 하물며 젊은 여자에 있어서랴.

시장에 자주 다니는 사이에 그 여자와 딴 여자의 차이가 어디서 오는지도 자연히 알게 되었다.

그 여자들은 다 과부가 아니라 남편이 있었다. 그러나 대개 무능한 무골호인 아니면 분수없이 주먹이나 휘두르고 술이나 퍼마시는 건달들이었다. 그런데 나의 귀여운 단골 여자의 남편은 생선회 같은 건 잘 못 치지만, 아침 일찍 수산시장에 가서 생선도 떼어오고 단골집 배달도 자기가 자전거로 빨리빨리 다녀오고, 열심히 남편 구실을 하고 있었던 것이다.

나는 이런 남자와 여자가 있는 풍경을 좋아할 따름이다. 남자에 대해 아는 것을 정리해야 할 만큼 많이 알고 있지도 못하고 또 별달리 까다로운 주문 같은 것도 없다.

최근에 만난 빛나는 남성

조카며느리가 요새 아기를 낳았다. 부모가 없는 조카로 내가 부모 대신 한 아들과 같은 애정과 의무로 돌보았기 때문에 조카며느리의 순산 달엔 친딸이나 친며느리의 순산 달을 맞은 것처럼 기대와 불안으로 조마조마하게 지냈다.

누구의 진통이나 다 그런 것처럼 그녀의 진통도 어느 날 갑자기 시작되었고, 그녀는 미리부터 정기 진단을 받아오던 병원에 즉각 입원했다.

그러나 보통 초산부의 진통 시간을 훨씬 넘기고 나서도 아기는 태어나지 않았다. 그녀의 처절한 인내도 그 한도를 넘긴 것 같았다.

뭔가 잔뜩 불안해 있는 우리들 앞에 의사는 별안간 당황한 얼굴로 말했다. 태중 아기의 호흡이 차츰 불규칙해지니 아기의 생명을 건지기 위해선 빨리 수술을 해야 하겠노라고.

요즈음은 대개 난산도 미리 예견하고, 진작 수술의 각오를 임부나 가족에게 갖게 하는 것이 보통이기 때문에 이렇게 별안간 당한 수술은 당황스럽고 불길스럽기도 했다. 그러나 생각하고 말 겨를이 없었다.

아기가 이 세상으로 통하는 좁은 산도産道에서 호흡곤란을 일으키고 있는데, 빨리 숨구멍을 터주는 일보다 급한 일이 어디 있겠는가.

수술실로 산모가 실려 들어간 지 불과 30분도 안 되어 건강한 아기의 울음소리가 들렸다. 산모도 안전했다.

가족은 곧 미지의 나라에서 온 조그만 아기를 볼 수 있었다.

약간 피곤한 듯, 약간 자랑스러운 듯 "아들입니다" 하는 의사 선생님의 모습은 무릎 꿇고 싶게 위대해 보였다.

그 위대함과 아기와 산모의 생명이 안전하다는 감격에 압도되어 아기가 아들이라는 것은 당장 가족들에게 아무런 충격도 주지 못했다. 아기의 생명을 건질 수 있었다는 감격만이 우리에겐 그렇게 크고 벅찼던 것이다.

그후 유리창 너머로 우리의 아기가 목욕하는 것을 볼 기회가 있었다. 나는 아기의 조그맣지만 순수하고 완벽한 남성을 확인할 수 있었고, 그 눈부신 아름다움에 거의 전율에 가까운 감동을 맛보았다.

그것은 확실히 아기가 무사히 태어났다는 감동과는 별개의 새로운 감동이었다. 그것은 또 그 아기가 우리의 아기가 아닌 전혀 모르는 댁 아기였어도 맛볼 수 있는, 혈연이나 이해관계를 초월한 감동이면서도 벅찬 감동이었고 아낌없는 찬탄이었다.

왜 우리는 남성의 원형을 겨우 갖추었을 뿐인 실오라기 하나 걸치지 않은 생명이 다만 남성이라는 걸로 이런 기쁨과 감동을 맛보았을까.

아직 용모의 미추도 정해지기 전이요, 자라면서 능력 있는 남성이 얻게 될 명예도 재산도 교양도 매력도 아무것도 아직 지니지 않은 다만 순수한 남성일 뿐인 이 작은 생명이 왜 그렇게 눈부시게 아름다웠던가.

거의 목구멍이 메일 것 같은 찬탄을 쥐어짜는 힘은 다만 그 생명이 남성이라는 데서 왔던 것이다.

다시 한번 말해두거니와 그 아기는 나의 조카의 아들이다. 고손姑孫이다. 나의 손을 잇는다든가 나의 제사를 맡는다든가, 덕을 본다든가 하는 이해관계가 전혀 없다. 아마 그때 내가 유리창 너머로 본 어린 남성이 내 조카의 아들이 아닌 딴 아기였어도 막 이 세상에 맞이한 새로운 손님이 남성이라는 것은 나에게 충분히 눈부셨을 것이다.

지나가던 소금장수도 아들 낳았다면 기뻐한다는 말이 있다.

"뭐 낳았어요?"

"아들이요."

"네! 축하합니다."

과히 친하지 않은 이웃 간의 이런 대화 속에도 섬광 같은 기쁨이 있다.

왜 우리는 새로 태어난 아기가 남성일 때 특별히 기뻐하는 걸까.

오랜 남존여비의 전통에서 오는 감정의 타성일까? 남성에게는 사회적으로 여성보다 많은 기회가 주어진다는 데서 오는 기대 때문일까?

그런 것도 이유는 될 것이다. 그러나 그런 관습이나 이해타산에 얽힌 기쁨이라기엔 너무도 순수하고 너무도 벅찬 무욕의 찬탄이었다.

모든 남성은 태어날 때부터 이런 빛나는 찬탄을 받고 태어난다. 왤까? 나름의 독단일지는 모르지만 나는 그 까닭을 인류가 특별히 남성에게 거는 소망 때문이라고 생각한다. 인류의 이상을 실현시키려는 보다 적극적인 원동력이 남성에게 있다는 믿음 때문일 것이라고 생각한다.

그러나 이런 빚을 갚고 가는 남성은 많지 않다. 인류가 남성에게 거는 믿음은 차츰 미신화되어가고 있다. 그러면 그럴수록 낙망하기는커녕 새로 이 세상에 오는 남성에게 새로운 믿음을 걸고 새로운 빚을 걸머지게 하려든다.

남성들은 부디 잊지 말 것이다. 그가 얼마나 화려한 찬탄과 축복으로 이 세상에 영접되었던가를. 그가 무기력할 때마다, 나태할 때마다, 비굴할 때마다, 자포자기할 때마다 상기할 것이다. 그가 태어나면서 걸머진 찬탄의 빚을.

그러나 살다보면, 남성은 왜소해지고 무의미한 일상사는 태산처럼 압도해오리라. 인류의 이상을 실현시킨다는 일은 구름 잡는 일보다 더 허황한 전설이라는 걸 알게 될 것이다. 그래도 잊지 말 것이다.

이것이야말로 인류의 이상을 실현시키는 위대한 일의 일부구나 하고 자기의 남성을 전력투구할 만한 일과 만나지기는 쉽지 않다. 그래도 잊지 말 것이다. 피곤한 몸을 앉지도 못하고 손잡이에 매달려 넝마처럼 흔들리는 출퇴근 버스 간에서 느닷없이 소매치기가 약한 여학생의 옆구리에 칼을 대고 위협할 때, 그것을 본 척할 것이냐, 못 본 척할 것이냐를 망설이는 순간 잊지 말 것이다. 그들이 이 세상에 태어나면서 다만 남성이라는 걸로 찬탄받고 축복받았다는 사실을, 그 엄청난 빚을. 그것을 잊지 않고 상기할 때 그가 취할 행동은 저절로 정해질 것이다.

요즈음 내가 만난 가장 아름다운 남성 얘기 다음으로, 나에게 가장 충격을 준 남성 얘기로 이 글의 끝을 맺겠다.

날이 급히 더워지기에 작년에 깊이 간직했던 여름 구두들을 꺼내보았다. 내 것과 아이들 것을 합해 대여섯 켤레쯤 되는 여름 구두 중에서 세 켤레는 암만해도 손을 보아야 신을 것 같았다. 고리가 떨어진 것, 창을 갈아야 할 것 등.

나는 그 세 켤레의 과히 깨끗지 못한 구두를 쇼핑백에 넣어가지고 우리 동네의 구두 수선 전문이라고 써 있는 조그만 가게를 찾아갔다.

주인이자 수선공인 남자는 젊었다. 나는 세 켤레의 구두를 꺼내 보이고 수선할 곳을 일러줬다. 수선공은 말없이 구두를 닦기 시작했다. 집에서 좀 닦아가지고 올걸, 구두는 너무 더러웠다. 나는 속으로 미안하면서도 수선공이 수선비에다 구두 닦은 값까지 올려 받을 속셈이구나 하는 계산을 하고 있었다.

"대강 닦으시죠."

그가 너무 열심히, 너무 깨끗이 구두를 닦는 데 저항감을 느낀 나는 퉁명스럽게 이런 소리를 했다.

그는 묵묵부답이었다. 고집스럽게 구두를 유리같이 닦고 나서 수선을 시작했다. 그런 그의 모습을 보면서 나는 그가 돈을 위해 닦는 게 아니라, 그의 결백성을 위해 닦는지도 모른다는 생각을 했다. 그의 모습엔 거의 기품에 가까운 결백성이 강력하게 부각돼 있었다.

그는 꼼꼼하게 뒤창을 갈고 고리를 달아주었다. 나는 천 원짜리를 두어 장 만지작거리며, "얼마예요?" 하고 물었다. 그는 무뚝뚝하게 "3백 원입니다" 했다. 그가 나에게 한 말의 전부였다. 나는 천 원짜리를 내고 틀림없이 7백 원을 거슬러 받았다.

나는 지금 그가 스스로 정한 저임금을 찬양할 생각도, 경멸할 생각도 없다. 그를 성자처럼 추켜세울 감상도, 바보처럼 얕잡을 배짱도 없다.

다만 나는 그때 내가 받은 충격에 대해 이야기하고 싶다. 그때 나는 바늘에라도 찔린 것처럼 예리하게 나의 원고 쓰는 일에 대한 질책을 받았던 것이다.

나의 원고 한 장의 값은 그의 구두 수선 세 켤레 값의 세 배 내지 다섯 배가 된다. 그럼 나는 원고 한 장으로 그의 구두 수선 세 켤레 내지 다섯 켤레만큼의 이익을 남에게 주었을까. 또 과연 그의 세 배 내지 다섯 배의 성의로 한 장의 원고를 썼을까? 현재 우리의 노임 수준으로 과연 고료가 적다는 투정은 적당한가? 라는 소리 없는 질책의 소리는 어느 독자의 어느 평자의 질책의 소리보다 신랄하고 가혹했다.

물론 정신적 작업의 대가와 육체적 작업의 대가는 다르다는 도피구가 없는 것은 아니다. 그러나 정신적 작업이라고 해서 무해무익한 또는 유해한 작업까지도 육체적 작업보다 대우받아야 할 까닭이 어디 있겠는가.

나는 당분간 내가 만난 구두 수선공이 나에게 준 가혹한 질책 속에서 나의 작업을 해야 할 것 같다. 아니 당분간이 아니라 나에게 원고 쓰는 일이 계속되는 한 나는 그 질책을 감수하리라.

'여자가 더 좋아'에 대하여

1970년대에 들어서 더욱 활발해진 가족계획운동과 함께 '딸이 더 좋아'라든지 '여자가 더 좋아'라는 말이 널리 쓰이고 있다.

딸을 낳아 섭섭해하는 부모에게 주는 위로의 말에서 시작되어 남편을 잘 만나 자신의 능력이나 노력과는 상관없이 출세(?)한 여자들이나, 직장에서 고된 일 대신 적당히 모양이나 내고, 적당히 게으르고 일정한 월급 타먹는 데 지장이 없는 여자들에게 선망 반 경멸 반으로 쓰였음직한 '여자가 더 좋아'는 일반적으로 널리 유포되면서 당사자인 여성들에게조차 근래에 여자의 지위가 저절로 향상된 듯한 엉뚱한 환상을 주고 있는 듯하다.

그러나 '여자가 더 좋아'는 한낱 속임수일 뿐 결코 사실은 아니다. 여성을 위한 이와 비슷한 속임수는 도처에 마련되어 있다. 속임수란 조만간 속임수를 믿고 의지한 사람을 졸지에 배반하면서 파탄 나게 마련이다.

적어도 남성과 동등한 인간이고자 하는 여성이라면 이런 속임수를 먼저 경계할 줄 알아야겠고, 그러자니 여성이 현재 처한 현실을 정확하게 인식할 필요가 있겠다.

여성만이 갖고 있는, 남성에겐 없는 많지 않은 좋은 것 중에서 여성지라는 게 있다. 여성지는 겨우 한글을 해득할 수 있는 여성으로부터 최고 학부를 나온 여성까지 광범위한 독자층을 가지고 있고 살림과 육아 등 여성이 천직이라고 믿고 있는 것에 도움이 될 훌륭한 내용 외에도 자칫 소홀해지기 쉬운 가정 밖의 세상 돌아가는 데 대한 관심과 참여의식을 높이는 좋은 글들을 실어왔었다.

그러나 1970년대에 들어와서부터 일반적인 생활수준이 높아져서인지 여성지의 수효가 늘어나면서 서로 경쟁이 붙어서인지 그 내용이 미묘하게 변질되기 시작했다.

서로 앞을 다투어 외국으로부터의 최신 섹스 정보를 제공해주는가 하면 남녀관계에 있어서 여성의 성적인 역할 내지는 기교를 개발하고 찬양하는 일에 보다 적극성을 나타냈다.

기타 교양물도 내조를 여성의 최고의 미덕으로 삼는, 남자에게 종속된 삶의 방식을 모색하는 범위를 맴돌았다.

내조가 아직도 여성이 할 중요한 일 중의 하나임엔 틀림이 없고 또 여성의 성적 능력이 과거에 부당하게 억압당한 여성의 잠재력 중의 하나라면 개발해서 나쁠 것도 없겠다.

그러나 그런 일에 열을 올리다보니 상대적으로 여성의 인간적인 사고능력이나 가정 밖의 사회에 대한 참여의식을 둔화시키는 역할을 저절로 할 수밖에 없었다는 걸 생각 안 할 수가 없다. 심지어는 직업이나 기타 지적인 활동을 위해 여성이 혼기를 놓치는 일이 없도록 끊임없이 부추기고 위협 주는 일을 하는 것도 여성지다.

그러나 말이 여성지지 여성지는 여성만 읽는 게 아니다. 남녀공학의 대학 도서관에 신간 여성지가 나오자마자 남학생에게 독점당해 너덜너덜해진 후에야 여학생 차례가 된다고 불평하는 소리를 들은 일이 있다.

이런 여성지를 흥미진진하게 보면서 남성의 의식이 여성을 대등한 정신과 인격으로 대하기보다는 자기에게 귀염받기를 목숨걸고 연마하고 있는 성적인 애완물로 대하는 쪽으로 흐르는 것은 너무도 당연하다.

남녀가 모여서 행복하게 살 때는 그 관계가 주종의 관계든 대등의 관계든 그리 문제될 것이 없다. 차라리 주종의 관계가 더 튼튼해 보인다. 그러나 둘 사이에 조그만 문제라도 생기면 이 주종의 관계는 그 파탄의 기미를 쉽게 드러낸다.

1970년대에 들어서 남자들의 해외 진출이 부쩍 늘었다. 장기 체류라도 그 당사자나 회사 측에서 가족 특히 아내에 대한 배려가 전혀 없다. 가장 민감한 성적인 동물로 개발해놓고는 혼자 남겨놓을 때는 옛날 불감증 시대의 부덕을 정조대처럼 차고 있기를 강요한다.

이럴 때 스스로를 분열증으로 몰고 가지 않기 위해서는 여성도 여성이기 이전의 주체성을 가진 한 인간으로서 자신감을 갖고 남자에게 예속되지 않은 혼자만의 삶의 의미를 찾을 수 있어야겠다. 남자에게 여자와 더불어 사는 삶의 의미 말고 또다른 삶의 세계가 있는 것처럼.

꿈과 낭만이 억압받던 시절

사춘기란 지나놓고 보면 아아, 그 시절이야말로 꽃다운 시절이었다고 아련한 그리움으로 회상하게 되지만 자기의 사춘기에 당해서 지금이 나의 일생 중 가장 좋은 때다, 가장 아름다운 때라고 느끼면서 살진 않는 것 같다.

나의 사춘기만 해도 자기가 사춘기라는 걸 인정하려들지도 않았다. 어린애인 척하다가 단박 어른인 척해버렸다.

웃기를 잘해도, 골을 잘 내도, 우울해도, 선생님이나 집안의 어른들이 오오라 사춘기니까 하시며 웃고, 골내도 우울한 것의 참 까닭을 외면하고, 사춘기라는 걸로 편리한 해답을 삼는 걸 몹시 아니꼽고 불만스럽게 생각했다.

그때 우리의 국어 교과서엔 「청춘예찬」이란 글이 있었는데 국어 선생님이 그걸 명수필로 꼽으셨다.

"청춘, 이는 듣기만 하여도 가슴 설레는 말이다. 청춘의 피는 끓는다. 끓는 피에 뛰노는 심장은 기선의 기관과 같은 힘이다. 이것이다. 인류의 역사를 꾸며 내려온 동력은 바로 이것이다……"

선생님은 눈을 가느스름히 뜨시고 이런 문장을 황홀하게 읽으셨다. 선생님의 얼굴은 주름지고 백발은 성성했었다.

그러나 우린 지금도 공감하지 않는다. 사춘기하고 다를지 모르지만 청춘이란 말조차 저속하고 구역질나는 말로 들렸다.

백발이 성성한 노선생의 애절한 예찬과 갓 돋아난 새싹처럼 연연한 사춘기 학생들의 청춘에 대한 자학, 이런 우스꽝스러운 대조 속에 바로 인생의 슬픈 아이러니가 있는지도 모른다.

그때 우린 그런 아름답고 속이 빈 과장된 말로 예찬받기보다는 이해받기를 바랐었다. 이해 못 받을 바엔 차라리 무관심해주길 바랐었다.

우리의 사춘기는 시대적으로 암흑과 격동의 시대였다.

사춘기가 시작될 무렵이 일제 말기였다. 한참 잘 입고 싶을 나이에 몸뻬라는 걸 입고 학교에서도 공부보다는 노력 동원의 시간을 더 많이 가졌고 콩깻묵밥도 실컷 못 먹어 영양실조였다.

부모들은 딸이 여자정신대로 징발될지도 모른다는 공포감 때문에 일찌거니 시집이나 보낼 혼처는 없을까 밤새 머리맡에서 두런두런 이야기와 한숨을 주고받았다.

배고파 잠 안 오는 밤, 부모들의 이런 말을 엿들은 15세 소녀의 마음이 어떠했겠는가. 공포의 사춘기였다. 어린애인 척하든지, 아예 어른인 척하든지 할 수밖에 없었다. 사춘기 티를 낼 수조차 없었다. 그 공포와 암흑의 시기엔 여드름조차 지금 아이들처럼 자유롭게 돋아나지 못했다.

그러다가 해방이 되었다. 해방은 감격스러운 일이었지만 곧 혼란이 왔다.

옳고 그름, 새것과 묵은 것, 아름다운 것과 추한 것은 혼동되고 전도되고, 우리는 시집보내지는 대신 그 혼미 속으로 단신 내던져졌다. 내던져진 이상 허우적댈 수밖에 없었다.

허우적대다가 미처 자아를 확립하기도 전에 6·25가 왔다. 6·25동란을 치르고 휴전을 맞고 보니 우린 이미 어른이 돼 있었다. 아니, 어떤 의미론 늙어 있었다.

우리 때보다 지금의 사춘기 애들은 많이 행복해 보인다. 내 딸만 해도 잘 입히고, 잘 먹이고, 이해해주고 있다고 생각한다. 마음에 맞는 예쁜 옷도 사주고, 여드름 없어지는 크림도 사주고 혼자 있고 싶은 눈치일 때는 혼자 내버려둔다.

물론 머리맡에 앉아서 두런두런 시집보낼 음모를 꾸미지도 않는다.

그러나 앙칼진 소리로 "공부해라, 공부해, 대학도 못 가면 어떻게 시집을 가니?" 하고 단잠을 깨우지나 않았나 모르겠다.

내 아이들이 단잠 속에서 들은 이런 위협의 소리가 우리가 사춘기 때 들은 아무데나 시집보냈으면 하는 소리보다는 듣기 좋은 소리라고 자부할 자신이 암만해도 나에겐 없다.

사춘기란 나이 먹은 사람 눈엔 꿈과 낭만의 시절로 보일지 모르지만 당사자에겐 꿈과 낭만이 가장 심한 억압을 받는 계절일지도 모르겠다.

자선과 위선의 사이

'자선' 하니까 제일 먼저 생각나는 게 자선냄비다. 아마 나 같은 사람이 자선에 참여해볼 기회란 1년에 한 번 자선냄비밖에 없기 때문일 것이다. 그렇다고 제법 자선냄비에 꼬박꼬박 돈을 넣고 지나갔다는 소리는 아니다. 거의 안 넣었다.

그러면 전혀 무관심하게 그 앞을 지나칠 수 있었느냐 하면 그렇지도 못했다. 손끝이 음찔 음찔, 돈을 꺼낼까 말까 망설이면서 지나쳤다. 대단한 액수를 베풀 것도 아닌데도 가슴이 두근댈 만큼 망설여졌다.

왜 그랬을까? 나는 결코 지독한 구두쇠도, 인정머리 없는 사람도 못 되는데 말이다. 아마 사람이 너무 많은 번화가이기 때문에 "너의 오른손이 하는 것을 왼손이 모르게 하여 네 구제함이 은밀하게 하라"는 성경 말씀을 의식한 쑥스러움 때문이었을지도 모른다. 더 큰 이유는 약간의 자선으로 그날 하루 온종일 무슨 좋은 일이나 한 것처럼 흐뭇해지면 어쩌나 그게 겁났기 때문이었는지도 모른다.

그러나 좀더 가혹하게 따져들어가면 자선을 못 베푸는 나의 심보에는 자선을 베풀고 부리는 위선보다 몇 배나 더 큰 위선이 있었다. 자선을 베푸는 자를 위선자로 몰고 자선을 못 베푸는 것을 더 도덕적인 양 자위하려는 위선이.

자선에는 늘 이렇게 위선의 냄새가 나게 마련이다. 자선을 베푸는 데는 물론 안 베푸는 데까지 위선의 냄새는 따라다닌다. 자선을 베풀 때도 그렇지만 못 베풀거나 안 베풀 때도 가장 경계해야 할 것은 위선인 줄 안다. 결국 위선 때문에 이름난 자선가가 이름난 노랑이보다 더 미움을 받는 수가 많다. 위선이 없는 순수하게 우러나는 따뜻한 마음에 솔직한 자선이라면 구태여 "오른손이 하는 것을 왼손이 모르게"에 철두철미할 필요는 없을 줄 안다. 사람들에게 알려지는 것을 너무 꺼리는 자선은 더 엉큼한 꿈을 꾸고 있기가 일쑤다. 더 높은 데서 굽어살피사 천당 문이 열리기를.

쓰고 남은 푼돈으로 천당을 사려는 심보야말로 야바위꾼 심보하고 무엇이 다를까. 그러지 않아도 자선은 까딱 잘못하면 야바위하고 통하는 일이 많다. 고아를 핑계로 모아들인 구제품을 팔아 사욕을 채우고 피둥피둥 살이 찌면서 고아들을 헐벗고 굶주리게 방치한 야바위꾼 자선가를 우리는 너무도 많이 보아왔다.

비단 고아원이 아니더라도 자기의 재물이 아닌 남이 희사한 것을 모아 다시 베푸는 일, 그러니까 전문적인 자선가 노릇을 하려면 대단한 각오가 필요할 줄 안다. 따뜻한 마음도 마음이려니와 끊임없는 극기로 재물에 대한 욕심을 다스릴 수 있는 인격의 소유자가 아니면 섣불리 자선에 손대지 않는 게 좋을지도 모른다.

재물에 대한 욕심이란 어느 욕심보다도 밑 빠진 가마솥이어서 먹어도 먹어도 배가 안 부르게 마련이고 따라서 긁어들이는 데만 혈안이 되고 베푸는 것은 아무리 적게 베풀어도 아깝고, 그나마 긁어들이기 위한 수단으로 타락시킬밖에 없을 테니 말이다.

그렇다고 부자가 제 돈 갖고 베푸는 자선에도 전혀 문제가 없는 건 아니다. 고리키가 자선에 대해 한 말 중 이런 말이 있다.

"부자는 빵 한 조각이 천 루블이라도 되는 줄 알고 있다. 빵 한 조각을 희사하면 그것으로 천당의 문이 열리는 줄 알고 있다. 그들은 자기네의 양심을 달래기 위하여 베풀어주는 것이지 가엾게 여겨서 주는 것은 결코 아니다."

그렇다고 자선을 베풀고 싶은 때 자기가 하려는 자선은 어느 유형에 속하는 자선일까 하고 이 눈치 저 눈치 살필 필요는 없을 줄 안다. 따뜻한 마음이 있는 한 자기보다 못한 불우한 사람에 대한 인정은 저절로 우러나게 되고 우러나는 대로 행동하면 될 것이다.

어딘지 서구적이고, 또 위선의 사촌쯤 되는 어감을 지닌 자선보다는 인심이니 인정이니 하는 구수한 말도 있지 않은가.

딸애와 자가용 합승

작년 가을의 일이었다. 학교에서 돌아온 우리집 고3짜리가 싱글벙글 희색이 만면이었다. 입시생을 가져본 집이나 알 일이지만 고3짜리의 기분이란 온 집안의 기분을 좌우하게 마련이다. 나는 속으로 "옳다구나, 이번엔 저애 학력고사 성적이 잘 나왔구나" 하고 생각했다. 내가 그렇게 물어보니까 고3짜리는 그것보다 훨씬 더 좋은 일이 생겼다는 것이었다. 그것보다 훨씬 더 좋은 일이라니? 그러면 나 모르는 사이에 대학교 무시험 진학령이라도 내렸단 말인가?

나의 무딘 상상력은 그애의 대학 진학과 관계되는 일에서 뱅뱅 도는 게 고작이었다.

그러나 그것도 아닐뿐더러 그것보다 훨씬 더 좋은 일이라는 거였다.

한동안 애를 먹고 나서 알아낸 좋은 일 중의 좋은 일이란 다름아닌 내일 아침부터 그 지겨운 버스 안 타고 친구네 자가용에 편승해서 등교할 수 있게 됐다는 거였다.

나도 같이 좋아하고 고마워했다. 성급하게도 그 엄청난 신세에 대한 사례는 운전기사한테 하는 게 옳은 일인가, 친구한테 하는 게 옳은 일인가를 가지고 고민까지 했다.

그러나 속으로 가장 안쓰러웠던 것은 버스 타고 등교하는 일이(그애는 도중에서 한 번 갈아타기까지 해야 한다) 얼마나 힘에 겨웠으면 남의 자가용에 편승한다는 심히 마음 편치 못한 일을 가지고 저렇게 좋아하는 걸까 하는 거였다.

얌전한 여학생이 선머슴아보다 더 자주 교복 단추를 떨어뜨려 나일론실로 몇 겹 튼튼하게 달아주면 생채기까지 내면서 떨어뜨리기가 일쑤였다. 차 속에서 얼마나 온몸이 비틀렸으면 그 튼튼하게 단 단추까지 뜯겨졌을까 싶어 끔찍했지만, 사람처럼 질긴 건 없다는 것 하나만 믿을 수밖에 없었다.

이런 형편이었으니 얻어 타는 자가용에 모녀가 감지덕지했대도 과히 주책은 아니리라. 그러나 곧 변경된 등교 시간과 맞지를 않아 자가용을 얻어 타는 행복은 꿈과 같이 사라졌다.

나는 "이제부터 엄마가 운전 배워 고물차라도 한 대 살까보다" 하는 실없는 소리로 입시 공부에 찌든 몸 약한 고3짜리를 위로했다.

이젠 너도나도 자가용족을 무슨 특수층처럼 헐뜯거나 질투하는 대신, 조만간 자기도 그것을 가질 것으로 생각하려든다. 자기가 갖고 싶은 것을 남이 좀 먼저 가졌다는 걸로 그걸 적대시하는 촌스러운 짓은 아무도 안 한다.

경제발전이란 게 이대로 순조롭다가는 각자의 구두 짝이 있듯이 각자의 차가 있게 될 날도 그리 머지않으리란 걸 나도 믿고 있다.

그렇지만 버스에 시달릴 때마다, 택시를 못 잡아 이리 뛰고 저리 뛸 때마다 그 고생의 원수를 갚는 길은 어떻게든 자기 차를 갖는 길밖에 없다고 생각하는 것은 좀 어떨까 싶다.

이 인구밀도가 세계적인 도시에서, 차가 구두 짝의 수효처럼 늘어난다면 어떻게 될까.

아마 골목 속의 우리집도, 대로변의 즐비한 20층 30층짜리 신축 빌딩도, 우리 모두의 안식처요 뜰인 고궁도 다 도로로 내주지 않는 한, 그 혼잡성은 사람의 상상력을 초월한 것이 될 것이다. 교통난을 해결하는 방법으로 차를 늘리기보다는 차 타는 인구를 줄이는 방법이 가장 바람직한 방법이 아닐까.

가장 손쉽게 줄일 수 있는 게 중고등학생이 될 것 같다.

중고등학교의 평준화는 학력 저하라는 과過를 남겼다. 그러나 평준화의 목적은 잘 달성돼 이제 아무도 1류 2류를 따지지 않는다. 그 대신 본인이나 학부형이나 걸어서 다닐 수 있는 거리에 있는 학교에 배정되기만을 바란다.

도심의 학교가 새로운 인구밀집 지대로 이전하는 것과 병행해서 이런 소망을 풀어줄 때가 이제 되지 않았나 싶다. 그렇게만 된다면 중고교 평준화는 교통지옥 완화라는 훌륭한 공功을 남길 것이다. 러시아워에 중고등학생이 없는 버스나 전동차를 생각하면서 절로 숨구멍이 트이는 것 같다.

번데기

시장 가는 길에 이웃에 사는 젊은 엄마를 만났다. 평소 새침하던 여자가 웬일인지 먼저 인사를 하고 말을 시켰다.

"자녀분들을 다 길러놓으셔서 이젠 아무 걱정 없으시겠어요. 부러워요."

시장 길에서 만난 이웃끼리 건네는 인사치곤 좀 엉뚱한 이야기다 싶었지만 여자가 하도 심각한 표정을 짓고 있어서 나도 덩달아 심각하게 나왔다.

"웬걸요. 걱정은 지금부턴걸요. 출가시켜야죠. 장가들여야죠."

"그래도 나가서 번데기 사 먹을까봐 걱정은 안 하실 것 아녜요."

"웬걸요. 우리 셋째가 번데기당이랍니다."

"네? 셋째라면 그 곱게 생긴 여대생 아녜요. 아무리요?"

"정말이라니까요."

그 여자와 나는 잠시 깔깔댔다. 그리고 곧 다시 심각한 얼굴이 되어 이번 번데기 사건은 정말 너무했다고 분개했다.

번데기는 누구나 다 좋아하는 식품은 아니다. 그러나 누구나 다 사 먹을 수 있을 만큼 값싸다. 또 한번 맛들인 사람의 변치 않는 사랑을 독차지할 만큼 맛이 특이하고 영양가도 높이 평가되고 있는 천연식품이다.

나는 내 딸 중의 하나가 그것을 좋아하는 걸 신기하게 생각하긴 했지만 구태여 말리거나 나무라진 않았다. 언젠간 칭찬까지 해주었던 것 같다. 왜냐하면 그애는 여지껏 김치를 입에 넣은 적이 없을 만큼 편식이 심해서 내가 많이 걱정했었고, 그런 애의 특징으로 비위가 약해 어떤 음식은 맛도 보기 전에 외양만 보고 질색하기가 일쑤였으니 과히 곱게 생기지 않은 번데기를 먹었다는 건 칭찬해줄 만한 사건이었다.

나는 어린 시절을 두메에서 보냈기 때문에 산이나 밭에서 나는 과일이나 곡식 푸성귀 말고도 들이나 산을 온종일 싸다니며 별의별 먹을 것을 다 구해 주전부리 거리를 삼았었다. 그때 맛본 수많은 풀이나 꽃, 열매, 곤충의 이름조차 지금은 아리송하다. 진달래꽃, 아카시꽃, 싱아, 송기, 칡뿌리, 메뿌리, 무릇, 까마중, 괭이밥…… 겨우 이런 것들이 생각날 뿐이다.

입이 몹시 궁금할 때면 양지바른 무덤가에서 왕개미의 똥구멍을 핥은 적도 있다.

그러나 자연은 시골 아이들이 먹을 거라고 알고 있는 것에 몰래 독을 숨겨놓는 짓 같은 건 하지 않는다. 홍역을 앓다가 마마를 앓다가 죽는 아이는 있어도, 산이나 들에서 독사에게 물려 죽는 아이까지 있어도, 먹을 것이라고 믿고 먹은 것에 독이 있어서 죽은 아이는 없었다.

이렇게 자란 촌 계집애가 서울 와서 어른 되고 부정식품이 범람하는 시대에 아이들을 기르다보니 믿을 건 오로지 천연식품밖에 없다 싶어, 아이스크림이나 청량음료 대신 과일을, 비스킷이나 과자 대신 고구마나 감자 옥수수 등으로 간식을 해주면서 어느 만큼은 안심을 하려들었다.

그러나 사람은 이런 천연식품마저 비료니 농약이니 하는 것으로 오염을 시키더니, 번데기는 또 어떻게 취급을 했기에 그렇게 많은 아이들을 죽였단 말인가.

"해외토픽 같은 데서 보면 외국에선 흉악범에게 백 년 형이니, 2백 년 형이니, 사람의 수명보다 훨씬 긴 징역을 선고하는 일이 있는 것 같던데, 우리나라에서도 부정식품을 만든 사람에겐 그런 지독한 형벌을 주었으면 좋겠어요."

젊은 엄마는 한숨을 쉬면서 이런 말을 했다. 나는 속으로 그 젊은 엄마를 참 마음씨 고운 여자라고 생각했다. 나는 화나는 김에 극형까지도 생각하고 있었기 때문이다.

제발 목숨과 직결된 먹을 것으로부터 목숨을 위협당하는 공포만은 없어야겠다. 이제 우리도 이만큼 살게 됐단 긍지를 위해서라도.

먹을 것은 사람의 목숨과 직결돼 있으니 먹을 것을 겁 없이 함부로 만들거나 취급한다는 건 인명을 경시하는 것과 같은 짓이 된다. 인명을 귀하게 알지 않는 사회가 아무리 풍요하고 편리해도 어찌 잘산다고 할 수 있겠는가.

말의 폭력

귀여운 아이와 젊은 엄마가 나란히 앉아 있는 버스 좌석이 있었다.

아이는 심심한지 신을 신은 채 좌석에 올라서서 널을 뛰는 것처럼 콩콩 발을 구르기도 하고 돌아서서 등받이를 짚고 뒷좌석을 넘겨다보기도 하고 오물오물 콘칩을 먹기도 했다.

엄마는 아이를 나무라지도 돌보지도 않고 있다가 목적지까지 다 왔는지 황급히 내렸다.

모자가 내리고 나서도 그 빈자리엔 아무도 앉지를 않았다.

마침 날이 궂은 때라 아이의 신발이 더러웠던지 아이가 널을 뛰고 군것질을 하던 자리는 엉망으로 더러웠던 것이다.

버스는 점점 만원이 되는데도 그 자린 비어 있었다. 허리

굽은 노인도 젊은이에게, "이 늙은이 좀 앉읍시다" 하고 자리 양보를 강요할망정 그 자리는 외면했다.

참다못해 나는 차장에게 일렀다.

"아가씨, 이 자리 좀 훔치지그래. 걸레가 없으면 휴지로라도."

아가씨는 험악한 눈으로 내 아래위를 훑었다.

그러더니 심히 아니꼽다는 듯 흥 하고 코웃음 먼저 치고 나서, 비꼬는 투로 말했다.

"아주머니, 그렇게 깨끗한 거 좋아하면 자가용을 타셔야죠. 이 더러운 버스 누가 타랬어요?"

수도 때문에 동네에 곤란한 일이 생겼다.

개인적으로 구청에 몇 번 신고를 했으나 소용이 없었다.

거의 한 통統에 걸친 지역이 함께 당하고 있는 곤란이라 동회를 통해 구청으로 진정하는 방법을 취하자고 이웃끼리 의견이 모아져서 우선 통장에게 의논을 했다.

통장은 평소 마음씨 좋고, 동네 일에 헌신적인 훌륭한 분이었다.

그는 위에서 내려오는 명령을 매우 성실하게 전달하고 그것을 이행하기를 이웃에게 권고하는 데에 매우 열성적인 분이었다. 그런 그의 인품으로 봐서 아래에서 생긴 곤란한 일을 위로 전달하는 데도 그만큼 열성적이기를 믿었다. 그러나 기대와는 딴판으로 그분은 냉랭했다.

말해봤댔자 소용없을 테니 그저 가만히 참고 기다려보라는 것이었다.

될지 안 될지는 나중 일이고 일단 해보기라도 하는 것이 당신의 의무가 아니겠느냐고 했더니 그분의 얼굴에, 먼저 이야기한 버스 차장 같은 경멸과 비웃음이 떠올랐다.

"아주머니가 통장 보시면 아주 잘 보시겠어요. 아주머니가 통장 보시죠. 저 이 자리 조금도 미련 없습니다요."

이렇게 해서 회담은 통장의 KO승으로 끝났다. 나는 말문이 막혀버렸기 때문이다.

나는 이런 종류의 말의 폭력에 약하다.

단 한 펀치에 뻗는 약골이 되어, 내 앞의 위대한 폭력자 앞에 무릎을 꺾고 두 손을 번쩍 든다.

그리고 절망한다. 가슴을 칠 기력조차 없이 완벽하게 절망한다.

장미의 기억

길 가다가 문득 발을 멈춘다.

바람이 뺨에 아리고 벌거벗은 나무는 구슬픈 소리를 내며 몸을 떨고, 눈에 뵈는 모든 것은 회색빛으로 얼어붙은 겨울날, 느닷없이 눈앞에 잎사귀 우거지고 백화가 난만한 별세계가 펼쳐진 것이다.

그 세계는 얼어붙은 도시와 유리벽 하나를 격하고 있고, 그 유리벽은 땀 흘리고 있어서 더군다나 비현실적인 몽환의 세계 같다.

그 몽환의 세계에 이끌려 나도 모르게 유리벽 안으로 들어가는 문을 민다.

안개가 걷히듯이 난만한 꽃의 빛깔과 모양이 선명해지면

서 향기가 어지럽도록 짙다.

"무슨 꽃을 드릴까요?"

장사꾼의 목소리가 나를 현실로 이끈다.

"네, 장미꽃을, 장미꽃을 주세요."

그러나 나는 사지 않는다. 어찌 돈 주고 사랴. 그 오만을. 그 가시를. 그 절대의 아름다움을. 그러나 장미를 두고 어찌 딴 꽃의 이름을 부를 수 있을까보냐. 이윽고 다시 거리로 나온 나에게 장미꽃에 뺨을 댔던 기억이 한 마리 나비가 됐던 기억처럼 환상적일 뿐이다.

겨울 바다

아마 작년 12월 26일이었을 게다. 따뜻한 날씨가 계속되다가 별안간 영하 15도의 추위가 몰아닥친 날 아침, 나는 설악산 쪽으로 여행을 떠났었다.

그렇게 추워질 줄 모르고 미리 계획한 여행이었는데 아침에 깨어보니 그렇게 추워져 있어서 계획을 취소할까 말까를 망설이다가 어차피 겨울 나들이인데 춥지 않으면 그 또한 무슨 맛일까 싶어 강행했다.

동대문 터미널에서 대관령까지, 버스 유리창에 성에가 두껍게 끼어 전혀 밖을 내다볼 수가 없었다. 답답해서 손톱으로 긁어내기가 무섭게 곧 다시 성에가 끼어 결국 밖을 내다보는 건 단념할밖에 없었다. 그러나 대관령을 넘자 유리창은 저절로 줄줄 물을 흘리고 녹아내렸다.

대관령을 사이에 끼고 동서가 그렇게 기온의 차이가 심했다.

그러나 강릉에 내리고 보니 역시 추운 날씨였다. 곧 경포대로 가서 겨울 바다를 보고, 싱싱한 회도 먹고 늦은 점심도 먹고 오죽헌에 들렀다가 다시 강릉으로 나왔다. 곧바로 설악산으로 갈까 하다가 낙산으로 갔다. 그게 잘못이었다.

어느 틈에 날은 지척을 분간할 수 없이 깜깜하게 어두웠는데 버스 차장이 낙산이라고 하며 내려준 곳은 허허벌판인데 칼날처럼 매운바람이 사정없이 휘몰아치고 아주 가까운 곳에서 바다가 믿을 수 없을 만큼 격노한 소리로 아우성치고 있었다.

바람을 막아줄 거라곤 아무것도 없는데 그래도 저만치 여관의 빨간 네온이 보였다. 그 암흑의 벌판에서 보는 극히 도시적인 불 네온은 조금도 현실감이 없어 신기루 같았다.

그래도 어쩔 것인가. 네온을 향해 달렸다. 말이 달리는 것이지 바다로부터 거센 맞바람이 불어와 걸음은 지지부진하고 그사이에 몸은 동태처럼 얼어붙을 것 같았다.

천신만고 당도한 여관에서 우선 뜨뜻한 방을 줄 것을 신신당부했으나 방바닥은 미적지근했다. 사동은 곧 덥다고는 했다. '새마을 보일러'라나. 방구석에 링거 병 같은 게 거꾸로 매

달렸고, 거기서 나온 줄이 벽으로 연결되었는데 조금 있으면 줄을 통해 물이 순환되는 게 보일 거라고 했다. 물만 순환되면 방바닥은 단박 뜨뜻해진다는 거였다.

오버까지 입은 채 자리에 들었다. 병에서 꼬르륵 소리가 나더니 물이 순환되기 시작했다. 그러나 방바닥은 흡족하게 더워오지 않았다.

추위로 깊은 잠을 못 이루는데 바다는 밤이 깊을수록 그 노여움을 더해갔다.

이 외딴곳에서 지구의 종말을 맞는가 싶어 밤중에 추위를 무릅쓰고 창을 열어보니 실로 장관이었다.

바다는 깜깜하고 다만 파도만 보였다. 순백의 깃털을 가진 사납고 노한 짐승이 수천수만 마리 떼를 지어 으르렁대면서 질주해오는 것 같았다.

바다는 거대한 짐승이 되어 있었다. 뭍에 대한 숙명적인 적의로 하얗게 타오르고 사납게 몸부림치는 짐승이었다.

나는 그의 너무도 동물적인 진한 체취까지 역력히 맡은 것처럼 느꼈다. 그리고 깊이 전율했다.

잔디를 심으며

아이들이 마당에 잔디 있는 집을 부러워했다. 나는 우리 마당에도 잔디를 심자고 아이들을 달랬다.

아이들이 부러워하는 건 잔디 그 자체가 아니라 잔디가 있는 넓은 마당을 가진 양옥집이란 걸 모르진 않았지만, 남들은 쉽게 다니는 이사가 우리에겐 그렇게 쉬운 일이 아니었다.

그래서 어느 날 나는 인부를 시켜 양회로 바른 한옥의 앞마당을 깨뜨려내고 떼를 사다 깔게 했다.

떼는 밟아줘야 뿌리가 잘 내린다기에 틈 있을 때마다 아이들하고 같이 밟았다.

뿌리가 잘 내렸는지 떼는 잘 살아나 마당은 초록색 융단을 깐 것처럼 아름다워졌다.

나는 군데군데 뗏장을 들어내고 색색가지의 피튜니아를 심었다. 피튜니아가 난만하게 어우러져 피니까 꼭 융단 위의 꽃방석 같았다.

여름엔 한결 시원했다. 왜 한옥 안마당엔 장독대와 약간의 꽃밭을 두고 그 나머지는 회색빛 양회로 발라버리는지 알 수 없는 일이었다.

우린 우리처럼 한옥인 이웃집에게까지 마당에 잔디 깔기를 권했다. 겨울이 오고 잔디는 금잔디로 변했다.

다음해 봄에 한번 태워줬다. 그러나 사월이 가고 오월이 올 때까지 잔디는 돋아나지 않았다.

나는 매일매일 따뜻한 봄볕을 등에 받으며 행여나 푸른 싹이 보이나 보물찾기나 하듯이 찾아다녔다.

기다리다못해 줄기를 헤집어봐도 살아 있는 흔적이라곤 없이 메말라 있었다.

우리 가족의 실망은 대단한 것이었다. 어느 일요일 온 가족이 그 죽은 뗏장을 들어내는 일을 시작했다. 그 일은 생각보다 쉬웠다. 왜냐하면 뗏장은 땅에 조금도 뿌리를 내리고 있지 않았기 때문에 돗자리를 걷어내는 것처럼 쉽게 일어났다. 그랬으니까 추운 겨울을 살아남을 수가 없었던 것이다.

우리는 뗏장을 들어내고 호미로 땅을 깊이깊이 일구었다.

새로운 떼를 사려고 종로5가에 나갔더니 떼보다는 잔디 씨를 뿌리는 게 손수 하기에 편하다고 일러주는 이가 있어 잔디 씨를 샀다. 씨는 좁쌀보다 가늘었다.

씨를 줄뿌림하고 아침저녁 물을 주고 기다렸더니 보름이 지나서부터 푸른 머리털 같은 새싹이 돋아나기 시작했고 한여름엔 다시 예쁜 잔디밭이 되었다.

떼를 사다 심은 것보다 한결 더 애정이 갔다.

다시 겨울 나고 올봄엔 미처 기다리기도 전에 파릇파릇 새 잔디가 돋아나고 있다.

깊이깊이 땅을 일궈준 보람으로 그 작은 씨들은 밖으로 푸른 싹을 내밀고, 안으로 뿌리를 깊이 내릴 수가 있었던 것이다. 아이들에게 푸른 마당과 함께 좋은 교훈까지 준 것 같아 흐뭇하다.

| 작가 연보 |

1931년 10월 20일 경기도 개풍군 청교면 묵송리 박적골에서 출생. 아버지 박영노朴泳魯, 어머니 홍기숙洪己宿. 열 살 위인 오빠 있음.

1934년 아버지 별세. 어머니는 오빠만 데리고 서울로 떠남. 조부모와 숙부모 밑에서 어린 시절을 보냄.

1938년 서울로 와서 살게 됨. 매동국민학교 입학.

1944년 숙명여고 입학.

1945년 소개령疎開令이 내려져 개성으로 이사, 호수돈여고로 전학. 고향에서 해방을 맞음. 서울로 와 학교를 계속 다님. 여중 5학년 때 담임을 맡은 소설가 박노갑 선생에게서 많은 영향을 받음.

1950년 서울대학교 문리대 국문과 입학. 6월 초순에 입학식이 있어서 학교를 다닌 기간은 며칠 되지 않음. 전쟁으로 오빠와 숙부가 죽고 대가족의 생계를 책임지게 됨. 미군 부대에 취직, 미8군 PX(동화백화점, 곧 지금의 신세계백화점 자리)의 초상화부에 근무. 거기서 박수근 화백을 알게 됨.

1953년 호영진扈榮鎭과 결혼, 이후 1남 4녀의 자녀를 둠(1954년 원숙, 1955년 원순, 1958년 원경, 1960년 원균, 1963년 원태).

1970년 「나목」으로 『여성동아』 여류장편소설 공모에 당선.

1975년 남편이 사기사건에 연루되어 옥바라지를 함. 「도시의 흉년」을 『문학사상』에 연재.

1976년 첫 창작집 『부끄러움을 가르칩니다』(일지사) 출간. 「휘청거리는 오후」를 동아일보에 연재.

1977년 남편의 옥바라지 체험을 바탕으로 전해에 발표했던 단편 「조그만 체험기」에 얽힌 기사가 일간지에 실렸는데, 개인의 명예를 생각하지 않고 검찰측의 입장만 밝혀서 문제가 됨. 『휘청거리는 오후』(창작과비평사, 전2권), 중편집 『창 밖은 봄』(열화당), 산문집 『꼴찌에게 보내는 갈채』(평민사), 『혼자 부르는 합창』(진문출판사) 출간.

1978년 창작집 『배반의 여름』(창작과비평사), 장편 『목마른 계절』(원제 『한발기』, 수문서관), 산문집 『여자와 남자가 있는 풍경』(한길사) 출간.

1979년 『도시의 흉년』 완간(문학사상사, 전3권), 『욕망의 응달』(수문서관. 이 책은 1985년 같은 출판사에서 『인간의 꽃』으로, 1989년 원제대로 우리문학사에서 재출간), 창작동화 『달걀은 달걀로 갚으렴』 출간(샘터, 『마지막 임금님』으로 재출간).

1980년 「그 가을의 사흘 동안」으로 한국문학작가상 수상. 전해부터 동아일보에 연재했던 『살아 있는 날의 시작』(전예원) 출간. 「오만과 몽상」을 『한국문학』에 연재.

1981년 「엄마의 말뚝 2」로 제5회 이상문학상 수상. 제5회 이상문학상 수상작품집 『엄마의 말뚝 2』 출간. 『도둑맞은 가난』(민음사, 「나목」이 재수록되어 있음), 콩트집 『이민가는 맷

돌』(심설당) 출간. 20년간 살던 보문동 한옥을 떠나 강남의 아파트로 이사.

1982년 10월, 11월 문공부 주최 문인해외연수에 참가하여 유럽과 인도를 다녀옴. 단편집 『엄마의 말뚝』(일월서각), 장편 『오만과 몽상』(한국문학사, 1985년 고려원에서 재출간), 산문집 『살아 있는 날의 소망』(주우) 출간. 「그해 겨울은 따뜻했네」를 한국일보에 연재.

1984년 7월 1일 영세 받음. 풍자소설집 『서울 사람들』(글수레) 출간.

1985년 11월에 '일본 국제기금재단'의 초청으로 일본을 여행함. 장편 『서 있는 여자』(학원사, 『떠도는 결혼』과 동일 작품), 작품선집 『그 가을의 사흘 동안』(나남) 출간.

1986년 산문집 『서 있는 여자의 갈등』(나남), 창작집 『꽃을 찾아서』(창작사, 1982년에서 1986년 사이에 창작한 중·단편을 수록) 출간.

1988년 남편과 아들을 연이어 잃음. 서울을 떠나는 일이 많아짐. 미국 여행을 다녀옴. 『문학사상』에 연재하던 「미망」을 10월부터 다음해 6월까지 쉼.

1989년 「그대 아직도 꿈꾸고 있는가」를 여성신문에 연재. 장편 『그대 아직도 꿈꾸고 있는가』(삼진기획) 출간.

1990년 『미망』(문학사상사, 전3권) 출간. 이 작품으로 대한민국문학상 우수상을 수상. 산문집 『나는 왜 작은 일에만 분개하는가』(햇빛출판사) 출간. 『그대 아직도 꿈꾸고 있는가』의 성공으로 출판사 주최 성지순례 해외여행을 다녀옴.

1991년 회갑 기념 소설집 『저문 날의 삽화』(문학과지성사), 콩트집 『나의 아름다운 이웃』(작가정신) 출간. 장편 『미망』으로 제3회 이산문학상 수상 .

1992년 『그 많던 싱아는 누가 다 먹었을까』(웅진출판사), 『박완서 문학앨범』(웅진출판사) 출간.

1993년 「꿈꾸는 인큐베이터」(『현대문학』 1월호)로 제38회 현대문학상 수상. 제38회 현대문학상 수상작품집 『꿈꾸는 인큐베이터』(현대문학사) 출간. 제19회 중앙문화대상(예술 부문) 수상. 장편 『휘청거리는 오후』를 제1권으로 『박완서 소설전집』(세계사) 출간 시작. 소설전집 제2·3·4·5권으로 장편 『도시의 흉년』(상·하), 『살아 있는 날의 시작』 『욕망의 응달』 출간.

1994년 「나의 가장 나종 지니인 것」(『상상』 창간호, 1993)으로 제25회 동인문학상 수상. 제25회 동인문학상 수상작품집 『나의 가장 나종 지니인 것』(조선일보사), 창작집 『한 말씀만 하소서』(솔), 창작동화 『부숭이의 땅힘』(한양출판사), 소설전집 제6·7·8·9권으로 장편 『목마른 계절』, 소설집 『엄마의 말뚝』, 장편 『오만과 몽상』 『그해 겨울은 따뜻했네』 출간.

1995년 장편 『그 산이 정말 거기 있었을까』(웅진출판사), 산문집 『한 길 사람 속』(작가정신) 출간. 「환각의 나비」(『문학동네』 봄호)로 제1회 한무숙문학상 수상. 소설전집 제10·11권으로 장편 『나목』 『서 있는 여자』 출간.

1996년 소설전집 제12·13권으로 장편 『미망』(상·하) 출간.

1997년　티베트, 네팔 여행기 『모독冒瀆』(학고재), 동화집 『속삭임』(샘터) 출간. 장편 『그 산이 정말 거기 있었을까』로 제5회 대산문학상 수상.

1998년　산문집 『어른 노릇 사람 노릇』(작가정신) 출간. 보관문화훈장(문화관광부) 받음. 소설집 『너무도 쓸쓸한 당신』(창작과비평사) 출간.

1999년　묵상집 『님이여, 그 숲을 떠나지 마오』(여백) 출간. 『너무도 쓸쓸한 당신』으로 제14회 만해문학상 수상. 『박완서 단편소설 전집』(문학동네, 전5권) 출간.

2000년　장편소설 『아주 오래된 농담』(실천문학사) 출간. 제14회 인촌상 수상.

2001년　단편소설 「그리움을 위하여」로 제1회 황순원문학상 수상.

2005년　기행산문집 『잃어버린 여행가방』(실천문학사) 출간.

2006년　『박완서 단편소설 전집』 개정판(문학동네, 전6권) 출간. 서울대학교 명예문학박사학위 수여. 제16회 호암상 예술상 수상.

2007년　산문집 『호미』(열림원), 소설집 『친절한 복희씨』(문학과지성사) 출간.

2009년　『세 가지 소원』(마음산책), 『이 세상에 태어나길 참 잘했다』(어린이작가정신) 출간. 『문학동네』 가을호에 단편소설 「빨갱이 바이러스」 발표.

2010년　산문집 『못 가본 길이 더 아름답다』(현대문학) 출간.

2011년　1월 22일, 담낭암 투병중 향년 81세를 일기로 별세. 1월 24일, 정부로부터 '금관문화훈장'을 추서받았다.

2012년 산문집 『세상에 예쁜 것』(마음산책), 소설집 『기나긴 하루』(문학동네) 출간.

2013년 『박완서 단편소설 전집』 개정판(문학동네, 전7권), 짧은 소설집 『노란집』(열림원) 출간.

2014년 티베트, 네팔 여행기 『모독』, 산문집 『호미』 개정판(열림원), 그림동화 『엄마 아빠 기다리신다』(어린이작가정신) 출간.

2015년 『박완서 산문집』(문학동네, 전7권), 그림동화 『이 세상에서 제일 예쁜 못난이』 『7년 동안의 잠』(어린이작가정신) 출간.

2016년 대담집 『우리가 참 아끼던 사람』(달) 출간.

2017년 소설집 『꿈을 찍는 사진사』(문학판), 그림동화 『노인과 소년』(어린이작가정신) 출간.

2018년 『박완서 산문집』 제8·9권 『한 길 사람 속』 『나를 닮은 목소리로』(문학동네), 대담집 『박완서의 말』(마음산책) 출간.

2020년 『프롤로그 에필로그 박완서의 모든 책』(작가정신) 출간.

박완서(1931~2011)

1931년 경기도 개풍 출생. 1970년 불혹의 나이에 『나목裸木』으로 『여성동아』 장편소설 공모에 당선되어 문단에 나온 이래 2011년 영면에 들기까지 40여 년간 수많은 걸작들을 선보였다. 『부끄러움을 가르칩니다』 『배반의 여름』 『엄마의 말뚝』 『그해 겨울은 따뜻했네』 『그 많던 싱아는 누가 다 먹었을까』 『그 산이 정말 거기 있었을까』 『친절한 복희씨』 『기나긴 하루』 등 다수의 작품이 있고, 한국문학작가상 이상문학상 대한민국문학상 이산문학상 중앙문화대상 현대문학상 동인문학상 한무숙문학상 대산문학상 만해문학상 인촌상 황순원문학상 호암상 등을 수상했다. 2006년, 서울대 명예문학박사학위를 받았다.

박완서 산문집 3

우리를 두렵게 하는 것들

1판 1쇄 2015년 1월 20일
1판 6쇄 2023년 11월 17일

지은이 박완서
책임편집 김필균 | 편집 곽유경 김형균 이경록
디자인 김현우 이주영 | 저작권 박지영 형소진 최은진 서연주 오서영
마케팅 정민호 서지화 한민아 이민경 안남영 왕지경 황승현 김혜원 김하연 김예진
브랜딩 함유지 함근아 고보미 박민재 김희숙 박다솔 조다현 정승민 배진성
제작 강신은 김동욱 이순호 | 제작처 한영문화사

펴낸곳 (주)문학동네 | 펴낸이 김소영
출판등록 1993년 10월 22일 제2003-000045호
주소 10881 경기도 파주시 회동길 210
전자우편 editor@munhak.com | 대표전화 031)955-8888 | 팩스 031)955-8855
문의전화 031)955-2696(마케팅), 031)955-1920(편집)
문학동네카페 http://cafe.naver.com/mhdn
인스타그램 @munhakdongne | 트위터 @munhakdongne
북클럽문학동네 http://bookclubmunhak.com

ISBN 978-89-546-3455-7 04810
978-89-546-3452-6 (세트)

www.munhak.com